FOLIO POLICIER

Max Bentow

L'Oiseleur

Une enquête
de l'inspecteur Nils Trojan

Traduit de l'allemand
par Céline Hostiou

Denoël

Titre original :

DER FEDERMANN

Max Bentow, médecin de formation, est né en 1966 et vit à Berlin. *L'Oiseleur* est la première enquête de l'inspecteur Trojan.

Prologue

La peau perlée de sueur, elles dansaient, félines et échevelées, dodelinant de la tête, dessinant dans l'air des signes de la main. Il les observa avec insistance et tenta d'intercepter leur regard, mais elles ne lui prêtaient pas attention. Il se tenait tranquillement assis dans un coin, à l'écart, un sourire figé aux lèvres, et battait la mesure du pied, jusqu'à ce qu'il s'en aperçût ; suspendant alors son geste, il se redressa avec un soupir de dédain.

Il écoutait leurs rires, stridents, pareils à des piaillements. Les filles, dans leur minijupe, martelaient de leurs talons aiguilles la piste de danse et tiraient avidement sur leurs cigarettes de leurs lèvres luisantes de rouge.

La soirée s'écoulait tandis qu'il sirotait sa bière, buvant peu, à la différence des autres qui, se mettant bientôt à brailler, lui inspirèrent du mépris. Puis vint le temps des slows sous une lumière tamisée, et des couples s'étreignirent dans un va-et-vient de caresses. L'hôtesse se blottissait, les yeux clos d'extase, contre un minet moulé dans un jean.

Bientôt elle se retrouverait seule dans la maison de ses parents, il lui suffisait d'attendre.

De sa main glissée dans la poche de sa veste il perçut un dernier frétillement. Le contact de cette mollesse, témoin d'une étincelle de vie, l'apaisa. Encore un peu de patience, et les autres s'en iraient.

Il s'enferma dans la salle de bains et huma parfums et lotions. Il s'imagina l'hôtesse devant le miroir, crémée et nue, et ses mains s'employant sur elle. Il se pencha vers son reflet qu'il couvrit de son souffle.

En sortant de la salle de bains, il inspecta la maison. À l'étage, il découvrit une pièce sombre, probablement la chambre des parents, et se cacha derrière la porte.

En bas, le silence s'installait peu à peu, jusqu'à confirmer le départ des autres.

Lorsque la musique se tut, il descendit furtivement l'escalier.

Elle ramassait verres et bouteilles, vidait les cendriers. Il se plaça soudain derrière elle. Elle fit volte-face.

« Tu m'as fait peur. »

Il la dévisagea.

« La fête est finie. »

Il ne répliqua pas.

Un léger froncement de sourcils, le tressaillement de ses paupières trahirent son irritation.

« Tu es… Rappelle-moi ton nom. »

Puisqu'il ne comptait pas parmi ses invités, elle supposa une pièce rapportée, mais personne ne l'accompagnait. À la vérité, il connaissait à peine l'un des participants de la soirée.

Il tâta dans sa poche le petit être étouffé avant de le serrer dans son poing. Après un léger craquement, le sang chaud se répandit sur sa peau. Il tendit alors à la fille, sous son nez, l'oiseau écrasé.

« C'est pour toi. »

Des plumes tourbillonnaient en tous sens.

« Il vaudrait mieux que tu t'en ailles maintenant », balbutia-t-elle, les yeux écarquillés.

Il se contenta de ricaner.

« Sinon je crie. »

Crie donc, pensa-t-il, crie.

PREMIÈRE PARTIE

1

Nils Trojan poussa la porte entrebâillée et, braquant son arme, se glissa à l'intérieur de l'appartement où le saisit une odeur étrange, un mélange de reliefs pourrissants et d'un effluve qu'il ne reconnut pas sur-le-champ comme le sien : sa sueur froide, âcre et forte.

Tout doux, se dit-il, s'efforçant de se maîtriser, du calme.

Plaqué contre le mur, il remonta à tâtons le couloir plongé dans la pénombre. Des gémissements étouffés lui parvinrent de la pièce du fond, dont il s'approchait lentement. Tenant à deux mains son revolver, il donna un léger coup de coude dans la porte.

Sur le lit se tenait recroquevillée une femme secouée de sanglots. La lampe de chevet projetait sur le mur l'ombre élargie de ses épaules affaissées et de sa chevelure en bataille, et dirigeait sur elle une lumière si crue que Trojan ne parvenait pas à distinguer son visage.

« C'est vous qui avez appelé ? » demanda-t-il.

Même en plissant les yeux, il ne put la reconnaître.

« Qu'est-ce qui vous est arrivé ? »

Il remarqua soudain que se trouvait dans la pièce un autre homme, sorti de derrière le rideau, un pistolet à la main.

La femme comprima un sanglot.

« Aidez-moi, chuchota-t-elle.

— Lâchez votre arme », bredouilla Trojan.

L'autre se borna à sourire.

« Aidez-moi, répéta-t-elle.

— Lâchez votre arme », cria Trojan. Mais l'homme s'approcha tout bonnement de la femme pour lui pointer sur la tempe le canon de son revolver.

« Tire, alors », répondit-il dans un sourire.

Trojan mit le doigt sur la détente.

« Mais tire », dit l'autre.

Le visage de la femme émergea du halo. Trojan croisa alors son regard, vacillant, effaré. Il la connaissait, l'avait déjà vue quelque part. Il devait la sauver et, pour ce faire, prendre une décision, et vite.

Mais sa main s'appesantissait de plus en plus, et les traits de l'autre se distordaient en une grimace hideuse.

Il entendit alors le coup de feu, violent, assourdissant ; il devina qu'il ne provenait pas de son arme ; du sang jaillit de la tempe de la femme qui s'effondra.

« Je n'y arrive pas », bafouilla-t-il en se réveillant en sursaut.

Il lui semblait étouffer. Il connaissait cet état et savait ce qui lui restait à faire. Se redresser avec précaution, remuer la tête lentement, au risque sinon de vertiges, allumer la lampe puis ôter le tee-shirt trempé de sueur et s'éventer avec. Respirer par le ventre, là résidait l'essentiel, compter les inspirations, une, deux, trois, toujours plus profondément.

Trojan gémit à la vue de son réveil : 3 h 30 passées, le moment propice à une crise d'angoisse, la troisième en peu de temps.

Il se traîna jusqu'à la cuisine où il but un verre d'eau. Il se sentait hébété, troublé, comme s'il rêvait encore.

Les bras croisés sur la poitrine, il se planta les ongles dans la peau. Du calme, s'intima-t-il, je suis en vie, je suis là.

Il réfléchit alors à descendre chez Doro, comme lors d'une précédente nuit de cauchemar. Elle l'avait accueilli dans son lit et rassuré entre ses bras, cependant qu'elle lui chuchotait : « Pauvre petit flic, pauvre flic apeuré », peut-être l'épisode le plus intime de leur étrange liaison. Malgré l'envie qui le tenaillait, il n'osa pas frapper chez elle.

Il gagna plutôt la petite chambre occupée autrefois par Emily, toujours en l'état. Le chanteur de Tokio Hotel, affublé de sa curieuse crête, lui souriait depuis son poster au-dessus du lit. À chacune de ses visites, sa fille lui demandait en riant de remiser cette affiche ridicule.

Elle avait désormais quinze ans et vivait de nouveau chez sa mère. Elle lui manquait. Le cœur battant et le souffle court, il lissa du plat de la main la couette et, au lieu de s'étendre, fit les cent pas pour se calmer.

Sur le lit d'Emily trônait son ourson musical en peluche, une relique de sa petite enfance qui, par le ventre, diffusait l'air d'*Au clair de la lune* sans lequel elle ne trouvait pas le sommeil. Des années plus tard, Trojan surprenait parfois la nuit, au retour d'une intervention, sa fille endormie étreignant l'ourson. La voir ainsi déjà grande l'émouvait aux larmes.

Il tira sur le cordon placé dans le dos de la peluche, et la mélodie s'égrena.

Il alluma dans tout l'appartement. L'obscurité constituait un danger ; dans le noir se tapissait la peur. La vue de sa pâleur dans le miroir du couloir l'effraya. La pensée de la femme de son rêve le poursuivait : l'impossibilité de la sauver, sa supplication désespérée, son regard brouillé au moment de la mort.

Il tira de nouveau sur le fil de la boîte à musique dans les entrailles de la peluche ; heureusement que personne ne le voyait.

Qui était la femme de son rêve ?

De la fenêtre de son salon il observa en contrebas la rue plongée dans l'obscurité. Depuis l'est, l'aube suintait peu à peu sur la ville endormie. Il écouta encore et encore la berceuse jusqu'à ce qu'il osât retourner dans sa chambre, où, épuisé, il s'effondra sur son lit. En pensée, il se força à déambuler centimètre par centimètre à travers son corps pour détendre chaque fibre de ses muscles contractés, en vain.

À 7 heures, la sonnerie stridente de son réveil retentit. Trojan ne dormait pas mais demeurait immobile, l'ourson dans les bras, les yeux clos, tandis que ses paupières tressautaient.

Il était temps de se rendre au travail, de combattre le crime. Grand temps de vaincre la peur.

Coralie Schendel s'éveilla le sourire aux lèvres. Ces derniers temps, elle dormait particulièrement bien, d'un sommeil profond et réparateur ; elle sauta du lit, pleine d'entrain, et tira les rideaux. Les arbres de la rue, couverts de feuilles, faisaient honneur au printemps, la plus belle saison à Berlin selon elle. Elle calcula mentalement les jours qui restaient avant le retour en ville d'Achim.

Plus qu'une semaine, constata-t-elle, ravie. Elle se rendit dans la salle de bains, fit couler l'eau, ôta sa chemise de nuit et prit une bonne douche chaude.

Achim était le bon, elle le savait ; elle se sentait sûre d'elle, en sécurité comme jamais auparavant avec un homme. Certes, il ne se montrait pas particulièrement fougueux ni le meilleur des amants, mais sa fiabilité totale et sa grande bonté compensaient ; et une fois ses études de droit achevées et un niveau de vie convenable atteint, elle s'imaginait très bien l'épouser et lui donner des enfants.

Évidemment, il leur faudrait au préalable emménager ensemble. Très bientôt, pensait-elle, en se figurant un grand et bel appartement avec trois chambres, dont deux d'enfants, un salon, une cuisine et une salle de bains spacieuses. Peut-être même un bureau pour Achim, lorsque, le soir, il devrait encore traiter des dossiers.

En se brossant les dents, Coralie se remémora avec perplexité une bribe de son rêve de la nuit précédente. Il consistait en une suite d'images indistinctes qu'elle ne parvenait pas à agencer et de quelques mots murmurés à son oreille qui résonnèrent soudain violemment en elle. Lui vint à l'esprit la pensée récurrente de son enfance, jamais ouvertement exprimée jusqu'alors, comme si sa malignité risquait de devenir réalité en franchissant ses lèvres :

« Un beau matin, on se réveille inconscient du danger, sans se douter qu'il s'agit du dernier jour de sa vie. »

Elle cracha la mousse de son dentifrice.

Elle ne tarda pas à retrouver sa gaieté. S'il émanait de cette phrase une vérité amère, il n'en restait pas moins que nul ne pouvait prévoir l'heure de sa mort. Et la probabilité de mourir à son âge demeurait faible, elle n'avait tout de même que vingt-quatre ans.

Je suis jeune et plutôt jolie, pensa-t-elle en séchant son épaisse chevelure blonde.

« Tes cheveux sont une merveille », lui avait dit un jour Achim. Elle lança un clin d'œil à son reflet dans le miroir. Achim était fou d'elle, et dans une semaine il la rejoindrait enfin.

Coralie choisit soigneusement dans son armoire ses habits, les enfila, se prépara un café et jeta un regard à la pendule. Il lui fallait se dépêcher pour arriver à l'heure au bureau.

La voix étrange de son rêve se réduisait désormais à un lointain souvenir.

Trojan huma l'air épicé du matin auquel se mêlait l'odeur persistante des poubelles de la cour. Il déverrouilla la serrure, poussa son vélo sous le porche étroit de la cage d'escalier et celui de l'immeuble donnant sur la rue, enfourcha la selle puis s'élança.

Presque quotidiennement, il parcourait ainsi le trajet entre Kreuzberg et le Tiergarten ; il n'utilisait plus sa vieille Golf que pour les interventions nocturnes. Il aimait longer la rive du Landwehrkanal au matin, entre eau calme et métro aérien, avec au-dessus de lui le ciel, immense et clair, ce qui le mettait en train. Peu à peu il prenait de la vitesse ; il effectuait habituellement le chemin en une demi-heure, parfois même en vingt minutes. Sur le toit du Technikmuseum pendait le vieil avion à hélices au bout de ses haubans, et la rame de métro crissait dans le virage précédant Gleisdreieck ; les tours de la Potsdamer Platz apparaissaient ensuite ; il passait devant la Neue Nationalgalerie, atteignait la Lützowplatz et bifurquait juste avant Urania dans la Kurfürstenstrasse. De là, il ne restait que quelques centaines de mètres jusqu'au siège de la police judiciaire du Land, situé dans la Keithstrasse, une rue tranquille près du Tiergarten.

Trojan attacha son vélo devant le bâtiment de service. Ses imposantes pierres naturelles couleur sable rappelaient un fort médiéval ; enfant, il en avait assemblé un de la sorte en Lego, un château miniature avec trappes, pont-levis et oubliettes.

CRIMES CONTRE LES PERSONNES, signalait un écriteau, sous lequel l'ours de Berlin tirait la langue au visiteur.

Il poussa la lourde porte d'entrée, salua le policier en faction et monta le large escalier en colimaçon jusqu'à l'étage supérieur.

Ronnie Gerber rinçait sa tasse à café lorsque Trojan entra.

« Nils, je n'arrive pas à y croire.

— Qu'est-ce qui se passe, Ronnie ?

— Le week-end a été catastrophique.

— Ça alors, mais qu'est-ce qui est arrivé ? »

Ronnie le considéra avec étonnement.

« Eh bien, mais tu sais, le Hertha a encore perdu. »

Trojan lui témoigna son soutien d'une frappe sur l'épaule. Le petit Ronnie trapu aurait volontiers arboré au travail une écharpe du club de foot de Berlin, sans la réprobation de ce genre de fanfreluches par leur chef.

« Courage, il bravera la tempête. »

Ils se servirent à la machine à café. Trojan s'assit à son bureau et feuilleta les dossiers empilés.

Son portable sonna. Le numéro sur l'écran lui causa une gêne qu'il dissimula à Ronnie en se détournant de lui pour décrocher.

« Allô.

— Bonjour, monsieur Trojan. »

La voix à l'autre bout de la ligne le remplit d'un trouble délicieux.

« Bonjour.

— Je dois, hélas, annuler notre rendez-vous de ce soir.

— Oh. »

Trojan devinait dans son dos le regard de Ronnie, qui comprit immédiatement le caractère privé de sa conversation, car ils se connaissaient l'un l'autre depuis si longtemps.

« C'est dommage.

— Oui, mais il faut qu'en urgence… Je ne peux pas vous expliquer, mais il s'agit de nouveau de mon père. Il s'est encore attiré des ennuis dans sa maison de retraite, et je dois régler cette affaire.

— Navré.

— Un rendez-vous la semaine prochaine à la même heure vous conviendrait, monsieur Trojan ?

— Pour parler franchement…

— Cette semaine est vraiment déjà très remplie, donc si cela ne vous dérange pas… »

Trojan, encore aux prises avec l'angoisse de la nuit précédente, se mit à transpirer.

« Bien. C'est entendu, dit-il tout bas.

— Je vous remercie, monsieur Trojan. »

Quand il raccrocha, Gerber le dévisagea d'un air railleur.

« Un nouveau flirt, Nils ? Allez, tu peux bien me le dire. »

Trojan songeait parfois à livrer ses petits secrets à Ronnie, mais finissait par donner la primauté à leur statut de flic. Et les flics ne montraient aucune fragilité, les flics étaient toujours forts. Il tenait pour certaine la dérobade de Ronnie face à tout sujet intime ; ils n'en restaient pas moins amis. Et la divulgation d'une faiblesse, ne serait-ce que fortuite, instillerait auprès de ses collègues et notamment de son chef le doute sur sa résistance, chose impensable dans leur cadre professionnel.

Pour cette même raison, il ne se tournait pas vers la psychologue de la maison, à l'instar d'ailleurs de tout le service.

Il ne pouvait se confier à Ronnie.

« Non, non, rien d'important », marmonna-t-il.

Il but son café et, distraitement, repoussa çà et là ses dossiers avant de quitter la pièce sans mot dire. Dans un renfoncement du couloir, il composa le numéro de Jana Michels.

En séance de thérapie, elle ne décrochait pas son téléphone, et il se contentait alors du répondeur, mais par chance elle répondit immédiatement. Il aimait sa voix douce et chaude et devait s'avouer que ces derniers temps il se réjouissait de plus en plus de leurs conversations. Au début timide et déconcerté, il l'avait laissée briser sa carapace. Il se représenta son visage, son œil scrutateur.

« Madame Michels, excusez-moi, c'est encore Nils Trojan. »

Après un temps d'arrêt, elle éclata de rire.

« Monsieur Trojan, oui ? Nous n'avons pas justement…

— Oui, c'est à ce propos, j'aimerais, si possible, prendre un autre rendez-vous mais cette semaine-ci.

— Est-ce si urgent, monsieur Trojan ? »

En apercevant un collègue remonter le couloir, il se tourna instinctivement vers la fenêtre.

« Oui, tout à fait », murmura-t-il.

Il l'entendit feuilleter son agenda.

« Que dites-vous de demain à 18 heures ? »

Il poussa un soupir de soulagement.

« Oui, parfait, merci.

— Bien, monsieur Trojan, voyons-nous demain.

— J'espère que la situation de votre père va s'arranger, glissa-t-il.

— C'est gentil de votre part. »

Il crut déceler en elle une brève hésitation, comme si elle souhaitait ajouter un mot plus personnel, mais peut-être l'espoir qu'il nourrissait l'aveuglait-il.

Ils raccrochèrent, et Trojan regagna son bureau.

Ronnie lui sourit malicieusement.

Après trois heures ininterrompues d'écriture de courriers et de réponse à des e-mails, elle s'adossa pour la première fois de la matinée à sa chaise de bureau. Elle ôta ses chaussures et se massa les lobes d'oreilles entre le pouce et l'index, ce qui, selon un magazine, favorisait la concentration et la circulation. Puis elle sirota son thé vert.

Lorsque son portable se mit à vibrer dans son sac à main, elle s'en saisit, fébrile. Son visage s'illumina à la vue du numéro sur l'écran.

« Salut, Achim.

— Salut, ma belle. Je te dérange à ton travail ?

— Tu ne me déranges jamais. »

Elle écoutait avidement son souffle. Depuis le départ d'Achim pour une année d'études à Londres, ils dépendaient totalement du téléphone. De toute façon ces conversations sans se voir, aussi bien que le pâle succédané de celles sur Skype, ne les satisfaisaient pas. L'odeur de la peau d'Achim, le contact de sa barbe naissante manquaient à Coralie.

La pensée de son après-rasage la troubla. Elle s'en était acheté un flacon pour, le soir venu, s'en asperger le dos de la main et l'aider à s'endormir.

« Quel temps fait-il à Londres ?

— Il pleut. »

Elle rit. « Ça, c'est original.

— Mon amour, je me trouve dans l'escalier de la fac, et le cours commence dans une minute, mais je tenais à te dire combien tu me manquais.

— Tu me manques aussi, Achim.

— Combien de jours il reste ?

— Sept. Plus que sept. Une semaine, c'est bien ça ? Dis-moi si je me trompe.

— C'est bien ça. Dans cent soixante-huit heures, je serai près de toi. »

Coralie frotta ses pieds chaussés de bas l'un contre l'autre.

« Qu'est-ce que tu portes, Achim ?

— Ce que je porte ? Ah, une chemise blanche, un jean foncé et… Et toi ?

— La minijupe noire et un chemisier bleu ciel.

— Tu es à couper le souffle, tu le sais, ça ? »

La porte s'ouvrit sur son chef.

Coralie enfila prestement ses chaussures, bafouilla un salut au téléphone et raccrocha en souriant, embarrassée.

Son patron la toisa.

« Les conversations privées lors des pauses, s'il vous plaît, madame Schendel. »

Avec empressement, elle lui prit des mains la pile de documents à vérifier.

Longtemps après qu'il fut sorti du bureau, Coralie demeurait perdue dans ses pensées et d'un doigt tortillait ses cheveux.

Sept fois vingt-quatre heures égale cent soixante-huit. Elle songeait à s'acheter un beau déshabillé transparent pour qu'Achim tombe en extase devant elle.

Un rayon de soleil oblique entré par la fenêtre la fit cligner des yeux.

Trojan rédigeait sur son ordinateur un rapport final, et Dieu sait combien il détestait cette paperasse.

Il remarqua que Gerber rangeait déjà son bureau.

« Je pars plus tôt aujourd'hui, Nils. »

Trojan regarda l'heure : déjà 15 h 50. La perspective de la soirée libre, de prime abord séduisante, lui parut subitement se teinter d'ennui, a fortiori parce qu'il vivait seul dans cette ville.

« Qu'est-ce que tu dirais d'une petite bière au Schleusenkrug ? »

Ronnie secoua la tête.

« Désolé, Nils, mais c'est l'anniversaire de Natalie. »

Nils se figura alors le bonheur familial, les dîners avec gâteau et bougies, un foyer dans une banlieue paisible, une épouse compréhensive et souriante, et des enfants adorables.

« Souhaite-lui de ma part un joyeux anniversaire.

— Je n'y manquerai pas.

— Ça s'est arrangé entre vous ? »

Gerber esquissa une moue. « On doit vraiment aller boire une bière très bientôt. »

Ils se saluèrent, et Gerber passa la porte.

Trojan tapa, corrigea, imprima, lut, raya, se remit à taper. À 17 heures, il décida que c'en était assez, signa le rapport et le déposa dans le casier de son supérieur.

Au terme de cette journée particulièrement calme, il quitta les lieux, désertés par ses collègues depuis longtemps.

Au sortir de l'immeuble de service, l'idée le traversa de se rendre seul au Schleusenkrug pour s'accorder un verre de fin de journée sous les châtaigniers en fleur. Mais, jugeant bientôt ce détour trop déprimant, il enfourcha son vélo et rentra chez lui à Kreuzberg.

Coralie déposa son sac à main sur la commode et ferma derrière elle la porte de l'appartement. Son détachement face aux humeurs de son chef durant la journée écoulée constituait pour elle une petite victoire.

Elle retira sa veste qu'elle suspendit à la patère, se considéra furtivement dans le miroir et secoua sa chevelure.

Elle se figea soudain.

Elle tendit l'oreille vers un bruit singulier, proche du bourdonnement.

Rien.

Une méprise.

Elle ôta ses chaussures, se rendit dans la cuisine et ouvrit le réfrigérateur pour engloutir une tranche de fromage ; elle ne s'accordait pas de pause déjeuner digne de ce nom, car son patron ne cessait de lui remettre de nouveaux dossiers, et puisqu'elle se trouvait encore en période d'essai, elle s'évertuait à ne pas le décevoir. Elle se fourra dans la bouche un deuxième morceau de fromage. Elle examina ensuite ce que le frigo recelait sinon, des œufs, quelques tomates, de quoi peut-être se préparer une omelette. Bien que tiraillée par une faim de loup, elle souhaitait d'abord se doucher pour se décrasser de sa journée de travail.

Elle sortait les œufs du réfrigérateur lorsqu'elle entendit de nouveau cet étrange bruissement.

Il semblait provenir de sa chambre à coucher.

Elle dressa l'oreille.

Mais le silence régnait.

En principe elle n'était pas peureuse. Mais quand derechef elle perçut ce bruit, un frisson lui parcourut l'échine.

Il y avait quelque chose dans son appartement.

Elle longea lentement le couloir jusqu'à la porte entrebâillée de sa chambre, pourtant laissée grande ouverte le matin, à moins d'un trou de mémoire.

Elle ouvrit la porte d'un coup et entra en trombe. Aussitôt quelque chose l'atteignit à la tête. Quelque chose de mou, de vivant.

Elle leva les bras au ciel et recula en chancelant.

Puis, heurtée au visage, elle poussa un hurlement et se recroquevilla.

Une fois ses esprits à peu près recouvrés, elle vit un petit oiseau rouge fendre la pièce en piaillant. Il se cogna contre le plafond puis le mur avant de se prendre dans le rideau, auquel il s'accrocha de ses pattes.

Horrifiée, elle lâcha un cri strident. L'oiseau se remit à voleter, dessinant des mouvements erratiques à travers la pièce. Coralie tituba jusque dans le couloir et claqua la porte derrière elle, prise de tremblements.

Ce ne fut que très progressivement qu'elle retrouva son calme.

Tout ça pour un oiseau. La pensée de son contact sur son visage la fit tressaillir.

Du calme, se dit-elle, il était sûrement entré par la fenêtre.

Mais ne l'avait-elle pas comme toujours fermée juste avant de partir travailler ?

Derrière la porte, l'animal battait des ailes, éperdu, farouche, comme fou.

Il lui fallait prendre son courage à deux mains et chasser le volatile.

Elle resta longuement incapable de mouvement.

Elle finit par se ressaisir et prit un torchon à la cuisine.

En le tendant devant elle comme une arme, elle s'approcha à pas de loup de la chambre.

Rien qu'un oiseau, pensait-elle, un petit oiseau au plumage rouge sur le ventre.

Jamais elle n'en avait vu de tel dans sa rue.

Elle retint son souffle.

Deux pas la séparaient de la porte.

Bien que le supermarché fût encore ouvert, Trojan se rendit selon sa bonne vieille habitude chez l'épicier au coin de la Forsterstrasse, choisit un paquet de spaghettis et une boîte de sauce tomate, et coinça sous son bras trois bouteilles de bière.

Comme à l'accoutumée, Cem se tenait assis dans sa blouse grise derrière son comptoir, tandis que sa petite télévision crachotait un programme turc.

« Tout va bien, chef ? »

Il s'agissait là du salut standard dont il gratifiait les habitués, notamment Trojan pour la millième fois.

« Tout va bien. Et pour toi ?

— On fait aller. »

Trojan lui remit l'argent ; il ouvrit son tiroir-caisse.

« Le travail, tu sais, toujours le travail.

— Tu ne prends jamais de vacances, Cem ?

— Je ne peux pas, tu sais, chef, je dois travailler. C'est important, le travail. Regarde un peu mes fils, toujours à traîner, avec des bêtises en tête, des histoires de filles ou de nouveaux portables, et quand je leur demande de m'aider au magasin, ils refusent tout net, je suis trop bon, chef, tu sais. »

Trojan plaça ses achats dans son sac à dos et quitta la boutique en saluant Cem.

Il poussa son vélo le long du Landwehrkanal, observa un long moment les boulistes puis s'étendit sur l'herbe et goûta les derniers rayons de soleil. Quand la faim le tenailla par trop, il rentra chez lui.

Dans la cage d'escalier, il hésita à frapper à la porte de Doro puis monta au quatrième étage.

Dans son appartement, le silence régnait, voire pesait. Las, il se jeta sur le lit d'Emily. Il songea à téléphoner à sa fille pour établir avec elle un rendez-vous. Le report du précédent à cause de l'arrestation d'un suspect dans une affaire de meurtre l'avait froissée, il le savait, à l'instar de sa mère, d'ailleurs.

Dans la cuisine, il remplit d'eau une casserole qu'il posa sur le feu et ouvrit la première bière dont il but une grande gorgée.

« Courage, mon vieux », se dit-il tout haut en éventrant le paquet de spaghettis.

Puis il alluma la bougie sur la table pour s'éviter de manger de nouveau devant la télévision.

L'oiseau sautillait sur le tapis. Elle remarqua les traces de fiente partout. Égaré, il tournait la tête par à-coups, tandis que tout en s'approchant elle lui parlait avec douceur, davantage pour elle-même. Soudain il s'échappa, de ces battements d'ailes précipités qui l'angoissaient tant. Elle se précipita à la fenêtre pour l'ouvrir.

À coups de torchon, elle tenta de chasser l'oiseau dehors. Mais il se heurta au mur et voleta jusque sur son lit. Elle le vit avec dégoût déposer une fiente sur son oreiller.

« Dégage, dégage à la fin », maugréa-t-elle en agitant en l'air le chiffon.

Il se dirigea droit sur elle, qui se tapit en criant, et traversa la pièce pour se poser sur la tringle à rideaux.

« Dehors, dehors », cria-t-elle hors d'haleine. Mais de toutes parts la cernaient ces coups d'ailes frénétiques, ce bruit d'éventail et de feulement, ces tentatives éperdues de fuite, ce bourdonnement au-dessus de sa tête.

Enfin l'oiseau se posa sur le rebord de la fenêtre.

« Bien, bien, murmura-t-elle, par là. »

Elle secoua le torchon.

L'oiseau tressaillit.

« Allez ! »

Il se recroquevilla. Elle vint plus près. Pour l'empêcher de s'envoler encore une fois dans la mauvaise direction.

« Dehors. »

Un dernier coup de torchon, et l'oiseau s'élança à l'extérieur.

Victoire.

Coralie s'empressa de fermer la fenêtre.

Elle respirait avec difficulté, produisait des sons inarticulés, comme tout à coup gagnée par la paralysie.

Elle avait trouvé la fenêtre bel et bien close en pénétrant dans la pièce. Comment expliquer alors l'irruption de l'oiseau ?

Elle sentit ses forces l'abandonner, jusqu'à frôler l'évanouissement. Elle se pressa les yeux et lutta contre le vertige. Puis, se précipitant à travers l'appartement, elle vérifia chaque poignée de fenêtre mais les trouva toutes verrouillées.

Du calme, du calme, se dit-elle, pantelante, une explication rationnelle s'imposait. L'oiseau avait bien dû s'introduire par un endroit. Mais lequel ?

Ce devait être une erreur, due à un moment d'égarement.

Cependant le doute ne la quitta plus.

Il demeura encore longuement dans la rue à observer sa fenêtre. Ce ne fut que lorsqu'elle lui boucha la vue en tirant les rideaux qu'il tourna les talons.

Il sourit à la pensée de sa danse folle avec l'oiseau, hélas trop courte.

Mais tout au long de la nuit il se délecterait de la scène en se la remémorant inlassablement.

Et en songeant à tout ce qu'il lui réservait.

2

Assis dans la salle d'attente, Trojan examinait les teintes entrelacées du tableau au mur.

Elles dessinaient des boucles et des méandres ; leurs oscillations lui évoquaient une vibration musicale ; il lui semblait entendre les tons des couleurs, leur timbre grave et sombre, chaud et beau.

Il tenta de se détendre.

Il s'essuya la main droite sur son pantalon pour la garder impeccablement sèche en prévision de son salut à Jana Michels. Cette nervosité, si pénible, le submergeait avant chaque séance, dès qu'il prenait le chemin pour s'y rendre. L'associé à l'air timide l'avait fait entrer. Il ouvrit alors la porte sur une autre patiente qu'il pria de le suivre.

Trojan se détourna par crainte d'être vu en ce lieu. Les deux disparurent dans la pièce contiguë, et lui continua à attendre.

Elle arriva enfin, de ce pas qu'il reconnut dans le couloir ; elle se campa devant lui, un sourire bienveillant aux lèvres.

« Bonjour, monsieur Trojan.

— Bonjour. »

Il se leva en lui tendant la main.

Elle lui parut renversante dans sa tenue rouge et kaki ; ses cheveux attachés révélaient sa nuque à laquelle Trojan glissa en passant un regard.

Elle le conduisit dans la pièce au bout du corridor, où il prit place dans l'un des deux fauteuils en cuir, cependant qu'elle s'asseyait à son bureau. Comme à l'accoutumée, elle écrivit durant un bon moment sur son ordinateur, probablement des notes dans son dossier. Il se demandait chaque fois ce dont il s'agissait, quel diagnostic elle posait ou si elle n'employait pas simplement une méthode de rappel de la distanciation inhérente à son métier.

Il préparait mentalement son entrée en matière avant de lui relater sa nuit d'angoisse. Mais lorsqu'il la vit assise là, avec ses cheveux blonds étincelants sous le flot de lumière de mai, il se dit qu'il aurait mieux valu lui parler des belles choses de la vie. Il se demanda s'il eût été trop hardi de lui proposer de transférer la séance du jour à la terrasse d'un café, en exposant le tout sur le ton de la plaisanterie, sans toutefois dissimuler le sérieux de son intention première.

Il n'échappa pas à Jana Michels qu'il l'observait, car elle esquissa un sourire amusé et murmura, sans se détourner de son écran : « Je suis à vous tout de suite, monsieur Trojan. »

Se découvrir si transparent le désarçonna.

Puis elle se leva et lissa sa jupe, très moulante, remarqua-t-il. Combien d'hommes par jour la consultaient-ils ? Peut-être davantage d'hommes que de femmes, des individus solitaires qui lui confiaient ouvertement leurs secrets intimes.

Elle s'assit à ses côtés ; sur le guéridon qui les séparait trônait une boîte de mouchoirs, prêts à l'usage. Jamais encore il n'avait pleuré en sa présence, heureusement. Cet étui voisinait avec un petit réveil dont le cadran lui demeurait invisible et auquel Jana Michels jetait parfois un regard furtif. Au terme de leurs trois quarts d'heure hebdomadaires, elle prononçait toujours la même phrase : « Nous devons, hélas, en rester là pour aujourd'hui, monsieur Trojan », la plupart du temps quand il venait de se livrer avec ardeur.

Elle l'encouragea d'un sourire, et il s'essuya une nouvelle fois la main sur son pantalon. Quand il se rendit compte de la servilité de son geste, il croisa les bras sur la poitrine. Il se rappela combien son langage corporel le trahissait, a fortiori face à une psychologue.

Il voulut se lancer, mais sa voix lui fit défaut. Alors il se tint coi un long moment.

Jana Michels attendait.

Il percevait son souffle dans le silence de la pièce.

Enfin, il se mit à parler, par saccades à peine audibles : « Je me réveille encore la nuit en sursaut et crois que mon cœur va s'arrêter. Parfois, ça dure des heures.

— De quoi avez-vous peur, monsieur Trojan ?

— Ça doit cesser. Ces nuits-là…

— De quoi avez-vous peur ?

— C'est insupportable. Je fais un rêve, toujours le

même. Je dois sauver une vie, mais je n'y parviens pas.

— Vous sentez-vous surmené ?

— Je n'en sais rien.

— Aimeriez-vous faire autre chose ?

— J'ai quarante-trois ans.

— Et alors ?

— C'est trop tard.

— Ne dites pas ça.

— Si.

— Si vous aviez le choix…

— Je suis flic, et je serai toujours flic.

— Racontez-moi ce rêve. Qu'est-ce qu'il s'y passe ? »

Il la dévisagea. À ce moment-là, il sut qui était la femme étendue sur le lit, l'arme sur la tempe.

La femme qu'il ne parvenait pas à sauver : elle se trouvait face à lui.

Cette journée ne compterait pas parmi les meilleures. Elle avait sauvegardé à un mauvais emplacement une importante présentation PowerPoint pour ne la retrouver qu'après de longues recherches, essuyant de ce fait les critiques de son patron. Pour couronner le tout, son dos et ses membres la faisaient souffrir depuis des heures, présageant une maladie, ce qu'elle ne pouvait absolument pas se permettre ces temps-ci.

La veille au soir, elle avait désespérément tenté de joindre Achim au téléphone et par e-mail, se demandant ce qu'il pouvait bien fabriquer si tard à Londres. Peut-être se trouvait-il dans un pub avec d'autres étudiants, éventuellement avec des filles. Voire pire, avec une seule. Ne pouvait-elle donc pas lui faire confiance ? À 23 h 30, elle avait renoncé.

Dans le texto reçu d'Achim le matin même manquait une allusion à sa soirée, et puis cette journée au bureau… Ce soir, il devrait l'appeler et lui présenter ses excuses, rien de moins.

Dans le métro, les gens se pressaient les uns contre les autres ; le banquier près d'elle exhalait une odeur de transpiration incommodante. Elle s'achèterait bien une voiture dès que ses économies suffiraient, peut-être une Mini, elle jugeait les Mini chic, et ces trajets en transports en commun se réduiraient à un lointain souvenir. L'homme face à elle lui lançait des regards équivoques. Elle tira sur sa jupe. Elle aussi suait après tout, mais il ne s'agissait pas là de sa propre odeur. Non, impossible. Elle ne se séparait jamais de son déodorant, qu'elle utilisait y compris au travail.

En l'occurrence, son patron ne manquait pas de lui reprocher ses trop nombreuses pauses.

Plus qu'une station avant de descendre. La pensée de l'oiseau lui revint ; son introduction dans l'appartement restait un mystère. Achim l'aurait consolée avant de s'endormir ; ce soir-là justement, il n'avait pas été là pour elle. Ce matin, elle avait réexaminé toutes les fenêtres et remonté l'escalier une fois en bas pour s'assurer du verrouillage de la porte. Non, elle n'était pas d'une nature craintive, mais elle avait horriblement mal dormi durant la nuit, et des cauchemars l'avaient hantée, dans lesquels cet animal voletait au-dessus d'elle et effleurait son visage. Elle en frissonnait encore rien que d'y penser.

À la station Schlesisches Tor, elle descendit du métro aérien et évita les clochards à la sortie.

« Ticket valable, ticket valable ? » susurraient-ils en chœur. L'un d'entre eux, déguenillé et efflanqué, sans doute un junkie, tituba au-devant d'elle, manquant de la heurter.

Elle haussa les épaules, se hâta vers la rue, zigzagua entre les passants et tourna à gauche dans la Wrangelstrasse pour se retrouver bientôt devant la porte de son immeuble.

Ce ne fut qu'après un tour complet de chacune des pièces qu'elle put se rasséréner. Tout semblait à sa place.

Coralie soupira. Il lui fallait à présent prendre une douche. Par habitude, elle laissa la porte de la salle de bains ouverte tandis qu'elle se dévêtait.

Elle se glissa dans la cabine, enfin, et l'eau chaude ruissela sur son corps. Progressivement, ses muscles se détendirent.

Elle se savonna en fredonnant.

Elle s'interrompit soudain. Son téléphone avait-il sonné ? Était-ce Achim qui l'appelait ?

Elle coupa l'eau et dressa l'oreille. Mais elle n'entendit rien, elle rouvrit alors le robinet.

Coralie ferma les yeux sous le massage du jet.

« Et comment va votre père ? » lui demanda-t-il à l'issue de la séance en lui serrant la main. Il remarqua qu'elle rougissait légèrement, ce qui lui plut.

« Mieux, merci, répondit-elle.

— Ça n'est pas permis ?

— Comment ça ?

— En tant que psychologue, vous devez faire attention… »

Elle rit, embarrassée. « … à maintenir une distance pour que, dans la mesure du possible, mes patients ne sachent rien de ma vie privée ? »

Il acquiesça, un léger sourire aux lèvres.

« Vous avez raison, ajouta-t-elle avec sérieux. Ça n'a pas lieu d'être ici. »

Le moment était venu, songea-t-il. Une démarche simple comme bonjour. Pas ici mais dans un café ou ailleurs, vous pourriez m'en dire davantage ?

Elle le dévisagea, perplexe.

Il restait silencieux.

« Bien. À bientôt, alors… »

Il saisit la poignée de porte.

« Au revoir », murmura-t-il.

Il sentit son regard dans son dos puis quitta le cabinet, la tête basse.

En pédalant vers chez lui, il se traita d'idiot. Il avait décidé de mettre de l'ordre dans sa vie, et elle essayait de l'y aider de manière professionnelle. Et lui ne faisait qu'intensifier le chaos en la prenant pour la seule femme au monde capable de véritablement le comprendre.

Attention, cas classique, pensa-t-il.

Il l'acculait à le mettre en garde, à se comporter vis-à-vis de lui avec plus de réserve. Il la confrontait à un vrai dilemme.

Et s'il avait fait sa connaissance en dehors du cadre

de la thérapie ? Peut-être se fourvoyait-il encore davantage en envisageant ce scénario.

Il pédala plus vigoureusement encore.

Selon Jana Michels, il n'acceptait toujours pas sa séparation d'avec Friederike, la mère de sa fille, ce qui le ramenait loin en arrière.

Il savait qu'Emily nourrissait toujours l'espoir secret de la réconciliation de ses parents. À moins qu'il ne s'agît pour elle aussi depuis longtemps d'une illusion ? Plus petite, elle l'avait assailli de questions sur leur séparation qui n'admettaient pas de réponses faciles. En fait, si à l'époque il n'avait pu lui évoquer la liaison de Friederike avec un collègue plus jeune, elle semblait entre-temps l'avoir comprise.

Dénigrer l'ex-conjoint devant l'enfant était pourtant monnaie courante dans bien des cas de divorce.

Il n'en éprouvait pas non plus l'envie. Au fond, sa rupture avec Friederike demeurait pour lui une énigme. Peut-être étaient-ils tout simplement devenus des étrangers l'un pour l'autre, du moins il avancerait dorénavant cette raison si Emily venait à la lui demander. Son métier avait également joué un rôle décisif. En tant que lieutenant de brigade criminelle, il détonnait dans les milieux que fréquentait Friederike, la belle et subtile Friederike aux parents fortunés qui constamment la soutenaient, la brillante Friederike dans sa librairie de renom spécialisée en art, photographie, architecture et vie urbaine.

Très tôt, elle avait revu ses ambitions artistiques à la baisse sans en rien lui laisser paraître.

Son passage à l'école de théâtre, ses deux années assez glorieuses de débutante au théâtre de Basse-

Saxe lui semblaient désormais un rêve lointain, confus et fiévreux.

Choisis un métier raisonnable, tel fut le mot d'ordre de son propre père.

Était-ce si raisonnable de traquer les criminels ?

À l'époque où il traversait la cour du lycée main dans la main avec Friederike, son amour de jeunesse, cette question n'avait pour lui pas lieu d'être.

La vie paraissait si facile, si attrayante, et la croyance populaire ne voulait-elle pas que le premier amour fût le plus marquant ?

Il aurait tant aimé se présenter à Jana Michels comme un homme libre, disponible et non pas comme son patient.

Un patient qui, la nuit venue, perdait presque la raison de peur.

Cette angoisse, un flic n'avait pas le droit de la ressentir.

« Faux, lui répétait-elle. Vous avez le droit d'avoir peur. Acceptez-le. »

Et si une crise d'angoisse se produisait lors d'une intervention ?

La même trame l'obsédait : appelé en urgence sur les lieux d'un crime, il sautait avec un collègue dans une voiture, son partenaire plaçait un gyrophare sur le toit, le temps était compté pour la victime en danger, il écrasait la pédale d'accélérateur. Et puis soudain : la crise de suffocation, les suées, puis les vertiges et l'impression d'une mort imminente.

Une oppression dans la poitrine, la peur de l'infarctus, le regard horrifié de son collègue.

Parfois il se figurait cette scène dès qu'il se rendait à son travail.

Et elle le poursuivait dans ses rêves.

Si seulement il parvenait à vaincre cette anxiété.

Il attacha son vélo dans la cour et grimpa l'escalier à pas lourds. Comme un automate, il se planta devant chez Doro. À peine la sonnette tinta-t-elle que Doro ouvrit.

« Voyez-vous ça, le flic gratte de nouveau à la porte.

— Je peux entrer ? »

Après un instant de flottement, elle le fit pénétrer dans l'appartement.

« Tu veux une bière ? » demanda-t-elle.

Il accepta, reconnaissant.

Ils s'assirent sur le canapé, et Doro dissimula ses jambes. Elle sortait de la douche et portait simplement un tee-shirt ample. Curieusement, l'odeur de sa peau lui rappelait la glace à la pistache, ce qui lui plut. De sa main étendue sur le dossier il se mit à tire-bouchonner l'une de ses mèches de cheveux.

« Tu aurais pu me donner signe de vie plus tôt.

— Je sais, Doro, je sais. »

Il but une grande gorgée de sa bière.

« Comment ça va à la fac ? »

Elle éclata de rire.

« Viendra le jour où j'en verrai le bout. »

Doro étudiait encore à vingt-neuf ans la médiation culturelle. Trojan trouvait à la fois intéressant et déconcertant ce à quoi elle se consacrait avec tant d'ardeur.

« Est-ce qu'il s'agit toujours des Simpson ?

— Oui, entre autres.

— Je trouve Homer Simpson très marrant, mais…

— Je t'ai pourtant déjà expliqué que j'analysais ce dessin animé en tant que révélateur de notre quotidien postmoderne. » Elle le considéra d'un air goguenard. « Et comment va le milieu du crime ?

— Actuellement, tout est anormalement tranquille. »

Elle se rapprocha pour se blottir dans ses bras.

« Où tu te cachais durant tout ce temps ?

— À droite, à gauche, tu sais, le grand classique.

— Embrasse-moi. »

Il savait qu'épiloguer sur leur relation floue aurait été ridicule, alors il l'étreignit.

Elle tripota sa boucle de ceinture, et Trojan poussa un soupir. Il enviait parfois son appréhension décomplexée des choses. Le début de leur liaison remontait à l'emménagement d'Emily chez lui. Il ne put la lui dissimuler bien longtemps du fait du voisinage de Doro. Lorsque, à sa grande surprise, il constata qu'elles s'entendaient toutes les deux à merveille, il craignit que Doro ne devînt pour sa fille une sorte de grande sœur ; quel rôle aurait-il alors joué dans ce trio ? Doro lui rit au nez quand il lui fit part de son embarras, si bien qu'il en resta là.

Il soupçonnait l'existence dans sa vie d'un autre amant occasionnel, ce qui ne simplifiait pas particulièrement la donne.

Il lui embrassa le cou, et elle se renversa.

Trojan ferma les yeux. Fugacement, il s'imagina avec sa psychologue sur le divan, et la honte l'emplit sur-le-champ.

Il s'immobilisa, comme pris sur le fait.

« Arrête de ruminer, le flic », murmura Doro dans un sourire. Elle lui saisit les mains et les guida sous son tee-shirt.

Coralie, en peignoir devant sa cuisinière, remuait sa poêlée de légumes, bientôt prête. Elle déboucha une bouteille de vin dont elle but une gorgée. Elle envisageait de se prélasser dans sa chambre et d'y attendre l'appel d'Achim.

Une nouvelle fois, elle vérifia si l'écran de son portable indiquait un message.

Puis elle éteignit le feu sous les légumes et se servit. Elle emporta la bouteille et son verre dans la chambre. Elle revint dans la cuisine pour récupérer son dîner.

Tenant d'une main sa platée, elle alluma le téléviseur puis rabattit la couette.

Horrifiée, elle laissa tomber l'assiette et poussa un cri.

Dans son lit gisait un oiseau.

Sanguinolent, déchiqueté, étripé.

Et déplumé.

Coralie chancela.

Elle comprit alors qu'elle n'était pas seule dans l'appartement. Tout son corps se contracta, elle serra les poings et recula lentement.

En marchant sur les débris de porcelaine, dans le mélange de légumes, elle gémit, trébucha.

Puis elle fixa le rideau. À présent elle savait. Là derrière se cachait quelqu'un qui tout du long l'avait épiée.

Elle en eut le souffle coupé.

Elle ouvrit la bouche pour hurler.

Mais il n'en sortit aucun son.

Le rideau s'ouvrit, et un voile noir passa devant les yeux de Coralie.

Elle lutta contre le vertige.

La chambre tournait autour d'elle. Je dois sortir d'ici, se dit-elle dans un sursaut.

Le sol se déroba sous ses pieds.

« Non, gémit-elle, non. »

3

D'une main tremblante, Achim ne cessait d'appuyer sur la touche de rappel de son portable, mais Maja ne décrochait pas. Voilà trois heures qu'il lui avait demandé de se rendre chez Coralie pour vérifier si tout allait bien.

Trois soirs de suite, il n'était pas parvenu à la contacter. Durant les deux premiers, il avait mis son silence sur le compte de la rancœur due au sien la nuit d'avant, occupée à boire en compagnie de son copain Wayne. Mais le troisième soir, l'inquiétude l'avait gagné au bout du énième appel aboutissant à sa boîte vocale après six sonneries. Il avait tenté de joindre son amie Maja, apparemment indisponible, puis de nouveau Coralie d'innombrables fois, aussi bien sur sa ligne fixe que sur son portable, mais là encore pour tomber sur son répondeur. Il avait laissé quantité de messages.

Le lendemain matin, une voix rêche jointe à son bureau lui avait annoncé que Coralie Schendel ne s'était présentée au travail ni le jour même ni les deux précédents, et ce, sans explication. Oui, on avait bien évidemment essayé de la contacter par téléphone, sans succès.

Ce fut alors que la panique envahit Achim. L'envie le prit d'alerter sur-le-champ la police de Berlin, mais au préalable il rappela Maja, car il savait que, comme lui, elle détenait une clé de l'appartement de Coralie. Elle décrocha enfin, s'efforça de le calmer et lui promit de passer immédiatement chez sa copine.

Peut-être Coralie se trouvait-elle tout simplement au fond de son lit de maladie, trop faible pour atteindre le téléphone, mais il doutait de la pertinence de cette hypothèse.

La conversation avec Maja remontait à trois heures, et elle demeurait injoignable.

Pris de désespoir, il appela encore une fois sur le portable de Coralie. Cette fois-ci, il tomba d'emblée sur le répondeur et entendit sa voix ingénue, qui proposait gaiement de laisser un message.

Achim était à bout. Jusqu'alors, les six sonneries se faisaient entendre. Peut-être sa batterie venait-elle de se décharger, pas étonnant après tous ses appels.

Mais où se trouvait Coralie ? Que se passait-il donc ?

Il lui fallait coûte que coûte prendre un vol pour Berlin le jour même. Il alluma son ordinateur, vérifia ses e-mails, en vain. Il recherchait en ligne un billet d'avion quand son portable sonna.

L'écran indiquait le nom de Maja. Il décrocha précipitamment.

« Oui ?

— Achim ? »

Elle lui parut lointaine. Pas à Berlin mais perdue au bout du monde, sans espoir de retour.

« Alors ?

— Achim, c'est…, bafouilla-t-elle avec des sanglots dans la voix. Désolée de te répondre si tard. C'est… C'est…

— Quoi ? Mais dis-le ! hurla-t-il dans le combiné.

— Tu dois venir. C'est terrible.

— Quoi ? Qu'est-ce qui se passe ? »

Puis il n'entendit plus que ses pleurs.

« C'est épouvantable, dit Kolpert, livide.

— Semmler est arrivé ? »

Il acquiesça d'un signe de tête.

Trojan se mordit la lèvre et regarda à la dérobée Gerber, le visage crispé, qui l'accompagnait.

« Allez », dit Trojan à voix basse.

Tous trois pénétrèrent dans la chambre où se tenaient Semmler et les techniciens de scène de crime.

La fille gisait nue sur le lit, les bras relevés, les jambes tordues, les yeux crevés. Sous ses orbites sans regard, devenues des béances sombres, du sang séché collait à ses joues. Une profonde entaille formait sur son ventre un cercle, avec en son centre, comme exposé, un oiseau déplumé, étripé, aux ailes brisées.

Trojan, ébranlé, entendait le souffle court de Gerber à ses côtés. Dépassant son envie première de quitter précipitamment la pièce, il se résolut à examiner la morte.

D'innombrables incisions criblaient son crâne

presque chauve ; des touffes de cheveux se hérissaient, éparses et sanglantes, coupées maladroitement ; au-dessus de la tempe gauche pendait la moitié du cuir chevelu, comme scalpé.

Des traînées de sang, toujours par deux, se répartissaient sur tout le corps.

Trojan luttait contre la nausée.

Il tentait désespérément de se représenter le tout réduit depuis longtemps à une image — les coups de couteau, les orbites, le crâne tondu, l'oiseau mort disposé sur le ventre en un point d'exclamation au milieu du cercle à vif —, comme autant de détails concrets sur l'une des photos de scène de crime, qui plus tard se retrouveraient dans une pochette plastifiée sur son bureau.

Que peux-tu déceler ? se demanda-t-il. À quoi cela ressemble-t-il ?

Des yeux énucléés, des cheveux manquants, un oiseau plumé et vidé, et puis ces zébrures.

Trojan se tourna vers Semmler.

« À quand remonte le décès ?

— À première vue, entre quarante-huit et soixante-douze heures.

— Qui l'a trouvée ?

— Une de ses copines, répondit Kolpert. Elle possède une clé de l'appartement. Le petit ami l'avait alertée. Il se trouve actuellement à l'étranger et essayait de la joindre depuis trois jours. »

Rien qu'une image, pensa Trojan, les draps et les oreillers imbibés de sang, les reliefs du repas sur le sol, l'assiette cassée, le couteau et la fourchette.

« Il s'est acharné, dit-il, longtemps, très longtemps.

— C'est cette blessure qui a dû être fatale », indiqua Semmler en écartant de sa main gantée de latex la plaie au cou de la victime.

Trojan en eut le souffle coupé.

« Qu'est-ce qui est arrivé à ses cheveux ? » lança Gerber dans un mouvement de recul.

Semmler se tourna vers lui. « Comme tu peux le constater, ils ont été coupés et emportés. »

Holbrecht et Krach arrivèrent sur les lieux, de plus en plus combles. Le photographe du laboratoire de la police scientifique installa un projecteur.

Stefanie Dachs, nouvelle au sein de l'équipe, les rejoignit.

Une ombre passa sur son visage lorsqu'elle vit la dépouille.

Trojan nota qu'elle portait ses cheveux noués en queue-de-cheval. Il se demanda alors si la couleur de la chevelure de la victime importait, et il se pencha sur son crâne.

« Elle était blonde », murmura-t-il.

Gerber blêmit. « Comment elle s'appelle, déjà ? » Il se racla la gorge. « Comment elle s'appelait ? »

Et Kolpert d'énoncer : « Coralie Schendel, vingt-quatre ans, assistante dans une agence de publicité.

— Le petit copain à l'étranger, il habite ici normalement ? demanda Trojan.

— Il a son propre logement.

— Il est en chemin ? »

Kolpert opina de la tête.

Trojan quitta la chambre pour examiner le reste de

l'appartement : une poêle sur la gazinière de la cuisine à laquelle adhéraient des restes de légumes séchés, une fenêtre entrebâillée et une serviette sur le sol dans la salle de bains, un salon rangé et propre. Tout lui parut paisible dans ce nid douillet de jeune fille ayant un petit ami sans vivre avec lui.

Un technicien inspectait la serrure d'entrée. Dehors, dans la cage d'escalier, des policiers en uniforme refoulaient l'attroupement de voisins curieux.

Trojan fit signe à Kolpert.

« Max, toi et Dennis, vous commencez directement les interrogatoires dans l'immeuble. Il y a bien quelqu'un qui a entendu ce carnage. »

Max Kolpert et Dennis Holbrecht, soulagés de quitter la scène de crime, passèrent devant le technicien à la porte.

« Des traces d'effraction ? lui demanda Trojan.

— Aucune. Soit il a une clé, soit la victime l'a laissé entrer.

— Vous avez déjà examiné la fenêtre ?

— Pas encore. Mais puisque nous sommes au troisième étage, il est peu probable qu'il se soit introduit par là. »

Trojan s'en retourna dans la chambre auprès de Gerber, debout près du lit.

« Quelle est ta première impression ? » lui demanda tout bas Trojan.

Ronnie avala sa salive.

« Ma première… ? »

Il n'alla pas plus loin et, se pressant la main sur la bouche, se précipita dehors.

4

Une trop grande clarté baignait la pièce. Le jour, levé voilà longtemps, jetait à travers les rideaux entrouverts des rayons de soleil qui, railleurs, l'éblouissaient. Il se tenait étendu là, éveillé depuis des heures. Il tira la couette sur sa tête : il ne voulait plus entendre le bruit du dehors, ne plus se mêler à la foule grouillante de cette ville surpeuplée.

Recroquevillé, il compta ses respirations jusqu'à atteindre trois cent trente-neuf, puis l'air se raréfia, et il repoussa l'édredon.

Il passa sa robe de chambre, tira les rideaux puis se prépara un café. Il s'assit à la table de la cuisine et sirota sa tasse. Il se força à manger une tranche de pain tartinée de margarine et de confiture, qu'il mastiqua, morose, sans y trouver le moindre goût. Il émanait de son pyjama une légère odeur de transpiration qui le gêna. Il traîna alors des pieds jusqu'à la salle de bains où il se déshabilla entièrement.

Il resta longtemps sous la douche, avec l'envie de se pelotonner sur le sol ; il ignorait d'où lui venait cette tristesse.

Quel jour de la semaine était-on ? Probablement un samedi, ce jour rayonnant de bonheur familial, celui des courses pour la maisonnée et de la planification des sorties du week-end.

À défaut de famille, il n'entreprendrait pas de sortie et s'apprêtait à tuer le temps.

Il coupa l'eau et enfila une chemise propre et un nouveau pantalon. Il ne fallait pas se laisser aller.

Puis il se rassit dans la cuisine et regarda par la fenêtre. En se tordant le cou, il apercevait un lambeau de ciel au-dessus du toit de l'immeuble du fond.

Tout là-haut tournoyait, les ailes déployées, ce qu'il prit pour une buse. Y avait-il dans cette ville des oiseaux de proie ?

Il devait plisser les yeux pour mieux voir. Parfois sa vision se troublait, ce qui l'effrayait. Peut-être s'agissait-il du signe avant-coureur d'une terrible maladie.

Longtemps il se tint là, la tête rejetée en arrière, observant le petit pan de ciel.

Soudain sa sonnette tinta.

Il sursauta.

De la visite ?

Ce devait être une erreur. Il n'en recevait jamais.

Sûrement du porte-à-porte, pensa-t-il, de la distribution de prospectus.

Le carillon retentit une deuxième fois.

Il se leva, hésitant, et jeta un œil par le judas pour constater que la visite se dirigeait déjà vers l'escalier.

Il ouvrit sur une enfant d'environ dix ans. Sa belle chevelure blonde, épaisse, le frappa en premier, puis son regard bleu vif.

Elle tenait à la main une carte et le fixait d'un air interrogateur.

Il redressa les épaules, se rappelant les critiques fréquemment essuyées sur sa mauvaise posture, puis le menton, considérant sa petite taille comme un handicap.

Il trouvait la fillette jolie et admira sa robe, celle des grandes occasions, un habit du dimanche.

Il attendait qu'elle prononçât un mot, mais elle se bornait à le dévisager ; il s'éclaircit la gorge pour lui demander : « Oui, vous désirez ? »

Cette phrase, vraisemblablement la première prononcée depuis des jours, s'apparentait plutôt à un croassement. Parler davantage lui aurait permis de conserver la souplesse de sa voix. Si certains proféraient chaque jour des milliers de mots, lui n'en avait pas dit autant de sa vie entière, pas de longues déclarations, pas de verve étincelante.

La fillette finit par demander en agitant la carte : « Paula n'habite pas ici ? »

Il demeura interdit.

Évidemment, aucune Paula n'habitait ici, ces murs n'abritaient que lui, ce qui lui semblait bien assez triste, mais il trouvait la gamine si ravissante qu'il répéta : « Paula ?

— Oui, Paula. Elle fête aujourd'hui son anniversaire. Voici son invitation.

— Oh. »

Il écoutait sa propre voix débarrassée de son croassement.

« Oh, répéta-t-il. Paula. »

Elle fronça les sourcils.

Il se gratta la tête.

Dans la cage d'escalier régnait un silence total ; seuls l'enfant à la recherche de Paula et de son goûter, et lui-même semblaient peupler ce monde.

« Paula, bien sûr, dit-il. Entre. »

Il remarqua sa longue hésitation.

Il fut d'autant plus surpris qu'elle franchît le seuil.

« Nils, tu peux rester encore un peu ? »

Les pieds des chaises crissèrent sur le lino. Les membres de la cinquième brigade criminelle quittaient l'un après l'autre la salle de réunion. Deux heures durant, ils avaient confronté leurs résultats. Depuis la découverte du cadavre la veille au matin, ils travaillaient sans relâche.

L'enquête piétinait en ce samedi à l'atmosphère pesante.

Selon le rapport provisoire du service de médecine légale, la mort de Coralie Schendel remontait au mardi soir vers 20 heures. Un coup de couteau dans la carotide, probablement avec une lame d'au moins trente centimètres, avait provoqué une hémorragie mortelle. Ceux infligés au préalable dans les yeux sans atteindre le cerveau, en n'altérant pas les fonctions vitales, avaient dû accroître encore les souffrances de la jeune fille. En outre, des indices de viol avaient été relevés, sans toutefois établir une pénétration post-mortem. L'absence de trace de sperme laissait supposer l'utilisation d'un préservatif par le meurtrier, et celle de résidus d'ongles, de peau et de cheveux, hormis ceux de la victime, le port de gants et d'un masque. Les lésions sur le cuir chevelu provenaient d'un couteau et de ciseaux, la plaie circulaire au ventre, de ces mêmes ciseaux.

Les habitants de l'immeuble n'avaient rien entendu ni vu de suspect. Les preuves rassemblées grâce à l'appel à contribution lancé à la population se révélaient insuffisantes, comme souvent dans ce genre de cas.

Une phrase du rapport d'autopsie retint particulièrement l'attention de Trojan : les marques parallèles sur tout le corps de la victime ne résultaient manifestement ni du couteau ni des ciseaux mais de lames de rasoir.

Le médecin légiste indiquait explicitement : « Les blessures rappellent des coups de serres. »

Trojan s'assit face à son chef, Hilmar Landsberg, après le départ de leurs collègues. Une inquiétude diffuse semblait flotter dans son regard bleu métallique ; son dernier rasage remontait à des jours. Il triturait une cigarette tirée d'un paquet froissé, faisant fi de l'interdiction de fumer dans le bâtiment de service. Il l'alluma et inhala une bouffée.

« Au flair, Nils, quel est ton point de vue ?

— C'est le fait d'un inconnu.

— Et son petit ami ?

— Il a un alibi en béton qu'on a passé au crible. On a appelé ses copains d'études à Londres. Deux d'entre eux nous ont confirmé avoir partagé sa soirée du mardi dans sa chambre de résidence universitaire. Ils attestent même qu'il était inquiet de ne pas parvenir à joindre Coralie au téléphone. Les appels entrants sur le portable de celle-ci le prouvent. Et puis je l'ai déjà interrogé. Il est complètement dévasté.

— Et parmi ses collègues de travail ? Un collaborateur éconduit peut-être.

— Peu probable.

— Mardi soir, il sonne à l'improviste à sa porte, elle le laisse entrer.

— On a déjà cuisiné les collègues.

— Bien. Autre possibilité que tu évoques : l'inconnu total. Comment le type rentre-t-il dans l'appartement ?

— Peut-être s'y connaît-il en serrures.

— Ou bien elle lui a ouvert la porte. »

Trojan haussa les épaules. « Il n'y a en tout cas aucune trace de lutte dans le vestibule.

— Elle le connaissait peut-être alors.

— Et si l'assassin se trouvait déjà dans l'appartement et la guettait ? »

Les yeux dans le vide, Hilmar recracha sa fumée.

« C'est angoissant, pas vrai ?

— Comment ça ?

— Tu rentres chez toi et…

— Et le malheur se referme sur toi entre tes quatre murs. C'est ça que tu veux dire ? »

Il ne répondit pas. Après un long silence, son regard se voila.

« Hilmar ? Ça va ?

— Oui, oui, tout à fait, dit-il en se passant la main sur le front.

— Vraiment ? »

Landsberg hésita.

« Ah, tu sais, ma femme… »

Cet épanchement sur sa vie privée, le premier en date de la part de son chef, étonna Nils.

« Elle ne va pas bien ? »

Landsberg prit de longues bouffées puis ouvrit son cendrier de poche en argent, le dernier cadeau d'anniversaire offert par ses collègues, et y écrasa son mégot.

« Est-ce que ton instinct te dit autre chose ? »

Trojan comprit que Hilmar venait par là de clore la part personnelle de la conversation.

Il se frotta les yeux. La nuit précédente, étendu trois heures tout au plus sur le lit de camp de son bureau, il n'avait pu trouver le sommeil, les images de la scène de crime l'en empêchant.

« Mon instinct me dit que le meurtrier va frapper de nouveau. Et sûrement suivant le même mode opératoire bestial », répondit-il, grave.

Excité, il passa en revue les placards de sa cuisine. Ils devaient bien contenir du cacao ; aucun goûter d'anniversaire ne se tenait sans. Il trouva enfin une boîte qui recelait un reste de poudre marron. Il y plongea le doigt, qu'il lécha. Oui, du chocolat, si suave et alléchant qu'il faillit lui mettre les larmes aux yeux. De loin en loin dans sa vie, il s'accordait cette petite gâterie.

Il versa le lait dans la casserole, qu'il fit chauffer, y remua la poudre de cacao et attendit jusqu'à ce que le tout frémît.

La tasse à la main, il revint dans le salon, sur le canapé duquel la fillette attendait sagement.

« Il n'y a pas de gâteau ?

— De gâteau ?

— Il y a toujours un gâteau à un anniversaire.

— Un gâteau, bien sûr. »

Devait-il se précipiter chez le boulanger pour en acheter un ?

Il y renonça et s'assit dans un fauteuil.

La jeune fille goûta le chocolat du bout des lèvres puis déposa la tasse.

« Où est Paula ? »

Il ne répondit pas.

« Tu es le père de Paula ? »

Il secoua la tête.

« Qui es-tu alors ? »

Nerveusement, il joignit les mains, les ouvrit pour les joindre de nouveau. Il aurait tort de lui cacher la vérité, pensa-t-il.

« Aucune Paula n'habite ici, hein ? »

Il esquissa un signe d'approbation.

Ils gardèrent longtemps le silence, jusqu'à ce qu'il dît doucement : « Tu ne sais donc pas de quoi a l'air la maison de Paula ?

— C'est la première fois qu'elle m'invite chez elle. » Elle soupira. « En fait je ne la supporte pas. Et je crois qu'elle ne m'aime pas beaucoup non plus. » Elle reprit sa carte en clignant des yeux. « Elle a sûrement noté un faux numéro d'immeuble.

— Vingt-neuf, dit-il.

— Oui, c'est écrit : vingt-neuf.

— Est-ce que le nom de la rue est exact ? »

Elle le lui lut.

« Oui, c'est bien ça.

— Et si elle l'avait fait exprès ? Paula aurait voulu me jouer un sale coup, qu'est-ce que tu en penses ? »

Il haussa les épaules ; elle but une grande gorgée.

Elle lécha la moustache de chocolat qui lui barrait la lèvre supérieure.

« Tu as un cadeau pour Paula ?

— Ma mère n'a pas beaucoup d'argent. En fait…

— En fait, quoi ?

— En fait, je suis bien contente de ne pas me retrouver chez Paula. De quoi j'aurais l'air, sans cadeau ? »

Il lui donna raison d'un geste.

« Comment tu t'appelles ? l'interrogea-t-elle.

— Konrad.

— Un nom bizarre.

— Tu trouves ? »

Elle opina du chef.

« Et toi, comment tu t'appelles ?

— Lene.

— Lene. Joli prénom.

— Mouais, ça peut aller.

— Tu peux aussi m'appeler Konnie. Qu'est-ce que tu penses de Konnie ?

— Konnie est encore plus bizarre, répondit-elle en grimaçant.

— Bon, alors, Konrad.

— Tu ne bois pas de chocolat, Konrad ?

— Je vais m'en préparer un aussi. »

Il se leva et gagna la cuisine. Le cœur lui battait.

Tout tranchait dans cette journée qui lui évoquait une fleur. Une belle fleur haute en couleur nommée Lene.

Il saupoudra le lait frémissant de cacao et remarqua qu'en même temps il sifflotait tout bas.

Il entra dans le salon avec en main sa boisson et

s'assit sur le canapé à côté de la fillette. Elle lui parla de sa mère tandis qu'il aspirait à grand bruit la tasse à l'arrière-goût d'enfance et de bonheur mais également d'amertume. Il ne parvenait pas à saisir ce qui, dans ce chocolat, le rendait un peu triste.

« J'aime ma mère », dit Lene.

Les enfants aimaient leur mère, ça allait de soi. Il en avait été de même pour lui.

« Et ton père ? » demanda-t-il.

Elle ne répondit pas.

« Qu'est-ce qui ne va pas avec ton père ?

— Je n'ai pas de père. Ma mère dit que j'ai simplement un géniteur. »

Oui, c'est ainsi, pensa-t-il. C'est même exactement ça.

« Tu connais ton géniteur ?

— Oui. Il bat ma mère. »

Lene éclata alors en sanglots. D'abord hésitant, il mit son bras autour de ses épaules.

Elle se dégagea brusquement. « Arrête, je ne dois pas me faire toucher par des étrangers. »

Il relâcha précipitamment son étreinte et tendit à la fillette un mouchoir qu'il retira d'un vieux paquet propre mais chiffonné. Elle le prit pour s'en essuyer le nez.

Elle est seule, pensa-t-il, seule au monde. Il la comprenait ô combien.

« Donne-le, dit-il, je le jetterai pour toi. »

Il lui tendit la main pour qu'elle y déposât le mouchoir usagé.

« Mais c'est dégueulasse.

— Non, non, ce n'est pas dégueulasse. »

Elle lui passa le mouchoir, perplexe, et il le glissa dans sa poche avant de se rasseoir près d'elle.

« Tu voulais le jeter.

— Je le garde pour toi. »

Elle en conçut de la gêne.

Le silence s'installa. Se taire côte à côte avec elle lui plaisait. Son cœur battait la chamade, il se sentait bien.

D'un coup, Lene vida la poche de sa robe de son contenu : un trousseau de deux clés, certainement celles de son immeuble et de son appartement, un paquet de chewing-gums, un petit pendentif en plastique figurant un monstre ventru, probablement un personnage de dessin animé qu'il ne connaissait pas, et enfin une photo, qu'elle défroissa et lui montra.

« Ma mère. »

Il la considéra longuement.

Puis il regarda l'enfant.

« Tu as ses beaux cheveux blonds. »

Et Lene, d'un geste enfantin et coquet, se les lissa.

Il ne put réprimer un sourire.

« Oui, la ravissante chevelure de ta mère. »

Lene sourit elle aussi.

Elle reprit bientôt son sérieux.

« Je dois y aller, dit-elle en rempochant la photo ainsi que les clés, le monstre au gros ventre et les chewing-gums.

— Reste encore un peu, dit-il dans un sursaut.

— Ma mère va s'inquiéter.

— Mais tu te trouves chez Paula. Et une fête d'anniversaire dure longtemps.

— Non, non, je dois m'en aller. »

Elle se leva. Il fit de même, la dominant de toute sa taille.

« Reste », dit-il un peu trop fort.

Il sentit son cœur se serrer.

5

En revenant chez elle, Lene rentra instinctivement les épaules. Elle n'était pourtant pas grande, ni le plafond, bas.

Elle remonta le couloir à pas de loup. À la porte close du salon, elle colla son oreille. En présence de celui que sa mère appelait « le géniteur », l'air se raréfiait, et les pièces semblaient rapetisser.

Justement, elle entendit sa voix grave de basse. Elle perçut aussi celle de sa mère, qui paraissait un peu ivre. Tant que le géniteur ne lui rendait pas visite, sa mère se portait plutôt bien.

« Je n'ai pas envie, cria-t-elle derrière la porte.

— Ne joue pas ta mijaurée.

— Arrête, Bernd.

— Tu es vraiment une… »

Le mot suivant se fondit en un halètement.

« J'ai dit non », cria la mère.

Le halètement se mua en toux.

Le géniteur se racla la gorge.

« Tu es vraiment une sacrée salope. Je maudis le jour de ta naissance.

— Alors fous le camp.

— Et je maudis le jour de la naissance de cette merdeuse.

— Bernd ! »

Des bouteilles tintèrent. Lene retint son souffle.

« Je t'interdis de dire ça.

— Une merdeuse. Un accident malheureux.

— Un accident ? Tu traites ta fille d'accident ?

— Une catastrophe.

— Tu me dégoûtes… »

Une gifle fit taire la mère. Puis vinrent les sons que Lene craignait le plus, ceux que le géniteur émettait quand il violentait la mère. Un jour, Lene, entrée dans la chambre sans se douter de rien, avait vu la mère enchevêtrée comme une pelote avec le géniteur. De cette pelote sortaient des pattes d'araignée, et dans la tête d'araignée, rouge, luisaient les yeux de la mère qui la fixaient. L'araignée se mit alors à crier, mais les araignées ne criaient pas et se bornaient au mutisme et à la laideur.

« Va-t'en, Lene, va-t'en », avait crié la tête d'araignée.

Lene s'écarta de la porte.

Dans sa chambre, elle se jeta sur le lit et serra contre elle Jo, sa tortue en peluche, avec laquelle elle s'évadait, très loin, jusque sur son île. Ils la gagnaient à la nage, pratique dans laquelle Jo excellait ; il suffisait à Lene de se cramponner à sa carapace, et il l'emportait. La fenêtre donnait sur l'arrière-cour sombre où trônaient les poubelles, mais, en fermant les yeux, l'océan apparaissait juste derrière. Jo nageait avec elle vers le large. Jo ne la laissait jamais tomber.

Ils fendaient une mer d'huile et atteignaient bientôt la plage, avec palmiers et noix de coco mais sans géniteur.

Dans la pièce attenante où la mère pleurait et criait, l'on ne savait rien de cette île. Lene restait étendue près de Jo sur le sable, en sécurité : pas de géniteur qui la qualifiait d'accident ou de catastrophe. Des vagues turquoise ondulaient, clapotaient avant de se briser sur la plage, des poissons volants et des perroquets multicolores traversaient le ciel.

Jo était un héros.

Lene somnolait quand la mère entra dans sa chambre.

Elle s'éveilla.

« Il est parti ? »

Les traits bouffis et les yeux rougis, la mère acquiesça d'un signe de tête.

« Comment c'était chez Paula ? »

La mère rejeta sa chevelure en arrière.

Lene pressa Jo encore plus fort contre elle.

« Raconte-moi sa fête d'anniversaire. »

Elle voulait s'en retourner rapidement sur l'île, chose impossible en présence de la mère.

« Dis-moi donc comment ça s'est passé.

— Bien », murmura Lene en se tournant sur le flanc.

Alors la mère lui souhaita une bonne nuit et quitta la chambre.

En cette fin d'après-midi du lundi, Trojan examinait les photos de la scène de crime punaisées au mur : le drap imbibé de sang, l'oiseau déchiqueté, les orbites noires et croûteuses, fixes et sans vie, le crâne presque chauve du cadavre. Puis il considéra le cliché de Coralie Schendel pris quelques mois avant sa mort par son petit ami, celui d'une fille au regard étincelant et au sourire radieux sous de longs cheveux blonds épais.

Trojan soupira.

Sur la table devant lui gisait un kebab entamé, rapporté par Gerber de chez le Turc du coin de la rue.

Trojan y mordit sans appétit. Son regard glissa sur le gros plan de la blessure au cou puis sur le lambeau de cuir chevelu au-dessus de la tempe gauche. Un haut-le-cœur le saisit. Ne pas vomir, se dit-il, pas maintenant.

Il avala sa bouchée et s'efforça de continuer à manger les yeux clos, en vain. Écœuré, il emballa dans le papier aluminium les restes qu'il mit de côté, but une grande gorgée d'eau et se pencha sur sa liste de témoins éventuels recensés parmi la population.

Cinq minutes plus tard, il devait interroger le suivant. Entendre les trois autres individus mentionnés durerait au moins une heure.

Il jeta un œil à la pendule.

Il bondit d'un coup, étouffa un juron et compulsa son agenda.

À la page de ce lundi 10 mai, à 18 heures, figuraient un petit cercle et trois bâtons, le signe secret choisi pour sa séance de thérapie, à supposer que Gerber tombât sur son carnet.

Il se précipita dans la pièce voisine. Ronnie y interrogeait une vieille dame lui livrant avec force gesticulations des révélations que Trojan devina stériles à l'expression du visage de son collègue. L'enquête s'enlisait, tout simplement.

« Ronnie, tu peux venir une minute ? »

Il s'excusa auprès de la témoin autoproclamée et suivit Trojan dans le couloir.

« Ronnie, je t'offre une bière, que dis-je ? trois bières, si tu te charges de ma prochaine audition.

— Nils, c'est impossible.

— Je sais, je sais, mais c'est extrêmement urgent.

— Mais on est tous débordés ici, tu ne peux pas te débiner.

— C'est une question de vie ou de mort.

— Merde alors, de quoi tu parles ? »

Le ton montait.

« S'il te plaît, Ronnie, juste cette fois-ci.

— OK, Nils, fous le camp, finit-il par dire après un long silence.

— T'es un vrai ami. »

Gerber disparut dans la salle d'interrogatoire dont il claqua la porte. Trojan s'empara de sa veste et se rua hors du bâtiment.

Avec un retard de dix minutes, il parvint enfin à la porte du cabinet. Cette fois-ci, Jana Michels lui ouvrit en personne.

« Vous voilà, monsieur Trojan. »

Hors d'haleine, ruisselant de sueur, il craignait d'exhaler en éructant des relents de kebab. Il marmonna une excuse, qu'elle accueillit d'un sourire, et elle l'invita à entrer.

Il la suivit comme un écolier.

Dans la pièce du fond du couloir se déroula la procédure habituelle : tandis qu'elle tapait sur son ordinateur, il s'assit sur l'un des deux fauteuils en cuir. Subrepticement, il essuya la sueur sur son front.

Elle prit place face à lui.

De but en blanc il lâcha : « Je n'en peux plus. »

Elle l'interrogea du regard.

« Cette thérapie. Je n'y arrive plus. »

Et comme elle ne répliquait rien, il poursuivit : « Mon collègue doit mener des auditions à ma place, on travaille sur une affaire de meurtre barbare, sans aucune piste, l'ambiance au commissariat est délétère, tout le monde se tire dans les pattes, je ne parviens plus à dormir, car les images du crime me poursuivent, et je me demande où ça mène, pourquoi je fais tout ça. Je n'en peux plus, voilà tout.

— Vous parlez de la thérapie ou du meurtre ?

— Des deux.

— Se pourrait-il que vous les confondiez ?

— Comment je pourrais me consacrer à ma vie intérieure en travaillant en permanence ?

— Excellente question.

— Je dois mettre ma vie personnelle entre parenthèses ; sinon, je ne réussis pas à me concentrer sur cette affaire.

— Vous souhaiteriez m'en parler ? »

Le silence se fit. Trojan réfléchissait : elle était soumise au secret professionnel, et tant qu'il ne citait aucun nom, il ne courrait aucun risque. Il craignait cependant que sa voix lui fît défaut, tellement le stress des jours précédents l'avait rongé.

Finalement il lui raconta tout, ne lui épargna aucun détail de la scène de crime, énuméra les éléments de l'enquête, et il se sentit libéré à mesure qu'il parlait.

Elle ne l'interrompit pas. Il se tut au bout d'un moment. Il ignorait combien de temps s'était écoulé.

Puis Jana Michels dit doucement : « Je comprends, monsieur Trojan, que tout cela vous pèse. Les choses atroces que vous voyez doivent vous bouleverser. Et vous n'avez vraiment pas la moindre preuve ?

— Non. La plupart des actes criminels sont le fait de relations mais pas dans ce cas-ci, selon moi. Le meurtrier a, d'une manière ou d'une autre, forcé l'accès de l'appartement de la victime.

— L'oiseau pourrait être un indice, tout comme l'absence de plumage.

— Les cheveux et les plumes.

— La chevelure chez les hommes…

— … correspond au plumage chez les oiseaux, ajouta-t-il.

— L'assassin semble ici vouloir attirer l'attention sur quelque chose. Il dépouille sa victime de ses cheveux, comme l'oiseau de ses plumes.

— Qu'est-ce que ça vous évoque ? demanda Trojan.

— Et à vous ? Spontanément, quels mots vous viennent ?

— Crevé, vide.

— Comme vous ces temps-ci ?

— Sans défense, désespéré, dans le noir. Mais c'est mon point de vue. Je dois me mettre à la place du meurtrier.

— Peut-être ne veut-il pas que la victime le voie pendant qu'il opère.

— Il voudrait dissimuler quelque chose ?

— Peut-être.

— Mais quoi ?

— Un manque ? Ou une tare ?

— Vous voulez dire quelque chose dont il a honte ?

— Oui. À quoi ressemblait la femme qu'il a tuée ? demanda-t-elle après une pause. Qu'avait-elle de particulier ?

— De beaux cheveux blonds. Longs et épais.

— Aurait-il emporté cette chevelure magnifique comme trophée ?

— Comme trophée, oui. Mais pour quoi faire ?

— Le contempler, le toucher. Il se remémore ainsi sans cesse le crime. Peut-être même se pare-t-il avec.

— Il se déguiserait avec les cheveux de sa victime ? »

Elle haussa les épaules. « Une supposition, rien de plus.

— Une parure », murmura-t-il.

Il plongea son regard dans le sien.

« Merci. »

Jana Michels sourit. « Pour quoi ?

— Votre écoute. »

Ils se considérèrent longuement.

Pourvu qu'elle n'invoque pas son métier, pensa-t-il.

Mais elle garda le silence.

Au lieu d'alléguer son devoir professionnel, elle lui demanda : « C'est là que se situerait votre propre carence, monsieur Trojan ? Quelqu'un à qui parler, à qui vous pourriez tout raconter vous manque ?

— Je ne sais pas. »

Elle attendait, tandis que l'embarras le gagnait.

« Je ne sais pas ce que je dois vous répondre.

— Rien du tout. Vous ne vous trouvez pas dans une salle d'interrogatoire. Mais réfléchissez-y. »

Elle jeta un œil au petit réveil sur la table.

Elle va alors dire que nous devons, hélas, en rester là pour aujourd'hui, pensa-t-il. Se pouvait-il qu'il soit si tard ? Il venait juste d'arriver. Avait-il parlé si longuement ? Il se sentait à la fois déconcerté et soulagé.

« Souhaitez-vous réfléchir encore un peu à l'interruption de votre thérapie ? »

Il hocha faiblement la tête.

« Avons-nous déjà fixé un rendez-vous pour la semaine prochaine ? » Elle feuilleta son agenda. « Lundi à la même heure ? Est-ce que ça vous convient ?

— Et que pensez-vous de ce vendredi ? demanda-t-il subitement. Vendredi soir. J'aimerais vous inviter à dîner. »

L'espace d'un instant, il douta avoir vraiment formulé cette proposition.

Après un temps d'arrêt, les yeux braqués sur lui, elle se leva, et il fit de même.

« Bien, dit-elle avec sérieux. Vendredi soir, ici.

— Ici ?

— À 20 heures au cabinet. »

Il la dévisagea.

Un étrange sourire passa sur ses lèvres. « C'est votre prochain rendez-vous. »

Devant le tableau couvert de séries de chiffres, la professeur parlait. Soudain le silence emplit la classe. Tous se tournèrent vers Lene, qui n'écoutait pas.

« Je répète : pourrais-tu venir enfin devant ? »

Le motif du blazer que portait la femme se mettait à danser quand Lene le fixait trop longuement.

Elle se leva et s'avança, saisit la craie et se perdit dans la contemplation des chiffres.

La professeur glissa une réplique qui déclencha l'hilarité de l'assemblée.

Alors Lene écrivit prestement un nombre à la fin de l'opération, derrière le signe égal.

« Tu peux nous expliquer ce qu'il signifie ? » dit l'enseignante en fusillant Lene du regard.

Elle s'appelait Mme Block, ce qui correspondait, selon Lene, au poids qui lui écrasait la poitrine.

« Lene ! Je t'ai posé une question. »

Au lieu de répondre, Lene raya simplement le chiffre.

« Tu vas me faire le plaisir d'effacer soigneusement ce que tu veux corriger », ordonna le Bloc.

L'éponge gorgée d'eau croupie, nauséabonde donnait à Lene des haut-le-cœur. Elle gouttait, si bien que Lene l'essora, ce qui forma une flaque sur le sol, et le Bloc devint écarlate. Lene savait que cette coloration annonçait des cris stridents qui lui vrilleraient les oreilles.

La classe rit d'elle derechef.

Ce fut alors que la cloche retentit, et Lene put souffler.

Elle voulut immédiatement regagner sa place, mais le Bloc la retint. Un effluve de déodorant s'exhalait de sous son blazer, dont le motif vacillait.

« Tu dois te donner davantage de mal, Lene, sinon tu n'arriveras à rien. »

Elle lui pinça le bras, Lene grimaça.

Devant la porte du collège, elle allongea le pas pour rattraper Berenice. Elle lui demanderait de se retrouver pour jouer, car l'après-midi serait long.

Elle reconnut alors Paula à ses côtés. À son approche, elles se détournèrent d'elle en ricanant.

Lene se figea.

Berenice et Paula poursuivirent leur chemin.

À la grande récréation, Paula avait crié à la cantonade qu'elle n'adresserait plus un mot à Lene à cause de son absence à son anniversaire.

Peut-être Berenice, elle non plus, ne lui parlerait-elle plus dorénavant.

Lene serra contre elle son cartable et s'en revint seule chez elle.

Elle arrima son regard aux dalles du trottoir de la Weserstrasse ; mettre le pied sur l'une des rainures les séparant lui porterait malheur. À grandes enjambées, elle s'apprêtait à franchir le coin de la Fuldastrasse en vainqueur lorsqu'elle marcha sur une lézarde.

Touché, coulé, pensa-t-elle.

Elle poussa la grande porte brune et disparut dans le hall sombre. Comme à l'accoutumée, elle passa le doigt sur le mur sale en montant l'escalier. Elle ne comptait plus les marches depuis longtemps ; elle connaissait leur nombre immuable de soixante-huit.

Elle rentra la tête dans les épaules. Le silence régnait dans l'appartement, la mère se trouvait encore au travail. Lene serait bien passée la voir à la petite succursale de droguerie qui l'employait comme unique vendeuse. Revêtue de sa blouse blanche, elle ressemblait à un médecin. Le magasin, si exigu que partout Lene se cognait, comportait une caméra de surveillance et dans l'arrière-boutique, un écran de contrôle. En l'absence de clients, Lene se cachait entre les rayons, et la mère s'amusait à la trouver sur le moniteur.

Lene jeta son sac d'école dans un coin. Jo, assis sur le lit, l'observait. Elle le glissa sous son bras, remplit dans la cuisine un bol de Choco Pops qu'elle noya de lait avant de l'emporter au salon.

En poussant la porte entrebâillée, elle sursauta.

Perché sur l'abat-jour, il la fixait. Elle ne l'avait pas entendu.

Le souffle court, elle posa lentement le bol de céréales et l'animal en peluche sur la table du séjour.

Elle s'approcha de la lampe sur la pointe des pieds.

L'oiseau prit son envol à travers la pièce. Lene se baissa, oppressée par les battements d'ailes précipités de cette bestiole à tête noire et plumage rouge sur le poitrail.

Il heurta le plafond et continua à voleter.

Lene tendit les mains vers lui.

« Allez, viens, chuchota-t-elle, viens ici. »

6

Avec un luxe de précautions, il fit glisser la lame sur la peau ; une coupure le contraindrait à se présenter avec un pansement à son tête-à-tête.

Son tête-à-tête ? songea-t-il. Non, il s'agissait simplement d'une séance.

Il allongea le cou pour raser la zone sensible de la pomme d'Adam. Lui revint alors l'image de la morte, et le rouge sombre suinta de la plaie.

Trojan pesta.

Il rinça le reste de mousse, s'essuya le visage et appliqua un crayon hémostatique sur l'incision. Il s'épargnerait le pansement pour cette fois.

Il se considéra dans le miroir d'un œil critique, rentra le ventre et banda les muscles.

Pour finir, il se tapota les joues d'après-rasage, avec modération afin d'éviter la gêne causée par un parfum capiteux.

Serait-ce une séance ou un tête-à-tête ?

« Courage », se dit-il tout haut.

Devant l'armoire de la chambre se posa la question de la chemise. La bleu nuit au col Button-Down conviendrait, mais il la trouva chiffonnée. Il devait l'avoir négligemment roulée en boule. Plus d'un vêtement nécessitait un repassage, tâche qu'il détestait. Il s'empara d'une chemise en lin, qui lui siérait avec un jean noir. À moins que ce tissu ne parût démodé ?

Trojan passa en revue plusieurs chemises puis décida de défroisser rapidement la bleu nuit. Un coup d'œil à la pendule lui fit céder à l'énervement.

Alors qu'il dépliait la planche à repasser, le téléphone retentit.

La voilà qui annule, pensa-t-il, mais la sonnerie provenait de sa ligne fixe. Si peu de temps avant le rendez-vous, elle l'aurait joint sur son portable.

Il lut sur l'écran de l'appareil le numéro de Friederike. Rien d'étonnant de la part de son ex-femme, dont les pressentiments se vérifiaient souvent, à ce qu'elle appelât justement ce soir-là.

Il s'apprêtait à se détourner lorsque lui vint à l'esprit que le coup de fil concernait peut-être Emily.

« Allô ?

— Allô, papa.

— Emily ! »

La culpabilité l'assaillit aussitôt. De la semaine, il ne s'était pas acquitté de la promesse formelle faite à lui-même de donner signe de vie à sa fille.

« Comment tu vas, ma chérie ?

— On fait aller.

— Pas si bien ?

— Si, si. »

Elle se morfond, pensa-t-il, elle a besoin que son père la réconforte, mais son père est encore une fois terriblement pressé.

« Je me suis dit que j'allais essayer sur ton fixe. Au cas où tu serais à la maison. »

Sa montre indiquait 19 h 40.

« Eh bien, j'ai eu de la chance. »

Il grommela entre ses dents.

« Tu as de la visite ?

— Non, non. »

Elle se mit à glousser. « Doro est là ?

— Non. »

Le rouge lui monta aux joues. Qu'elle évoquât Doro le troublait.

« Tu la salueras de ma part ?

— Compte là-dessus.

— En fait, je voulais voir Leo aujourd'hui. »

Il dressa l'oreille. Jamais encore elle n'avait cité ce nom.

« Mais en fin de compte, ça devrait être à lui de m'appeler, tu ne crois pas ?

— Qui est ce Leo ? »

Elle ne répondit pas. Il se l'imagina assise sur son lit, les jambes repliées sous elle, tortillant une mèche de cheveux entre ses doigts pour en examiner les fourches.

« Emily ? »

L'espace d'un instant, il craignit qu'elle ne se mît à pleurer. Bon sang, il n'arriverait jamais à l'heure à son rendez-vous, mais il devait la consoler de son chagrin.

« Tu es encore là, Em' ?

— Oui, Leo est… Comment te dire… »

Encore un coup d'œil à l'heure, et il prit une décision : « Emily, que dirais-tu de venir chez moi dimanche ? Tu pourras alors tout me raconter. En effet, c'est si… Je suis assez pressé.

— Tu as un rencard ! Mais bien sûr, on est vendredi soir, et le vendredi soir on se donne rencard.

— Comprends-moi bien, je…

— À vrai dire, j'avais moi aussi un rencard, mais… »

Elle s'interrompit.

« Est-ce que ta mère est là ? demanda-t-il prudemment.

— Hmm. »

Il s'ensuivit une pause. Cette pause habituelle lorsqu'il évoquait sa mère.

« Alors que dis-tu de dimanche ?

— Dimanche ? répéta-t-elle d'une voix traînante, comme si cette proposition requérait une longue réflexion. À quelle heure ?

— À 11 heures. On prendra le petit déjeuner. On ira se promener. On… »

Leo, pensa-t-il, sûrement souffre-t-elle d'un chagrin d'amour.

« D'accord ? »

Il tenta de déduire de son silence si ces retrouvailles lui convenaient. À moins qu'elle ne se sentît rejetée ?

Sa montre affichait huit heures moins le quart.

Se comportait-il en père indigne ?

« D'accord », dit-elle.

Toucher les poupées Barbie exposait à des sanctions. Mais il lui fallait les admirer.

Au bout de trois heures, Berenice les fit disparaître

de sa vue dans une caisse. Comme Lene aurait aimé les peigner !

« Viens », lui dit Berenice en se levant.

Elle obéit comme durant tout l'après-midi.

Assise dans le salon, la mère de Berenice feuilletait un magazine.

« Lene doit partir maintenant, annonça Berenice.

— Oh, dit la mère.

— C'est faux », dit Lene dans un chuchotement.

Berenice la foudroya du regard. « Si, tu dois partir. »

Peut-être était-ce la dernière fois qu'elle pourrait venir jouer chez elle, se faire mettre à mal et mener à la baguette. La dernière fois qu'elle avait une amie.

Les poings sur les hanches, Berenice lui dit : « Tu es attendue chez toi. »

Non, voulut protester Lene, mais elle se tut.

« Quelqu'un va passer te prendre ? » demanda la mère de Berenice.

Lene secoua la tête.

« Tu retrouveras le chemin toute seule ? »

Elle répéta son geste.

« Chez nous, il y aura des cuisses de poulet ce soir au dîner », dit Berenice. Lene comprit. Pour elle, il n'y en aurait pas, c'eût été trop beau.

Elle prit sagement congé de la mère, Berenice la raccompagna à la porte.

« Ma mère prépare les cuisses de poulet avec de la sauce aux cacahuètes.

— Je n'aime pas la sauce aux cacahuètes », mentit Lene.

Elle rentra chez elle à grands pas sans marcher sur les rainures du trottoir.

Elle suspendit son jeu devant la boutique du coin de sa rue pour vérifier par la vitrine si elle vendait toujours à trente centimes l'unité, soit bien trop cher, les bonbons gélifiés en forme d'anneau qu'elle aimait tant.

Lene poursuivit son chemin.

Dans la Fuldastrasse, juste avant d'atteindre son immeuble, elle marcha intentionnellement sur une rainure du trottoir.

Touché, coulé, pensa-t-elle.

Elle dénombra les marches de l'escalier jusqu'à sa porte, se trompa exprès dans le décompte et parvint non plus à soixante-huit mais soixante et onze pour se persuader de l'existence des miracles.

Elle entra dans l'appartement et s'apprêtait à appeler sa mère lorsqu'elle se figea.

Il gisait sur le tapis du couloir.

Et l'observait de ses yeux minuscules.

Il resta un instant immobile devant le téléphone raccroché, les épaules tombantes. Puis il se reprit, jeta de côté la chemise bleu nuit et enfila un tee-shirt sombre au col en V. Il préférait à la première le second ; et au lieu du jean noir, il choisit le bleu délavé. Il se mira une dernière fois, passa la main sur ses tempes grisonnantes et disciplina ses cheveux courts hérissés.

Suis-je vraiment un père indigne ? se demanda-t-il. Abréger la conversation avec ma fille alors qu'elle m'appelle à un moment inopportun ne doit pas me donner mauvaise conscience.

Il s'empara de sa veste et se précipita hors de l'appartement, dévala les marches deux par deux et rasa le mur en passant devant chez Doro.

Il enfourcha son vélo et pédala en direction de Südstern puis de la Bergmannstrasse ; il emprunta le Mehringdamm et passa devant l'Osteria et la Villa Kreuzberg.

Une bonne idée que l'Osteria, pensa-t-il. Même si la soirée tournait davantage à la séance de thérapie qu'à l'amorce d'un flirt, il pourrait toujours proposer après coup de manger là-bas un morceau.

Et puis non, l'Osteria se situait trop loin de son cabinet, il s'agissait stratégiquement d'un mauvais choix.

Quoique ce restaurant pourrait toutefois convenir, puisque à mi-chemin entre le cabinet et chez lui.

Calme-toi, se dit-il. En franchissant la voie de chemin de fer sur le Monumentenbrücke, il admira au loin les tours de la Potsdamer Platz qui étincelaient dans le crépuscule.

Une fois le quartier de Schöneberg atteint, il bifurqua dans la Crellestrasse juste après le Langenscheidtbrücke. Peut-être qu'au restaurant Toronto, situé à quelques mètres, un recoin tranquille les accueillerait pour se rapprocher autour d'un verre de vin.

Il s'arrêta au numéro 34.

L'air pur de mai, porteur de promesses, annonçait la venue de l'été.

Son cœur palpitait. Ce n'est qu'un rendez-vous, se dit-il, rien qu'un rendez-vous.

Il attacha son vélo et appuya sur la sonnette. La porte fut sur-le-champ débloquée, et il gravit l'escalier menant au cabinet.

« Vous voilà, monsieur Trojan, juste un tout petit peu en retard », dit-elle en lui ouvrant la porte, avant d'ajouter avec un sourire : « Mon dernier patient aujourd'hui. »

La peau était blanche.

Parlait-on de peau pour un oiseau ?

Chair de poule, peau d'oiseau. Ses bras démangeaient Lene.

Le ventre de l'oiseau béait en un trou dont s'écoulait du rouge.

Lene se tint longuement là, sans un mot, à se gratter les bras. Elle se pencha sur l'objet de son dégoût.

Elle tenta de surmonter sa répulsion ; peut-être vivait-il encore ; elle lui viendrait en aide et l'envelopperait d'un bandage, comme Jo de temps à autre, quand il se plaignait de douleurs.

Lene le ramassa.

Pauvre petit oiseau, qu'est-ce qui t'est arrivé ? pensa-t-elle.

Elle perçut alors un bruit, une sorte de claquement de mâchoires, qui provenait de la chambre de la mère.

« Maman ? »

Elle étreignit l'oiseau qu'elle savait mort, mais en s'imaginant de toutes ses forces le contraire, peut-être revolerait-il un jour, même rien qu'en rêve.

« Maman ? »

Mais son appel, bloqué dans sa gorge, ne porta pas.

Elle s'approcha de la porte.

D'une main elle la poussa tandis que de l'autre elle pressait contre sa poitrine l'oiseau mort.

Sur la mère étendue dans le lit était penchée une silhouette.

Lene vit les pieds de la mère, simplement ses pieds nus ; le reste lui demeurait invisible.

Ses pieds justement péchaient.

Ils semblaient tout à fait rigides.

Et si la mère dormait ?

Ce fut alors qu'elle entendit de nouveau la morsure.

Seuls des ciseaux émettaient ce bruit.

La silhouette penchée sur la mère les faisait crisser.

Lene voulut crier, mais aucun son ne sortit de sa bouche.

La silhouette se tourna vers elle.

Elle n'avait pas figure humaine. Une longue pointe en saillait.

Lene fit volte-face et courut droit devant.

Elle sentit un souffle dans son dos, et une douleur cuisante lui irradia soudain l'épaule.

Elle poussa un cri.

Elle ouvrit la porte d'entrée.

Sur le palier, elle vit les marches se précipiter sur elle.

Tout tournait.

Elle s'effondra.

Ses hurlements, aigus et perçants, résonnèrent dans la cage d'escalier.

DEUXIÈME PARTIE

7

Un sourire engageant aux lèvres, elle lui faisait face dans le fauteuil en cuir, les jambes croisées, vêtue d'une robe plus moulante qu'à l'accoutumée.

Trojan se racla la gorge.

« Alors ? demanda-t-elle. Comment allez-vous aujourd'hui ? »

Il se taisait.

Elle joignit les mains sur ses genoux et attendit.

« Ce soir, je ne suis pas un patient, la thérapie m'importe peu. Je suis content de me trouver là. »

Elle sourit. « Tant mieux.

— Êtes-vous contente, vous aussi ? »

Elle fronça les sourcils, ne répondit pas.

« Est-ce que vous vous réjouissez que je sois là ?

— Oui, bien sûr. On avait pris rendez-vous.

— Vendredi à 20 heures, effectivement. »

Il marqua une pause. « Auprès de vous dans ce cabinet, je dois toujours parler de moi. Et pourtant, j'aimerais vous demander plusieurs choses.

— C'est-à-dire ?

— Par exemple, la manière dont vous supportez

tout ça. Vous rentrez chez vous, habitée par toutes ces histoires. Chacun a vidé la poubelle de son âme devant vous. N'est-ce pas désespérant ?

— Pour ça, il y a une supervision.

— Et de quoi il s'agit ?

— Je rencontre un autre psychologue et lui rends compte des cas qui me pèsent ou dans lesquels je n'avance pas.

— C'est plutôt professionnel. »

Elle éclata de rire. « Qu'entendez-vous par là ?

— Par rapport au fait que tu reviennes à la maison, solitaire, entre quatre murs qui t'opposent leur mutisme.

— Parlez-vous de vous, monsieur Trojan ?

— Non, de vous.

— Je croyais, car vous m'avez tutoyée.

— Vous pensiez à un “tu” universel ?

— Oui.

— Un “tu” de connivence. Toi et moi. »

Qu'est-ce que je raconte ? se dit-il. Une consultation, ce n'est rien qu'une consultation. Mais pourquoi me sourit-elle ainsi ?

« Il y a des amis que l'on peut retrouver, dit-elle doucement.

— Oui, des amis. Mais vous l'avez évoqué si joliment la dernière fois : ce manque, quand il n'y a personne avec qui l'on peut tout partager… »

Il s'interrompit.

Mon Dieu, pensa-t-il, pourquoi ne pas tout simplement lui demander si elle vit seule ? Est-ce si difficile avec une psychologue ?

« Peut-être que je suis un romantique.

— Oui, ça se pourrait. »

Le regard qu'elle lui lança le troubla.

Et si c'était mon jour de chance ? songea-t-il. Je lui proposerais de suspendre la thérapie afin qu'elle puisse me revoir sans aucun scrupule professionnel.

« Mais votre ex-femme… Je pense… »

Son évocation de Friederike lui fit l'effet d'une gifle.

« Comprenez-moi bien, j'ai vraiment le sentiment que vous avez beaucoup souffert de la séparation et que peut-être vous en souffrez encore.

— Non, tout ça, c'est de l'histoire ancienne. »

Elle portait de nouveau les cheveux relevés, et il aimait ça.

Fugacement, il s'imagina lui passer la main dedans pour les dénouer.

« Non, non, c'est vraiment du passé. Je suis venu vous voir pour ces crises d'angoisse, mais elles s'arrangeront aussi. »

Tout va s'arranger, pensa-t-il.

Il dit enfin : « Vous jouissez d'une belle avance.

— D'une avance ?

— Oui, parce que je vous ai révélé tellement de choses sur moi. C'est injuste, vous ne trouvez pas ?

— Injuste, dans quelle mesure ?

— Vous savez tout de moi, et moi, rien de vous.

— C'est le propre de la thérapie.

— Voilà pourquoi je disais à l'instant que ce soir je ne suis pas un patient.

— Comment ça ? »

Il prit son courage à deux mains et demanda de but en blanc : « Est-ce que vous vivez seule ? »

Elle garda le silence sans se départir de son sourire.

« À Schöneberg ? Laissez-moi deviner. À deux pas d'ici ? J'essaie de m'imaginer l'aménagement de votre appartement. »

Elle rit. « Ah oui ?

— Je vois beaucoup de coussins et des étoffes bariolées.

— Des étoffes ? répéta-t-elle en riant de bon cœur.

— Et un tapis Flokati, comme peut-être dans votre enfance. Chez moi on en avait un, et quand mes parents sont morts, je l'ai tout simplement mis dans ma chambre. »

Trojan se remémora le petit garçon allongé sur le tapis, s'y perdant pour s'évader au loin.

« Parlez-moi de l'enfant sur ce tapis. »

Son portable se mit alors à vibrer.

Ne pas répondre, se dit-il d'abord, pas maintenant. Il devait cependant demeurer accessible en tout temps.

« Qu'est-ce qui se passe ? » demanda-t-elle en percevant l'expression changée de son visage.

Il retira à grand-peine son téléphone de sa poche.

« C'est juste… Veuillez m'excuser une seconde. Ça doit être mon travail. »

Il sortit dans le couloir.

Après une très brève conversation, il revint auprès de Jana, qui ne lui cacha pas son agacement.

« Monsieur Trojan, en principe vous devez éteindre votre portable pendant la séance.

— Je sais, mais je ne peux pas faire autrement.

— Qu'est-ce qu'il y a ? Vous êtes si pâle.

— Désolé, mais je dois partir en intervention.
— C'est grave ? »

Il ne dit rien.

« Une affaire de meurtre ? »

Il acquiesça simplement. Elle le dévisagea.

Puis il lui tendit la main pour la saluer.

Un simple rendez-vous, pensa-t-il.

Plutôt que de se faire prendre en voiture par des collègues, il s'y rendit à vélo.

De précieuses secondes s'étaient déjà écoulées, durant lesquelles, sans rien ajouter, il avait dévoré du regard Jana sur le pas de la porte du cabinet avant qu'elle ne lui lançât : « Allez-y, maintenant », avec un faible sourire.

La Villa Kreuzberg, l'Osteria et le secteur de Bergmannkiez défilèrent devant lui, puis il atteignit, haletant, le parc de Hasenheide. À partir de la Hermannplatz, un kilomètre seulement le séparait de la Fuldastrasse.

Selon Gerber au téléphone, le coupable, vu par une enfant, rôdait encore dans les environs.

Trojan accéléra pour rattraper ce temps qui s'égrenait, évita des passants à un feu, franchit à toute vitesse la Pannierstrasse. Une voiture freina juste devant lui.

Il poursuivit sa route, ignorant le mécontent qui le klaxonnait.

Ses poumons lui brûlaient.

De loin, il aperçut les voitures de police, tous gyrophares allumés, le cordon de sécurité et l'attroupement de badauds devant l'immeuble de la Fuldastrasse.

Il sauta de vélo, l'attacha à un réverbère et tendit sa plaque pour passer.

Dans la cage d'escalier vivement éclairée se mêlaient grésillement des talkies-walkies, voix des policiers et brouhaha des voisins sous le choc.

Dans l'appartement du quatrième se tenaient rassemblés les membres de la brigade criminelle.

À peine Trojan passa-t-il la porte d'entrée grande ouverte que Gerber se dirigea droit sur lui.

« Il a encore frappé, dit-il à voix basse. On est quasiment sûrs qu'il s'agit du même. T'es prêt ? »

Au lieu de répondre, il essuya, toujours hors d'haleine, la sueur sur son front.

« Alors viens. »

Gerber le conduisit dans la chambre à coucher.

La femme gisait nue sur le lit, les bras relevés, les jambes écartées. Sur le côté gauche de sa tête criblée d'incisions lui manquaient les cheveux. Sur le droit, ils lui tombaient en mèches blondes sur le visage.

À la place de ses yeux béaient des trous sombres.

Trojan reconnut les coups de couteau profonds portés à la gorge et les entailles parallèles recouvrant tout le corps.

« L'oiseau manque. Vous avez trouvé un oiseau ?

— Non. Le type a été dérangé. Voilà peut-être l'explication.

— Qui est-ce ?

— Melanie Halldörfer, trente-deux ans, mère célibataire d'une fille de dix ans qui l'a découverte il y a environ une heure. Elle dit que quelqu'un se trouvait dans l'appartement, penché sur sa mère, ici dans la chambre. La gamine s'est enfuie en courant. Lorsque les voisins, alertés par ses cris, sont entrés pour vérifier, ils n'ont trouvé qu'un cadavre.

— Mon Dieu, par sa propre fille », murmura Trojan, glacé.

Albert Krach, agenouillé au sol, ramassa avec une pincette un cheveu qu'il fit disparaître dans un sac en plastique.

« Personne ne sort de l'immeuble », dit Trojan.

Gerber, blanc comme un linge, grommela une approbation.

« Et il faut tout passer au peigne fin. Peut-être que le coupable se cache encore ici.

— J'ai déjà donné des instructions en ce sens aux collègues. Mais l'assassin est certainement déjà loin. On a découvert une lucarne ouverte dans les combles.

— Ratissez tout là-haut.

— C'est en cours depuis longtemps.

— Il a peut-être fui par le toit pour passer par une autre entrée d'immeuble.

— Bien sûr. » Gerber lui jeta un regard sévère. « Nils, tu arrives après la bataille.

— Désolé. J'étais…

— Tu n'as pas besoin de te justifier. Mais le chef était déjà sur place. Il a demandé après toi.

— Merde.

— C'est bon, Nils. Il y a une vie en dehors du crime.

— Vraiment ? Et où se trouve Landsberg à présent ?

— En haut sur le toit. Avec les collègues. »

Trojan examina le cadavre et sa chevelure.

Un trophée blond, songea-t-il.

Il réprima un haut-le-cœur.

« Où est la gamine ?

— Chez les voisins du dessous.

— Elle est en état de parler ?

— Essaie. Stefanie s'est occupée d'elle mais n'a rien pu en tirer. »

Trojan se fraya un passage dans le couloir parmi les policiers et descendit au troisième étage. Par la porte ouverte de l'appartement, il entendit une plainte aiguë, des sons gutturaux qui lui parurent de l'arabe. Il traversa des pièces en enfilade occupées par des pleureuses voilées, les bras au ciel, sans croiser d'homme.

Des femmes en foulard se lamentant entouraient la fillette assise sur un canapé.

« Vous pourriez nous laisser seuls un instant ? »

Elles réagirent en renchérissant.

« S'il vous plaît, c'est important.

— La petite fille, dit l'une d'entre elles, ne va pas bien. Il ne faut pas la déranger. »

Trojan lui montra sa plaque.

Les femmes se turent au bout d'un moment et quittèrent le salon avec force gesticulations.

Trojan s'assit près de l'enfant, la tête basse, les mains enfouies dans la poche kangourou de son sweat à capuche.

Il cherchait une entrée en matière lorsque, d'une voix étouffée, elle demanda : « Où est Jo ?

— Jo ?

— Tu peux me l'apporter ? demanda-t-elle, les yeux embués de larmes.

— C'est un de tes amis ?

— Oui.

— De quoi il a l'air ? »

Trojan mit du temps à comprendre qu'il s'agissait d'une peluche tant la fillette usait de circonvolutions pour l'expliquer.

« Il se trouve peut-être encore sur mon lit. Tu peux aller me le chercher ? Je n'ose pas monter. »

Trojan se précipita à l'étage supérieur. Il découvrit au mur de la chambre de l'enfant des dessins au feutre d'un beau monde multicolore, avec des îles, des palmiers et des poissons volants, çà et là à même le sol des jouets, un lit en bois bleu à pois jaunes, et sur l'oreiller lilas une tortue en peluche, dont il s'empara.

Il la remit à la fillette qui la pressa contre elle.

« Comment tu t'appelles ? demanda-t-il après un temps.

— Lene.

— Il est très important, Lene, que tu me racontes exactement ce que tu as vu dans votre appartement. »

Elle berçait la tortue sans mot dire.

« Qui était dans la chambre de ta maman ? Tu peux m'en faire une description ? »

Elle retint un sanglot.

« Où est ma maman maintenant ?

— Ta maman est... »

Trojan s'interrompit. Bon sang, pensa-t-il, comment le lui apprendre ? Il pressentait pourtant que Lene connaissait déjà la réponse.

Elle tressaillit, et Trojan aperçut deux longues

déchirures sur son sweat et, en dessous, son tee-shirt, puis des marques sur son épaule vers lesquelles il tendit la main, mais Lene se dégagea.

« Tu es blessée. »

Elle ne dit rien.

« Comment tu t'es fait ça ? »

Elle secoua simplement la tête.

« Où se trouve maman maintenant ? » finit-elle par demander avant de s'effondrer.

8

Il s'éveilla d'un sommeil de plomb, sans rêves, et ne se rappela pas d'emblée l'endroit où il se trouvait, puis il suspendit du plat de la main la stridence du réveil.

Il se leva lentement et tira les rideaux. Il le vit alors sur une branche du tilleul près de la fenêtre. Son plumage tirait sur le rouge, le contour de ses ailes sur le bleu clair, ses rectrices sur le noir.

Un instant, il se tint immobile, semblant attacher son regard sur Trojan qui ne bougeait pas non plus. Puis l'oiseau s'envola et disparut.

Et s'il appartenait à la même espèce que celui trouvé chez Coralie Schendel, s'interrogea Trojan. Non, celui-ci paraissait plus grand. Et chez Melanie Halldörfer ? Les images des deux corps de femmes massacrés, insoutenables et crues, lui revinrent en mémoire.

Les indices concordaient. Seul un oiseau manquait sur un cadavre.

L'identification de l'espèce contribuerait peut-être à l'enquête, songea-t-il.

Combien cette ville en comptait-elle au juste ? Il vérifierait sous peu.

Il se gratta la nuque et se chauffa un café.

Vingt minutes après, il enfourchait son vélo et pédalait le long du canal.

Le bloc gris de l'hôpital de Kreuzberg Am Urban donnait sur la rive.

Trojan se renseigna à l'entrée puis prit l'ascenseur jusqu'au sixième étage. L'odeur de désinfectant mêlée à celle d'anesthésiant, la lumière blafarde des néons, les pas silencieux sur le lino, tout l'oppressait, comme à chacun de ses passages à l'hôpital. Immanquablement, il pensait alors à sa mère, à la prescience de sa mort imminente dans son œil, à son crâne chauve après la chimiothérapie.

Brusquement, il se figea.

Les crânes chauves des deux mortes. La chevelure restante de l'une, blonde et croûteuse de sang séché.

Les images se superposèrent.

La mère après sa dernière opération, des tuyaux dans la bouche et le nez, son père, sa sœur et lui à son chevet.

Soudain, il revit distinctement en pensée son agonie dans le nouveau lotissement pavillonnaire. Il n'avait pu que lui tenir la main dans sa dernière bataille, jusqu'à ce qu'elle s'étouffât.

Du haut de ses dix-huit ans, il s'était senti empli d'un accablement et d'une vulnérabilité tels, au point de croire à une cassure en lui.

Il vacilla.

Peu importe, il devait continuer.

Il atteignit enfin les urgences psychiatriques et demanda à une infirmière de parler à Lene Halldörfer.

« Ah, l'enfant admise hier soir. »

Ce que Trojan confirma d'un hochement de tête.

« À qui ai-je l'honneur ? »

Sa pointe d'impertinence lui déplut. Il lui tendit sa plaque.

L'infirmière lui jeta un regard en coin avant de déclarer : « Lene se portait déjà mieux ce matin. Son père est passé la chercher.

— Son père ?

— Est-ce si extraordinaire ?

— Il a justifié de son identité ?

— Bien sûr. »

Elle rougit légèrement. Trojan toisa ses grandes lunettes peu flatteuses, ses cheveux courts effrangés, son front luisant de sueur.

« Vous avez inscrit ses nom et adresse, au moins ? »

Elle ne cacha pas son exaspération, s'assit à son bureau, pianota sur son clavier et pointa le registre de son ordinateur.

« Bernd Schuch.

— Ce n'est pas le même nom que celui de la mère.

— De nos jours, ça n'est pas non plus si exceptionnel que ça, souffla-t-elle.

— Écoutez-moi bien, j'enquête sur un meurtre. La mère de la petite a été assassinée.

— Je suis au courant.

— Pour le moment, tout le monde dans son entourage est suspecté.

— Mais quand le père en personne…

— Vous avez également vérifié s'il avait un droit de visite ? »

Trojan soupira face à l'air courroucé de l'infirmière, qui tambourinait sur la table avec ses doigts.

« Selon les informations dont je dispose, il ne l'a pas. Vous n'auriez donc tout simplement pas dû lui remettre Lene. »

Elle balaya d'un revers de main énergique l'objection de Trojan.

« Voyez-vous, nous sommes tous ici un peu débordés.

— N'invoquez pas la surcharge de travail, rétorqua-t-il. Est-ce qu'un médecin a examiné les plaies de la gamine ?

— Oui.

— Il doit m'envoyer aujourd'hui même son rapport au commissariat. »

Trojan lui remit sa carte de visite, puis il s'éloigna en appuyant sur une touche de raccourci de son portable.

« J'ai besoin de renfort, de préférence Gerber, et d'une voiture, vite. »

Ils filèrent à toute allure dans la Urbanstrasse et tournèrent dans la Hermannplatz puis la Karl-Marx-Strasse. Au fur et à mesure qu'ils descendaient vers le sud de Berlin, le paysage urbain se paupérisait. Les magasins d'import-export, les bars à chicha et les boutiques de camelote se succédaient.

Gerber ne se montrait pas très loquace. Trojan obtint seulement de lui qu'il avait mal dormi. À sa demande de nouvelles de Natalie, il répondit par des grognements.

Peut-être son cadeau d'anniversaire lui avait-il déplu, pensa-t-il, dérouté.

Ils s'arrêtèrent au coin de la Lahnstrasse. Les poids lourds passaient dans un bruit assourdissant en direction de la rocade.

« Comment peut-on vivre ici ? » marmonna Gerber en descendant de voiture.

Trojan haussa les épaules et leva les yeux vers le rose délavé de la façade de la tour d'immeuble, piètre tentative de dissimulation de son délabrement. Un graffiti sibyllin, UCRM, barrait de ses lettres gigantesques le dernier étage. À une fenêtre pendait un drapeau allemand, à une autre se penchait une femme en tablier qui cracha dans la rue.

Ils cherchèrent longuement le nom sur la liste des résidents.

Leur coup de sonnette demeura sans réponse. Une poussée du pied dans le chambranle fit céder la porte d'entrée.

Dans la cage d'escalier flottaient les habituels effluves humains, le mélange rance de jours et de nuits monotones. Le vacarme à l'un des étages inférieurs laissait supposer une violente altercation, mais d'autres préoccupations accaparaient Trojan et Gerber qui, à défaut d'ascenseur, montèrent les marches.

Tout en haut, au bout du corridor, ils cognèrent à la porte, car la sonnette ne fonctionnait pas.

Puis ils la martelèrent, une fois, deux fois, jusqu'à entendre de l'intérieur une voix étouffée.

« Qui est là ?

— Police judiciaire. Ouvrez. »

Un moment s'écoula avant qu'elle ne s'entrebâillât timidement.

Bernd Schuch portait un pantalon informe, un tee-shirt laissant voir son nombril et, sur le cou, un tatouage représentant une couronne.

Trojan et Gerber sortirent leur plaque.

« Ma Melanie est morte », dit sans détour, tout bas, un Schuch abasourdi, les yeux rougis.

Il les fit entrer dans son appartement, un bric-à-brac de meubles hétéroclites.

« Café ? demanda-t-il.

— Ce n'est pas le moment, répliqua Gerber. On cherche votre fille.

— Elle dort, dit Schuch en désignant du menton une porte close. Elle est épuisée, la petite. Ça a été un choc. Et pour moi du coup… »

Il se passa la main dans les cheveux. Il exhalait une haleine de bière. Trojan se souvint qu'il n'avait pas encore pris son petit déjeuner.

« Vous ne voudriez pas tout de même un café ? »

Les restes de pizza collés au comptoir de la cuisine convainquirent Gerber et Trojan de décliner poliment son offre.

« Veuillez la réveiller, s'il vous plaît.

— Je n'arrive pas à y croire. » Schuch rejeta la tête en arrière et leva les bras au ciel, comme pour prier le Tout-Puissant, puis il pressa ses tempes de ses poings. « Pardonnez-moi, hier ma femme a… » Il chercha ses mots. « … rendu l'âme.

— Votre ex-femme plutôt.

— Et alors ? Quelle différence ça fait ? »

Gerber regarda à la dérobée Trojan, qui se racla la gorge. « Monsieur Schuch, ça nous fait à tous de la peine. Mais nous devons parler à Lene. »

Schuch se gratta négligemment sous le nombril puis se tourna vers la porte fermée.

Trojan sentit sa nuque se contracter. Peut-être qu'il ruse, pensa-t-il. D'instinct, il glissa sa main sous sa veste pour s'emparer de son arme.

« Ma chérie, viens ici ! » appela Schuch en ouvrant la porte.

Gerber et Trojan lui passèrent devant.

« Doucement, doucement », marmonna-t-il.

Ils examinèrent la pièce, plutôt une sorte de réduit rempli de vieilleries, sur le sol duquel se trouvait un matelas.

Le rideau de l'étroite fenêtre flottait dans le courant d'air.

D'en contrebas leur parvenaient des bribes de voix, des disputes de couples, l'écho de téléviseurs.

Mais le lit, hormis une couverture fleurie et un oreiller aplati, était vide.

Trojan s'avança et écarta le rideau. Un instant, il craignit de voir Lene dans la cour, défenestrée, désarticulée, fracassée.

Mais il n'en était rien.

Il secoua la tête en direction de Gerber, puis tous deux se tournèrent vers Schuch.

Il frictionnait l'un de ses bras nus, sur lequel Trojan remarqua un autre tatouage, un cœur transpercé d'une flèche. En son milieu ne figurait pas « Melanie » mais « Marusha ».

Schuch, décontenancé, murmura : « Elle est partie. »

Trojan et Gerber échangèrent un regard muet.

« Lene, ajouta Schuch. Où elle est ? »

Alors Trojan éleva la voix : « Monsieur Schuch, vous êtes placé en garde à vue. »

9

Sur le mur latéral de ce qu'ils appelaient simplement « la pièce », exiguë, sombre, aveugle, suffocante, courait un miroir sans tain, à travers lequel observer les gardés à vue depuis un local adjacent sans rien laisser paraître.

À la table solidement fixée au sol, de même que les deux chaises, était vissée une lampe dotée d'une ampoule de cent watts, allumée seulement en cas de besoin.

Orientée dans les yeux du vis-à-vis, elle provoquait souvent des miracles.

Ils procédèrent à l'audition sans procès-verbal ni avocat. Ils la savaient sans valeur aucune face à un tribunal, mais la méthode avait maintes fois fait ses preuves.

Kolpert, au ventre rondelet et à l'air sympathique, se rendit d'abord auprès de Schuch et tint le rôle du gentil flic. Au bout de vingt minutes, il sortit et le fit patienter, puis Holbrecht s'occupa de lui et simula le méchant flic.

Après son intervention, Holbrecht, lui aussi, le

laissa seul. Vint ensuite le tour de Stefanie Dachs, qui joua la fonctionnaire de police charmante et compréhensive.

Durant une heure, elle flatta, enjôla, fit même rire un peu Schuch.

Trojan intervint alors.

Avec précaution, il ferma la porte métallique derrière lui, s'approcha lentement de la table, près de laquelle il resta debout, toisant Schuch, livide, en sueur.

« Je dois pisser, dit-il, les yeux baissés.

— Retiens-toi.

— Depuis quand on se tutoie ?

— Tu me vouvoies, je te tutoie.

— Comment ça ? »

Trojan se pencha sur Schuch, accoudé à la table, le menton dans les mains.

« Où étais-tu vendredi soir ?

— Je viens de tout raconter à la jolie gonzesse.

— Redis-le-moi.

— J'étais chez moi.

— Qui peut le garantir ? »

Il émit un sifflement.

« Ma télé ? Mon canapé ? Interrogez mon frigo ! »

Trojan lui poussa les coudes du plat de la main si bien que Schuch s'affaissa.

Il reprit son équilibre, se pencha en arrière et le dévisagea avec hostilité.

« Raconte-moi en détail le déroulement de ta soirée. »

Schuch croisa les bras. « J'ai bu quelques bières,

regardé la télé. Vers 22 heures, j'ai reçu l'appel de la voisine de Melanie. Elle a dit… »

Sa voix se brisa.

« Qu'est-ce qu'elle a dit ?

— Melanie est morte, répondit-il en retenant un sanglot. On me l'a tuée. »

Il fixa Trojan avec de grands yeux étonnés.

« Et qu'est-ce que tu as fait après avoir raccroché ?

— J'ai… J'ai chialé… J'ai…

— Tu as repris une petite bière. Ta Mélanie chérie est morte, et toi…

— Qu'est-ce que j'aurais pu faire d'autre ? J'étais complètement dévasté, j'ai… avalé un cachet et… »

De nouveau, il s'interrompit. Son cou frémissait sous le tatouage ; la couronne tremblait. Le roi chancelle, pensa Trojan.

« Continue !

— Vers minuit, j'ai rappelé la voisine.

— Comment elle s'appelle ?

— Kaba… raba… Un nom polonais, je n'arrive pas à m'en souvenir. »

Trojan s'assit face à lui et, après un long silence, dit avec une douceur affectée : « Marietta Kabaczynski, la voisine de ta Melanie chérie, a déclaré qu'elle entendait souvent des cris dans l'appartement d'à côté, qu'elle remarquait souvent des hématomes sur le visage, les bras ou le cou de ta Melanie chérie, et ce, toujours en lien avec tes visites. Un jour elle a trouvé Lene dans la cage d'escalier, en pleurs et bouleversée. À la question sur ce qui se passait, la petite a répondu : "Mon géniteur bat ma mère." »

Schuch ne réagit pas.

« Qu'as-tu à répondre à ça ?

— Je veux parler à un avocat.

— Ton enfoiré d'avocat est en chemin. Mais ne compte pas sur lui, c'est un pauvre commis d'office, il ne peut rien faire pour toi. » Il soupira en se levant. « Tu es seul, Schuch, tout seul. »

Il marcha de long en large puis se campa devant lui.

« Tu connais une certaine Coralie Schendel ?

— Jamais entendu parler. »

Il se pencha vers lui. « Tu l'as baisée ?

— Quoi ?

— Est-ce que tu l'as baisée ? »

Schuch resta impassible.

« D'abord baisée et ensuite tuée ? Ou l'inverse ? Réponds ! »

Trojan sentait la mauvaise haleine de Schuch. Il se pencha davantage vers lui, jusqu'à presque toucher du front sa tête.

« Où t'étais mardi soir ? Mardi de la semaine dernière, dis-le. Dis-le vite, après tu seras débarrassé. »

Il vit la veine battre sous la couronne, mais Schuch ne répondit pas.

Surmontant son dégoût, Trojan lui passa la main dans la chevelure en une caresse, puis il planta ses ongles dans son cuir chevelu, de plus en plus profondément.

« Dis-le-moi. Je veux juste t'aider, Schuch. Je suis ton ami. Mardi, le 4 mai, réponds. »

Schuch grimaçait de douleur.

« Je ne sais plus, bafouilla-t-il. Je crois que ce soir-là aussi j'étais à la maison. Ou chez Melanie, oui, je devais être chez Melanie.

— On a enquêté, c'est faux.

— Quoi ?

— Mardi soir, tu n'étais pas chez Melanie.

— D'où vous tenez ça ?

— Tu nous prends pour des cons ?

— Non. » Il renifla. « Je crois que je me trouvais au bar.

— Quel bar ?

— Le Lahn-Eck sur la Karl-Marx-Strasse.

— C'est bien là-bas ?

— J'ai pas d'avis.

— On t'aime bien au Lahn-Eck, Schuch ? »

Il geignit faiblement.

« Quelqu'un peut confirmer que tu t'y trouvais mardi soir voilà une semaine ?

— Certainement.

— Et si tu étais à la maison ? Tu veux que tes potes de bistro nous mentent ? C'est ça que tu veux, Schuch ?

— Il faut que je pisse », murmura-t-il.

Trojan repoussa sa tête et s'assit sur le bord de la table.

« Et ce samedi. Qu'est-ce qui s'est passé ce matin ? »

Schuch gémit.

« Mais j'ai déjà raconté tout ça cent fois.

— Réponds quand je te pose une question.

— Je suis venu chercher Lene à l'hôpital.

— À quelle heure ?

— 8 heures, 8 h 30.

— Si tôt que ça ?

— Je n'ai pas fermé l'œil de la nuit.

— Pauvre Schuch. Tu es venu la chercher, et après ?

— On a mangé un morceau de gâteau chez Kamps avant d'aller chez moi. Elle voulait dormir encore un peu. Je lui ai déroulé le matelas. Je l'ai bordée et embrassée sur le front, répondit-il, au bord des larmes.

— Ah, sacré Schuch.

— Ensuite je suis sorti de la chambre, j'ai moi-même piqué un somme. Soudain on a frappé à la porte.

— C'était nous. »

Trojan écrasa subitement de tout son poids le pied de Schuch, qui gémit. « Où est Lene ?

— Je ne sais pas.

— Qu'est-ce que tu lui as fait ?

— Rien.

— Tu lui as fait du mal ?

— Non.

— Tu l'as touchée ?

— Mais je suis son…

— Tu es quoi ? Dis-moi ce que tu es ! Tu es un sale porc ?

— Mais je suis son père, marmonna-t-il en s'essuyant le nez.

— Qui est Marusha ?

— Marusha ? »

Trojan saisit son bras et lui montra le tatouage. « Elle, là ! »

Schuch regarda sans le voir le cœur transpercé d'une flèche. Il mit du temps à comprendre.

« Mais ça fait une éternité, se lamenta-t-il en se grattant. Ça ne s'enlève pas, cette saloperie. »

Trojan, le lâchant, se détourna de lui. Deux minutes s'écoulèrent sans que nul ne parlât.

Schuch finit par chuchoter dans son dos : « Je peux aller aux toilettes, s'il vous plaît ? »

Parfois je déteste mon boulot, pensa Trojan.

Il se dirigea sans un mot vers la porte métallique et demanda à sortir en appuyant sur le bouton du signal.

Dans la pièce attenante, derrière le miroir sans tain, attendaient Landsberg, Kolpert, Holbrecht et Dachs.

Landsberg vint à lui. « Alors, tu en penses quoi ? »

Trojan haussa les épaules. « On doit trouver la petite, et vite.

— L'avis de recherche a été lancé, dit Stefanie. Dans l'appartement, j'ai pris une photo d'elle, qui a été diffusée dans tous nos services, à la presse et à la télé. La gamine a une tante, que j'ai interrogée mais qui ne sait pas non plus où Lene pourrait être. Elle n'a plus de contact avec sa sœur et sa nièce depuis des années. Les Halldörfer vivaient dans un grand isolement. »

À travers la vitre, tous observaient Schuch, qui se pressait les cuisses.

« Qu'est-ce qu'on fait de lui maintenant ? demanda Holbrecht.

— Laissons-le mariner encore un peu, dit Landsberg.

— Les lésions de Lene, marmonna Trojan, les marques sur son épaule proviennent selon toute vraisemblance de lames de rasoir. C'est ce que le rapport de l'hôpital indique. »

Un silence s'ensuivit, brisé par Trojan : « Et son appartement ?

— Krach et Gerber sont en train de le fouiller, jusqu'à présent en vain.

— Quelle est ton impression, Nils ? »

Trojan considéra Schuch. Il se tenait le bas-ventre, et ses jurons leur parvenaient par le haut-parleur.

« C'est un gros dégueulasse, rien de plus, dit Trojan. Il disjoncte quand il boit et devient violent avec les femmes, mais ce n'est pas notre homme.

— Et s'il nous menait en bateau ? lança Stefanie Dachs en se massant les tempes. Il se serait débarrassé de Lene parce qu'elle est l'unique témoin. »

Ou à cause de ses cheveux, songea Trojan, si blonds, si beaux, comme ceux de sa mère.

« Si Schuch est innocent et elle, encore vivante, dit-il, elle est en danger. »

Son réfrigérateur ne renfermait qu'une tranche de pain de mie entamée et une pomme. La brique de lait sentait l'aigre, et de la moisissure recouvrait le fromage, qu'il saisit du bout des doigts et jeta à la poubelle.

Il prit dans le tiroir le sac en tissu soigneusement plié, il fallait prêter attention à de tels détails. L'ordre, parmi ses vertus, garantissait la sérénité.

Il saisit le trousseau de clés qui, de même, pendait à son crochet désigné et quitta l'appartement.

À la sortie de l'immeuble, le soleil l'éblouit.

Il s'engagea sur la droite. Son quartier comprenait

deux supermarchés, au personnel renfrogné et aux rayons bondés.

Mais il disposait de temps, de beaucoup de temps.

Il s'assit sur un banc au bord du canal en faisant aller et venir les brides du sac entre ses doigts. Un bateau-mouche passa sur l'eau, avec une poignée de touristes sur le pont. Une voix dans un haut-parleur annonçait sur la droite le Paul-Lincke-Ufer, du nom du compositeur de la célèbre marche *Berliner Luft*.

Aussitôt lui vint à l'esprit la mélodie.

Un couple de flâneurs, étroitement enlacés, le dépassa. Machinalement, il le suivit du regard. L'homme caressait le minishort de la femme. Lui, depuis son banc, entrevoyait les plis de sa peau, la transition entre cuisses et fesses. Il ne pouvait s'empêcher de scruter son corps jeune, ses cheveux ondulés.

Le type pinça la fille, et elle gloussa.

Les hommes portent tous en eux cette concupiscence, songea-t-il.

Magda, souriante, lui apparut alors distinctement.

Une fois, elle lui avait demandé dans la rue de la prendre sous les aisselles pour la faire tournoyer, haut dans les airs, devant tout le monde.

Son rire à ce moment-là.

La tête baissée, il chassa ces pensées.

Il se leva et traversa le pont. Sur l'autre rive, un panneau jaune signalait la présence de mort-aux-rats. Il craignait ces rongeurs, qui parfois apparaissaient furtivement sur le trottoir à la recherche de butin ; il les haïssait.

Il glissa un jeton dans la fente d'un Caddie, en détacha la chaîne et le retira de la rangée.

Dans le supermarché flottait une odeur de primeurs, de viande crue et de détergent.

Il n'avait pas besoin de grand-chose, examina le pain prédécoupé ; l'attache de l'emballage indiquait une date de péremption cinq jours plus tard ; il ne voulait pas sortir faire des courses ni même se retrouver hors de la maison si souvent.

Une brique de lait ou plutôt deux ? Des fruits et légumes, se dit-il, ces vitamines nécessaires à l'entretien du corps ; il choisit quelques tomates. Au rayon frais, il éprouva l'envie subite d'arracher les saucisses de leur emballage et de les jeter au sol. Il en ignorait la cause, peut-être aspirait-il à un geste subversif ; mais, se dominant, il se comporta comme d'habitude avec calme et discrétion et posa délicatement un paquet dans son chariot.

Il ne se plaignit pas même lorsque le client derrière lui à la caisse lui heurta le talon d'Achille de son Caddie ; en dépit de la douleur lancinante, il se tourna sans mot dire et sourit à l'autre d'un air pincé.

Ce fut son tour de poser ses provisions sur le tapis. Une tache rougeâtre s'étalait sur la blouse de la caissière, il se demanda d'où elle provenait, peut-être s'agissait-il de sang. Il faillit attirer son attention dessus, mais il était impoli de pointer du doigt les autres. Ça ne se faisait pas.

Il sortit son porte-monnaie et se réjouit de disposer de la monnaie exacte. À son grand étonnement, la caissière à la tache lui dit : « Tapez votre code et validez, s'il vous plaît», car il n'avait pas envisagé de payer en carte, mais elle avait prononcé ces mots automatiquement, sans ensuite relever son erreur. Il ne lui restait plus qu'à en sourire.

Il rangea ses achats dans le sac en tissu et, en traînant des pieds, remonta le canal.

Lève les pieds, se dit-il, tu n'es pas un vieillard.

Il se sentait désormais de meilleure humeur et, suivant une inspiration soudaine, décida de se rendre au magasin d'électronique du centre commercial des Neukölln Arcaden pour repérer un appareil photo numérique. Peut-être même se résoudrait-il à en acheter un ; cette occupation de son après-midi lui parut judicieuse.

Autrefois, il aimait la photo. L'inventaire des sources de joie tout au long de sa vie lui prit du temps, il en dénombrait si peu.

Le sourire de Magda lui revint.

Tout son visage se contracta. Il faisait passer le sac en tissu d'une main à l'autre.

Il emporterait ses courses, la saucisse ne se gâterait pas de sitôt.

Il interpréta l'apparition du M29 au coin de la rue, alors qu'il atteignait l'abribus, comme un signe d'encouragement. Il montra au chauffeur un titre de transport périmé et se réjouit du succès de sa supercherie.

Au coin de la Sonnenallee, il changea pour le M41, un arrêt seulement le séparait de sa destination. La feinte du ticket fonctionna une nouvelle fois.

Peu après, il entra dans le grand magasin, bruyant et bondé. Il savait que des Arabes en bandes traînaient ici et importunaient les vendeurs, volaient sacs et bourses, menaçaient les clients au couteau. Tout le monde savait ça. Il plaqua sa main sur sa poche de pantalon pour y sentir son portefeuille. Se protéger, pensa-t-il, et passer inaperçu.

Il prit l'escalator pour gagner le premier étage ; de la musique lui parvenait, et de nouveau il pensa à Magda, au soir où il l'avait emmenée en boîte de nuit, elle dansait si bien. Il vit devant lui la manière dont ses cheveux lui retombaient sur la nuque. Parvenu en haut, il se dirigea droit vers l'entrée du magasin d'électronique.

Soudain il se figea, attiré par un détail au coin de son champ visuel.

Il se retourna vers l'un des poufs blancs de ces aires de repos, ainsi nommées dans ces centres commerciaux.

Mais c'était… ?

Encore un signe dans cette journée qui en foisonnait.

Il demeura longuement immobile avec à la main son sac à provisions.

Il devait prendre une décision.

Il finit par s'approcher des poufs.

Il restait de la place pour lui.

Il prit une grande inspiration avant de s'asseoir.

« Salut », dit-il doucement à la fillette.

10

Il lui manquait un oignon. Une bonne sauce tomate ne se concevait pas sans, pourtant. Mais dorénavant il ne pouvait plus quitter l'appartement.

Il remua le contenu de la casserole, l'ail aussi y faisait défaut. Ces dernières semaines, il avait vécu dans un tel dépouillement.

Il fit glisser les spaghettis de l'emballage dans l'eau bouillante et les courba prudemment, pour réussir au moins à mitonner un plat de nouilles.

Il resta longuement devant la gazinière puis se glissa jusqu'à la porte close du salon. Il pressa une oreille hésitante contre le battant.

Il ne perçut que le battement de son cœur.

Jamais il n'accueillait d'invité, si bien qu'il se sentait à la fois excité et perturbé.

De retour à la cuisine, il lâcha un juron devant les tomates presque brûlées, sous lesquelles il éteignit précipitamment, tout en grattant le fond de la casserole avec une cuillère en bois. Il n'était même plus capable de préparer des spaghettis.

À la sauce qu'il goûta manquait une petite touche.

Mais la pincée de sel, les condiments pour pizza et le poivre en moulin qu'il y saupoudra ne compensaient pas l'absence d'oignon et d'ail. Il se souvint de son achat de saucisse. Il la prit dans le réfrigérateur et la coupa en lamelles qu'il ajouta dans la casserole.

Il lança le minuteur : en matière de pâtes, la précision s'imposait, soit neuf minutes de cuisson ; il attendit de 15 h 37 à 15 h 46 puis retira le fait-tout du feu et versa dans la passoire l'eau et les spaghettis qu'il laissa s'égoutter. Fin du processus.

Il entrechoqua intentionnellement la vaisselle.

Il dressa l'oreille vers la porte, n'entendit rien.

Il servit les nouilles sur une assiette, posa fourchette et cuillère sur le rebord, patienta encore deux minutes puis entrebâilla la porte du salon et jeta un coup d'œil à l'intérieur.

Étendue là, sur le canapé, elle pressait contre elle son sweat à capuche comme un animal en peluche. Sa chevelure étalée sur l'accoudoir formait une belle toison blonde.

Il se perdit dans sa contemplation.

Elle tourna subitement la tête et le remarqua avant qu'il ne reculât d'un pas, gêné.

Elle se redressa d'un coup, bel et bien éveillée, les joues rougies par le sommeil et le regard brillant.

« Tu as faim ? » l'interrogea-t-il prudemment, mais sa question resta sans réponse.

Il revint à la cuisine, prit l'assiette de pâtes et ses couverts et la tint en équilibre jusque dans le salon.

Debout devant le canapé, il réitéra sa demande : « Tu as faim ? »

Elle lorgna les spaghettis dans sa main puis leva les yeux vers lui.

Comme elle ne disait toujours rien, il posa le repas sur la table basse.

Il prit place à côté d'elle, à distance raisonnable, tout contre le second accoudoir. Sans lâcher son pull, elle s'écarta un peu de lui et se blottit dans l'angle du sofa.

Ils gardèrent un moment le silence.

Et elle de dire soudain d'une voix voilée : « Où est ma maman maintenant ? »

Il soupira devant la difficulté à répondre.

« Tu crois en Dieu ? »

Elle haussa les épaules.

« Peut-être que Dieu existe », dit-il.

Si tel était le cas, Magda se trouverait auprès de lui, et la vie prendrait tout son sens, mais à quoi bon ? Ces questionnements ne l'aidaient en rien et le mettaient en rage.

Il poussa vers elle l'assiette.

« Mange, tu dois être affamée. »

Elle hésita puis avec la cuillère et la fourchette se mit à enrouler adroitement les spaghettis. Elle mâchait bruyamment, ce qui lui plut. Lui aussi, enfant, se heurtait aux bonnes manières à table. Voilà bien longtemps désormais. Devenu à présent un homme, il recherchait l'ordre, garant de sa stabilité.

« Et toi ? » lui demanda-t-elle, la bouche pleine.

Il s'y refusait.

Trop excité, il avalerait de travers, au risque d'éructer, voire de laisser la sauce lui ruisseler sur le menton.

Il l'observait manger avec entêtement, luttant contre les larmes qui lui montaient aux yeux. Mais elle finit par reposer les couverts et s'essuyer la bouche.

Il se rapprocha un peu et lui caressa les cheveux, cette splendeur blonde, drue.

« Ne me touche pas ! » regimba-t-elle.

Il s'exécuta en suspendant sa main puis regagna son coin de canapé.

Elle sécha ses larmes et mangea encore quelques bouchées avant de repousser l'assiette. « Ton repas n'a pas de goût. »

Peut-être ne l'avait-il pas assez relevé ; sans oignon ni d'ail, ce n'était pas chose aisée. Il rapporta de la cuisine le moulin à poivre et la salière qu'il déposa devant elle. Elle assaisonna son assiette qu'elle goûta une nouvelle fois puis secoua la tête.

Il ravala sa déception, il avait voulu lui faire plaisir. Ils considérèrent tous deux la nourriture dédaignée.

Lene étreignit encore davantage son sweat à capuche.

La veste exhalait une odeur singulière qui lui fit froncer le nez.

Il esquissa un sourire auquel elle ne répondit pas.

« Ma mère se trouve encore à la maison, sur son lit ? » demanda-t-elle en essuyant du doigt une larme.

Il tenta de se représenter la scène.

« Elle a été emportée. C'est ainsi que ça se passe.

— Et qu'est-ce qu'elle est devenue ? s'enquit-elle après réflexion.

— Certains sont brûlés, d'autres mis en terre. »

Elle se mordit la lèvre inférieure ; il se rendait bien compte de la rudesse de sa réponse et voulut lui repasser la main dans les cheveux. Il lui fallait vraiment marcher sur des œufs en abordant ce thème avec elle.

Il vit de nouveau ses yeux s'embuer de larmes et se résigna à ne pas la toucher.

« Et ton père là-dedans ?

— Il n'est pas mon père, juste mon géniteur », dit-elle avant d'ajouter, comme pour elle-même : « C'est ce que maman a toujours dit. »

À l'aune de son expérience, il saisissait cette différence. « Mon géniteur n'était pas non plus très gentil avec moi.

— Il te frappait ?

— Oui.

— Le mien me frappe aussi. Je ne veux plus aller chez lui.

— Je comprends tout à fait. »

Elle attacha sur lui son regard bleu cristallin. Son sweat, à l'odeur nauséabonde, et le reste de ses vêtements, fripés, requéraient une lessive.

« Repose-toi, dit-il enfin. Quelques jours, quelques nuits, autant que tu le souhaites. Tu verras, ça te fera du bien. »

Elle demeura sans réaction.

« Le canapé est confortable, pas vrai ? »

Comme il se heurtait à son silence, il tapota le rembourrage pour confirmer son propos. « Voilà un bon sofa. »

Il se leva et prit l'assiette repoussée puis, se ravisant, s'assit d'un coup tout près d'elle.

« Tu as peur ? »

Il se tenait à présent contre elle.

« De quoi donc tu as peur ? Ta mère est au ciel, elle est délivrée. »

La délivrance advient un jour pour tout un chacun, pensa-t-il, pour lui également, non ?

« Tu es bizarre », lâcha-t-elle.

Tant de gens le lui avaient déjà dit.

Il emporta l'assiette dans la cuisine et en jeta le contenu à la poubelle.

Sur le seuil du salon, il dit : « Dors, si tu veux. »

Il referma doucement la porte en songeant : chaque chose en son temps.

Le soir venu, elle sortit et demanda : « Je peux me laver ? »

De surprise, il renversa sa bière.

« Bien sûr. »

Dans la salle de bains, il lui montra davantage pour la forme la pile de serviettes et le savon sur le bord de la baignoire. Elle attendit, impassible, jusqu'à ce qu'il la laissât seule.

De derrière la porte, il entendit l'eau jaillir. Parfois, quand le jet frappait le rideau de douche, le bruissement devenait grondement.

À d'autres moments, un crescendo succédait à une atténuation.

Puis le silence se fit.

Il se l'imagina s'envelopper de la serviette.

Entre deux gorgées de bière, il tendait l'oreille.

Enfin le verrou glissa, et elle apparut vêtue de son peignoir, beaucoup trop grand pour elle. Ce spectacle le remua.

Elle se tenait pieds nus dans l'encadrement de la porte, à un mètre seulement de lui, ses affaires dans les bras.

« Tu as un lave-linge ?

— Mais oui. »

Il lui montra à côté du réfrigérateur le hublot de la machine, branchée dans la cuisine du fait de l'exiguïté de la salle de bains.

« Donne. »

Elle refusa qu'il lui prît ses habits des mains.

Elle ouvrit elle-même le battant et jeta sa tenue dans le tambour.

« Ton sweat aussi ? » demanda-t-il.

Où l'avait-elle laissé ?

Elle secoua la tête et tourna les boutons. Lorsqu'il s'approcha d'elle par-derrière pour l'aider à choisir le programme adéquat, elle tressauta de côté ; le revers du peignoir glissa de son épaule, laissant entrevoir un bandage : une épaisseur de gaze de la largeur de la paume, aux bords collés.

Il déglutit.

Elle rabattit le pan de la sortie de bain, appuya sur la commande de démarrage ; l'eau bouillonna dans le lave-linge et le tambour se mit à tourner.

Un moment les bras ballants, elle s'attabla.

Il la remarqua darder son regard sur la bouteille de bière.

« Tu en veux une aussi ?

— Une bière ? Tu es fou ? »

Il rougit face au constat de sa maladresse.

« Mon géniteur en boit tout le temps, marmonna-t-elle avec dédain.

— Tu as raison, la bière est mauvaise. »

Il versa son fond dans l'évier.

« Et qu'est-ce qu'on fait maintenant ? »

Il réfléchit.

« Que dirais-tu de jouer aux cartes ? »

Il sortit son Uno, dont il se rappelait mal les règles, et la laissa gagner. Au bout de la quatrième fois, il voulut pour compenser prendre le dessus, mais elle abattit triomphalement devant lui ses deux dernières cartes.

« Uno ! Uno ! »

Gagner semblait lui plaire, nota-t-il.

Mais, devant ses yeux vitreux, il proposa bientôt de se coucher.

Il dut longuement chercher dans l'armoire une deuxième couverture. Celle qu'il trouva enfin et lui tendit sentait la naphtaline.

Il lui souhaita une bonne nuit, et elle disparut sans répondre dans le salon.

Il ouvrit le hublot de la machine à laver avant d'en extraire pantalon, socquettes, culotte et tee-shirt, qui présentait à l'épaule une déchirure.

Consciencieusement, il étendit la lessive sur le séchoir de la salle de bains. Il sourit à la vue des chaussettes rayées, analogues à celles qu'il portait enfant.

Il remarqua alors au pied de la baignoire une flaque d'eau laissée par Lene. En soupirant, il l'épongea à l'aide d'un seau et d'une serpillière.

Dans la cuisine, l'envie lui vint de boire encore une bière. Il prit une bouteille pour tout de suite la reposer.

Il alluma dans la chambre le petit téléviseur et, avec la télécommande, passa de chaîne en chaîne.

Il se figea soudain.

Sur le canal régional, un présentateur agité soumettait à une batterie de questions sur des meurtres barbares un fonctionnaire de la brigade criminelle aux réponses laconiques.

Puis apparut la photo de Lene, innocente et délicate, aux airs d'ange blond.

Sa main se crispa sur le bouton rouge, et l'image s'éteignit.

« Dors à présent, Konnie chéri », lui disait alors Magda.

Pourquoi désormais penser à elle alors que précisément il n'était plus seul ?

Il enfouit son visage dans ses mains.

Son corps se fit subitement lourd et las, comme frappé d'une maladie grave.

Pesamment, il se leva du lit, poussé par l'envie impérieuse de voir si la fillette dormait déjà.

11

Le dimanche matin, à l'arrivée d'Emily, il descendit à la boulangerie acheter des petits pains qu'ils partagèrent.

« Je t'ai vu hier à la télé, papa », cria-t-elle, excitée.

Trojan ne partageait pas son enthousiasme sur son passage à l'émission « Berlin ce soir ». Landsberg, retenu par une obligation conjugale, lui avait demandé de l'y remplacer sans lui donner de réelle explication, ce qui le portait à soupçonner un problème, car en principe celui-ci honorait toujours ce genre d'invitations.

L'animateur avait posé à Trojan des questions sur les deux meurtres de femmes auxquelles il avait répondu évasivement, tout en passant sous silence l'indice de l'oiseau, comme convenu avec son chef, afin de ne pas nuire à l'enquête.

Le journaliste n'avait pas caché son mécontentement à Trojan, mal à l'aise face à la caméra.

« Maman t'a vu aussi.

— Ah oui ?

— Elle a dit que tu avais l'air coincé.

— Coincé ? Comment ça ? »

Emily haussa les épaules et étala de la confiture sur son petit pain. Elle portait un haut blanc et un jean, ses cheveux lui tombaient sur les épaules en boucles épaisses. Elle paraissait ravissante, pensa Trojan, empli de fierté.

« Aucune idée, demande-le-lui directement. » Elle lui fit un clin d'œil. « Je trouve que tu passes bien à la télé. »

Il sourit. « Merci.

— Comment tu tiens le coup face à ces meurtres abominables ? »

Soudain lui revint en mémoire la grossesse de Friederike, la première fois qu'il avait vu Emily à l'échographie, cet asticot à grosse tête, heureux dans le liquide amniotique protecteur, la bouche s'ouvrant comme pour babiller. Après l'examen, Friederike avait regagné la librairie, et lui, ivre de joie, enfourché son vélo pour se rendre au commissariat.

« Je vais devenir père ! s'était-il répété tandis que la ville défilait. Je vais devenir père ! »

La vie lui sembla alors un tourbillon.

« Parfois c'est à peine supportable. Mais tu voulais me parler de Leo.

— Leo ? » Elle rougit puis rit. « Ah, Leo, mouais. »

D'abord silencieuse, elle devint volubile, et Trojan sut bientôt que Leo étudiait en seconde, pratiquait le skate, portait les cheveux longs et un piercing à la lèvre, jouait vachement bien de la basse et ne lui avait pas donné signe de vie durant les jours précédents.

« Mais figure-toi que ce matin justement, en allumant mon portable, je reçois un texto de sa part, envoyé dans la nuit depuis une soirée que j'ignorais. Il me disait qu'il s'y ennuyait, que je lui manquais et qu'il regrettait de ne pas m'avoir demandé de l'accompagner.

— Tu devrais lui répondre tout de suite.

— Tu me prends pour une débile ? Je le laisse mijoter un peu. Jusqu'à ce soir au moins. »

Trojan la considéra d'un air radieux.

Ils finirent de manger ; il aspira bruyamment son café, elle, son thé vert, une habitude copiée depuis peu sur sa mère, accro à cette substance.

Ils bavardèrent encore un peu, puis il proposa en mettant la vaisselle dans l'évier : « Que dirais-tu d'un tour en bateau sur la Spree ?

— Super ! En canoë ?

— En canoë ou en barque, comme tu voudras.

— Le canoë est plus cool.

— D'accord. »

Emily bondit pour lui déposer un baiser sur la joue. Un frisson de joie le parcourut.

En descendant l'escalier, Emily pointa, d'un air interrogateur, la porte de Doro.

Il répondit par un geste vague et une moue perplexe.

Elle pouffa en sautant une volée de marches et le devança.

Au rez-de-chaussée, il vérifia rapidement la présence de son trousseau de clés dans sa poche, tandis qu'Emily poussait la porte de l'immeuble. Elle se tenait déjà sur le trottoir lorsqu'il se figea, troublé par un détail.

« Attends un peu, Em'. »

Il se tourna vers les boîtes aux lettres.

Son regard erra sur les étiquettes de noms avant de s'arrêter sur le sien.

Il s'approcha et la vit : dans la fente du battant, une plume collée frémissait dans le courant d'air.

Ce n'est rien, pensa-t-il, juste une plume.

Mais son cœur ne cessait de tambouriner.

Il fouilla dans sa poche et, de sa clé, ouvrit le clapet.

Il recula en étouffant un cri.

Dans sa boîte aux lettres gisait un oiseau ensanglanté et plumé, à l'abdomen ouvert, avec, sur la poitrine, un morceau de papier punaisé sur lequel figurait en lettres d'imprimerie :

TOI AUSSI, TU VAS MOURIR, TROJAN.

Le vertige qui s'empara de lui fut si violent qu'il s'appuya au mur de la cage d'escalier.

Emily l'appela du dehors.

Un martèlement lui battait les tempes.

Ne rien toucher, se dit-il, pour n'effacer aucune trace.

Il parvint à se ressaisir et, au moyen d'un mouchoir pris dans sa veste, referma soigneusement la boîte aux lettres puis glissa la clé dans sa poche.

Il rejoignit sa fille.

« Qu'est-ce qui se passe, papa ? »

Je ne dois pas la décevoir, pensa-t-il, je lui ai promis un tour sur la Spree.

Instinctivement, il balaya du regard la Forsterstrasse qui semblait paisible ; les arbres bruissaient dans le vent. Par une fenêtre ouverte leur parvenaient des éclats de rire.

« Tout va bien ? demanda Emily en lui effleurant le bras.

— Hmm. Un petit malaise passager. Viens, dit-il d'une voix blanche, on va passer une bonne journée. »

Elle le dévisagea, sceptique, puis en prit son parti.

Sur le pont, ils changèrent de trottoir pour atteindre, après quelques mètres, le Freischwimmer où s'alignaient les loueurs de bateaux.

Le sol vacillait légèrement sous les pieds de Trojan, bien qu'il se tînt encore sur la terre ferme.

« Prenons plutôt une barque.

— Mais pourquoi ? »

Il tenta un sourire. « Le canoë est trop bancal. »

Elle fit la moue.

« Et puis dans une barque, on est assis face à face.

— Bon, d'accord. »

Il paya une heure au comptoir du local, et ils montèrent dans l'embarcation désignée.

Emily voulut ramer en premier.

Il s'assit à la poupe, les mains moites.

Elle continuait à bavarder, tandis qu'ils naviguaient sur le bras secondaire du Landwehrkanal, le Flutgraben, pour rejoindre la Spree.

Une lumière crue filtrait entre les lambeaux de

nuages. Au loin la tour de télévision brillait, un métro crissait sur l'Oberbaumbrücke.

Emily ramait en direction de la sculpture représentant trois géants en aluminium qui luttaient dans l'eau ou dansaient les uns avec les autres, jamais Trojan ne l'avait su.

La bouche de sa fille s'articulant et ses cheveux flottant au vent lui paraissaient si lointains, et pourtant il les voyait nettement.

Je ne dois pas la décevoir, se répéta-t-il.

« C'est à toi maintenant, papa. »

Elle ramena les rames et se redressa.

La barque tangua.

Lorsque à son tour il se leva pour changer de place, une mouette, précédée de son cri perçant, plongea et passa tout près de sa tête.

Le cœur serré, la respiration oppressée, il retomba sur le banc de bois en gémissant. Emily se leva dans la barque oscillante et se pencha sur lui.

L'espace d'un instant, un voile noir s'abattit devant ses yeux.

« Qu'est-ce qu'il y a ? »

Il se passa la main sur le front.

Malgré l'éloignement de la mouette, la peur le tenaillait.

« Il faut faire demi-tour, haleta-t-il.

— Mais on vient juste de…

— S'il te plaît, Emily, vite. »

Couvert de sueur, il tremblait.

« Dépêche-toi. »

Emily ne dissimula pas son irritation.

« Je t'expliquerai plus tard, Em', d'accord ? » Il

s'effraya lui-même de sa voix cassée. « Mais il est très, très important que tu vires de bord maintenant. »

Contrariée, elle se rassit sans dire un mot et, s'emparant des rames, fit tourner la barque.

« Vous avez besoin d'un médecin ? » demanda le loueur d'embarcations.

Trojan déclina l'offre.

« Bien sûr qu'il a besoin d'un médecin, s'offusqua Emily. Il ne se sent pas bien. »

Trojan, las, assis sur une bitte d'amarrage, se frottait la poitrine d'une main. De l'autre, il cherchait dans sa poche son portable.

« Emily, que dirais-tu de rentrer chez maman ?

— Je ne vais pas te laisser tomber, papa. »

Trojan murmura quelques mots dans son téléphone. Le loueur de barques haussa les épaules et rejoignit des clients qui attendaient sur l'appontement.

Après sa conversation, Trojan lança à sa fille : « Désolé, Emily.

— De quoi donc, papa ?

— Ça aurait dû être une bonne journée.

— Mais ça l'est », répliqua-t-elle, malgré sa mauvaise humeur manifeste.

Soucieux de dissimuler son état à sa fille, il tentait de maîtriser ses tremblements.

Puis arriva une voiture de police qui les conduisit tous deux à son appartement.

« Qu'est-ce que ça signifie ? demanda Emily.

— Rien d'important. J'ai juste découvert dans ma boîte aux lettres quelque chose en lien avec l'affaire dont je m'occupe ces temps-ci.

— Mais tu aurais pu me le dire. »

Peu après, Krach, Gerber, Holbrecht et les techniciens de scène de crime se rassemblèrent dans la cage d'escalier.

Ces derniers examinèrent la boîte aux lettres et emportèrent l'oiseau et le papier au laboratoire.

Trojan demanda à sa fille de l'attendre en haut dans sa chambre puis instruisit ses collègues de l'essentiel en montant chez lui. Sur ce, arriva Landsberg qui lui dit son inquiétude pour lui et lui recommanda d'emblée le repos.

Affaissé sur une chaise dans sa cuisine, il buvait à petites gorgées le verre d'eau servi par son chef.

« Nils, je suis tellement désolé. Si je ne t'avais pas envoyé à cette émission de merde, jamais tout cela ne se serait passé.

— Tu en es sûr ? Le type aurait peut-être jeté son dévolu sur toi.

— Comment il a trouvé ton adresse ? »

C'était la question décisive, celle qui l'angoissait le plus.

« Je me le suis demandé aussi. Il doit m'avoir espionné.

— Tu ne peux pas rester ici. On va te fournir un autre logement.

— Non.

— Nils, sois raisonnable.

— Ce salopard ne me chassera pas de chez moi. »

Landsberg tapota sa poche de veste et en sortit un paquet de cigarettes. « Je peux fumer ici ?

— Si c'est absolument nécessaire. »

Sa main trembla en allumant sa cigarette.

Il souffla la fumée et dit : « Si tu restes ici, Nils, tu dois toujours garder ton arme sur toi, c'est bien clair ? »

Et Trojan de répondre, l'index sur les lèvres : « Pas si fort, s'il te plaît, ma fille…

— Elle ne doit pas rester ici.

— Je sais.

— On te donnera une protection policière, en bas dans la rue, simplement pour la sécurité de ton domicile.

— Mais la plus discrète possible, je t'en prie. »

De toute façon, que ses voisins entendissent la recherche d'indices dans la cage d'escalier lui déplaisait, tout autant que leur interrogatoire par ses collègues sur un éventuel élément suspect. Par chance, Doro ne se trouvait pas chez elle.

« Le laboratoire a décelé quelque chose ?

— J'ai téléphoné en venant, répondit Landsberg. Papier d'imprimante de marque Copy X, imprimante de chez HP, probablement un modèle de la dixième série, punaise courante dans le commerce, pas d'empreintes digitales ni de traces de fibres. Ils cherchent à présent avec un procédé infrarouge spécial, mais… » Il tira sur sa cigarette. « Pas de faux espoir. Le gars est malin.

— Et on peut vraisemblablement oublier les traces sur les boîtes.

— Par excellence, une boîte aux lettres fourmille d'empreintes digitales de toutes sortes.

— Qu'en est-il de l'oiseau ?

— Même chose que pour le premier meurtre.

— Tu t'es renseigné sur l'espèce dont il s'agit ? s'enquit Trojan.

— Oui, c'est un genre de passereau communément appelé "bouvreuil".

— Ça vit par ici ?

— Pas forcément, parfois dans les jardins, mais plutôt à la périphérie.

— Et le sang ?

— Du sang d'oiseau, il n'y a pas de trace d'une autre sorte. Mais il s'agit de résultats provisoires. »

Landsberg aspira encore quelques longues bouffées puis passa le mégot sous l'eau et le jeta à la poubelle.

« Et comment va ta femme, Hilmar ?

— Bien, dit-il les yeux baissés, d'un ton qui laissait supposer le contraire.

— Et toi, Nils ? Tu vas bien ? Je peux te laisser seul ici ? »

Il accepta d'un signe.

« Tu viendras aujourd'hui au commissariat pour prendre ton arme, hein ? » Et après un temps : « Et renvoie ta fille à la maison. »

Cette maison est aussi la sienne, pensa-t-il, abattu, mais il ne le reprit pas.

« Courage, Nils. On mettra la main sur ce type », dit Landsberg en sortant.

Emily se campa soudain face à lui. Il tressaillit, il ne l'avait pas entendue s'approcher.

« Je dois repartir ?

— Emily, j'aimerais que tu restes, mais ce serait mieux si…

— Juste jusqu'à demain, papa, comme convenu ? Je ne peux pas te laisser seul. »

Elle s'assit près de lui ; il lui pressa la main.

« Qu'est-ce qu'il y avait dans cette boîte aux lettres à la con ? demanda-t-elle doucement.

— Une feuille avec une menace », murmura-t-il.

Il préféra ne pas mentionner l'oiseau déchiqueté.

« De ce meurtrier ?

— Apparemment, oui.

— Il ne peut rien t'arriver, papa. Tu es fort.

— Merci, Emily. Merci de me le dire, lui répondit-il dans un sourire en se levant. Et maintenant on va se préparer à manger. Que dirais-tu d'œufs brouillés ? »

12

Depuis le début de son service à 7 heures, sa matinée de travail s'écoulait normalement, avec quelques ivrognes, des accidents de la circulation, une personne en détresse qui, depuis une cabine, avait demandé comment retrouver sa maison.

À 9 h 18, lorsque le policier Clemens accepta l'appel suivant, le programme de géolocalisation de son interlocuteur se mit en marche sur son ordinateur.

« Centrale d'urgence de la police », annonça-t-il, six mots qu'il prononçait des dizaines de fois par jour.

Silence à l'autre bout de la ligne. Probablement encore une fausse alerte, pensa-t-il.

« Bonjour, s'il vous plaît, répondez. »

Il percevait désormais une légère respiration.

Le logiciel progressait à travers les raccordements possibles du réseau téléphonique urbain, cette gigantesque araignée souterraine.

« J'ai peur, dit soudain une voix de fillette.

— Dis-moi ton nom. »

De nouveau se fit entendre un souffle, ponctué de grésillements.

Bien que masqué, le numéro fut rapidement décodé par l'ordinateur. Sur l'écran clignota l'adresse correspondante : Ratiborstrasse 29.

Clemens entra une combinaison informatique pour situer davantage l'appartement : immeuble sur rue ou sur cour, étage de provenance, rien n'échappait au programme.

« Tu veux signaler une urgence ? »

Clemens passait pour un agent très patient ; à ses côtés dans l'*open-space*, certains de ses collègues réagissaient tout autrement.

Il entendit un sanglot étouffé puis : « J'ai peur.

— De quoi ? Comment tu t'appelles ? Qu'est-ce qui s'est passé ? »

Ses questions submergeaient probablement l'enfant, mieux valait les poser l'une après l'autre.

« Tu dois me dire comment tu t'appelles, sinon je ne peux pas t'aider. »

Si la petite courait un réel danger restait difficile à estimer, pensa Clemens.

Elle lui murmura son prénom.

« Et ton nom de famille ? »

Il ne perçut que des pleurs.

« J'ai tellement peur.

— Ton nom de famille, dis-le-moi. »

Peut-être s'agissait-il simplement d'une plaisanterie de gamine pour se rendre intéressante.

Clemens subissait quotidiennement ces blagues.

Mais la gamine déclina son identité, et il ouvrit sur son autre écran la liste des personnes disparues.

Il trouva immédiatement le nom.

« Reste au bout du fil », s'empressa-t-il de dire.

Mais la fillette avait déjà raccroché.

Trojan ne trouvait pas le sommeil.

Il avait finalement persuadé Emily de dormir par précaution chez sa mère, avant de la conduire dans sa vieille Golf à Charlottenburg.

Comme Friederike recevait la visite d'amis, il l'avait dispensée d'explications pour invoquer simplement des raisons professionnelles.

« Professionnelles, comme toujours », avait-elle répliqué d'un air pincé.

Il avait ravalé sa colère face à cette remarque, pris congé d'Emily et s'était rendu au commissariat pour récupérer son arme dans l'armoire blindée.

Elle se trouvait désormais à portée de main, près de son lit, et il se tenait à l'affût dans l'obscurité.

À plusieurs reprises dans la nuit, il se leva pour observer depuis sa fenêtre la rue en contrebas.

Tout était calme.

Un policier effectuait sa ronde solitaire sous les tilleuls.

Comme de toute façon Trojan ne réussissait pas à s'assoupir, il songea à le convier à boire un café. Mais il se ravisa pour réessayer de s'endormir.

Rien n'y fit, il garda l'œil ouvert jusqu'à l'aube.

Finalement, il sombra dans un sommeil bref, sans rêve.

Il n'entendit pas la sonnerie de son réveil et sursauta à 8 heures passées.

Peu après 9 heures, soit en retard d'une heure, il arriva fourbu au commissariat.

Le teint gris, mal rasé, Gerber ne semblait pas non plus bien reposé.

Ils se servaient à la machine à café lorsque le téléphone sonna.

Ronnie décrocha et s'anima soudain.

Il marmonna quelques mots dans le combiné et griffonna sur son calepin.

Son regard brillait d'un éclat de triomphe après l'appel.

« Lene Halldörfer a contacté voilà deux minutes environ la centrale d'urgence depuis un appartement de Kreuzberg, au numéro 29 de la Ratiborstrasse. Le commando d'intervention spéciale est sur le pont.

— La Ratiborstrasse ? » Trojan avala de travers son café. « C'est tout près de chez moi. »

Ils se précipitèrent dehors.

Gerber baissa la vitre du passager pour placer le gyrophare sur le toit tandis que Trojan démarrait.

Il roulait sur les quais à tombeau ouvert et déboîtait nerveusement d'une voie à l'autre. Son cœur battait la chamade, au point de lui faire craindre une crise d'angoisse, mais cette sensation se dissipa bientôt.

Il se força à ne plus y penser.

Une odeur de pneu qui surchauffe le saisit lorsqu'il tourna de la Skalitzer Strasse dans la Wiener Strasse. Il accéléra de nouveau, puis Gerber éteignit la sirène.

Trojan se gara sur le trottoir, hors de vue de l'immeuble numéro 29.

Les autres voitures suivirent.

Le corps d'élite se trouvait déjà sur les lieux.

Tous se glissèrent à l'intérieur, un quart d'heure à peine après l'appel.

Dans la cage d'escalier régnait un silence oppressant.

Agenouillé devant la porte de l'appartement, un expert du commando ouvrait sans bruit la serrure à la perceuse.

Sur l'étiquette de la sonnette ne figurait aucun nom.

Derrière le spécialiste s'alignaient les autres hommes de l'unité, tous équipés de gilets pare-balles et de casques, leur mitraillette au poing.

Trojan et son équipe se tenaient à quelques marches derrière eux.

Konrad Moll, pensa-t-il, tel était le nom figurant sur le registre des déclarations domiciliaires pour ce logement.

Le bourdonnement de la perceuse électrique lui parvenait en sourdine.

Konrad Moll, trente-neuf ans, décorateur de vitrines au chômage.

Était-il leur homme ?

Un léger cliquetis, et la serrure fut forcée.

L'expert à la porte leva la main et tendit trois doigts.

Trojan respirait profondément par le ventre.

Et Lene ?

Était-elle encore en vie ?

Encore trois secondes.

L'expert plia le majeur : encore deux secondes.

L'intervention devait se dérouler de manière aussi inattendue que rapide au risque, sinon, de priver la gamine de sa dernière chance.

Puis il plia l'index : encore une seconde.

N'arrivaient-ils pas trop tard ?

Il abaissa le pouce : zéro.

Le moment décisif de l'assaut était venu.

Des deux mains Trojan se cramponna à son arme, tendue et chargée. Les hommes du commando se mirent en mouvement sans bruit.

Dans un craquement, la porte s'ouvrit brusquement, et ils se ruèrent à l'intérieur.

Il entendit leurs cris, leurs pas sourds, leurs coups de pied contre les portes des pièces.

Konrad Moll. Trojan voulait le voir en chair et en os, plaqué au sol par deux hommes du groupe d'intervention, il voulait lui passer les menottes, personnellement : Konrad Moll, vous êtes placé en garde à vue.

Il gravit les dernières marches et entra dans l'appartement.

Il perçut alors la tension qui régnait parmi les hommes partout répartis, dont le faisceau lumineux des mitraillettes balayait les murs.

« Qu'est-ce qui se passe ? » cria-t-il.

Un casqué s'approcha de lui.

« Vous l'avez ? »

Face à son silence, Trojan tenta de déchiffrer son regard derrière sa visière.

« Vous avez le type ?

— C'est vide.

— Comment ça ?
— L'objectif est vide.
— Pas de personne ciblée ?
— Non.
— Mais la fille ? »
Le casqué remua la tête.
« Qu'en est-il de la fille ? »
Il remonta sa visière.
« Désolé, collègue, mais il n'y a personne ici. »
Trojan, le souffle court, ne parvenait pas à y croire. Il inspecta l'appartement, ses deux chambres, sa cuisine, sa salle de bains.
L'œil toujours scrutateur, il rempocha son arme.
Gerber et le reste de l'équipe le suivaient de près.
« Fouillez tout », marmonna-t-il.
L'évier de la cuisine comprenait deux tasses dont une ébréchée. En ouvrant un placard, un sac de riz se renversa, les grains en ruisselèrent sur le sol.
« Où es-tu, enfoiré ? Je vais t'avoir, pesta Trojan.
— Nils, viens par ici », l'appela Gerber.
Il le connaissait bien et reconnut le trémolo dans sa voix.
Et ce trémolo présageait un malheur.
« Où tu es ?
— Dans la salle de bains. »
Revenir dans le corridor puis l'atteindre lui parurent durer une éternité.
Les membres du corps d'élite quittaient l'un après l'autre l'appartement. Leurs bottes crissaient sur les lames du parquet, les talkies-walkies, remis à plein volume, crachotaient leur habituel crépitement.

Une voix réclamait « Theodor sept », mais Theodor sept ne répondait pas.

Des voisins, attirés par le bruit, sortaient dans la cage d'escalier.

Trojan parvint enfin à la porte de la salle de bains. Du dehors, il flaira l'odeur singulière.

Gerber, devant la baignoire, en fixait l'intérieur.

Trojan s'approcha de son collègue lentement, comme entravé par des semelles de plomb.

Il suivit son regard.

Dans le fond s'étalait une culotte d'enfant froissée, blanche à cœurs rouges.

Et elle empestait.

Ils restèrent tous deux immobiles un long moment, puis Trojan se pencha au-dessus du rebord.

Il tendit la main vers le slip, ce qui lui coûta tant la puanteur était infecte.

Prudemment, il tira sur le tissu.

Et là, il le vit.

Il recula brusquement.

Dans son dos, Gerber réprima un haut-le-cœur. La pestilence s'intensifia.

La culotte emballait un oiseau en décomposition, sans plumes. De minuscules asticots grouillaient dans son ventre ouvert.

Et Trojan de se tourner vers Gerber : « On arrive trop tard ? »

Gerber se taisait.

« Je te demande si l'on arrive trop tard ! » Il criait presque à présent.

Ronnie chercha à tâtons son bras.

« Je ne sais pas, Nils », dit-il doucement.

Il eut grand-peine à empoigner fermement Trojan.

« Passez chaque recoin au peigne fin, marmonna-t-il, et lancez un avis de recherche à l'encontre de Konrad Moll. »

Gerber acquiesça sans mot dire.

TROISIÈME PARTIE

13

Il échappa à la circulation dense et bruyante de la Karl-Marx-Strasse en entrant dans le centre commercial. Il emprunta l'escalator pour monter au H&M. Des haut-parleurs ruisselait de la musique douce, censée rendre les clients de bonne humeur.

Mais elle ne l'apaisait en rien ; l'excitation le taraudait tout entier.

Il passa dans les rayons pour hommes, qui ne constituaient pas son but. Il prit son courage à deux mains et gagna ceux pour femmes. Parmi des dessous éparpillés, des habitantes de Neukölln outrageusement fardées y caressaient des culottes en dentelle et des strings, ces ficelles de pacotille. Il détourna le regard.

Il atteignit enfin le rayon enfants.

Et s'il s'y comportait en père normal, venu acheter des habits à son petit ?

À moins qu'il ne fût simplement un bon ami de la famille.

Des mères manœuvraient leur poussette entre les étagères de vêtements fantaisie, bariolés. En tant que seul homme en ces lieux, détonnait-il ? Il déambula puis se planta devant un portant de tee-shirts. Il en saisit un sur un cintre, le considéra de plus près et le trouva trop simple. Il en cherchait un plus seyant, d'une jolie coupe, en rouge ou d'un blanc immaculé. Les tons pastel prédominaient.

Une grosse femme arabe tenant un enfant pleurnichard par la main se mit en travers de son chemin. Il lui sembla qu'elle le poussait intentionnellement mais ne dit rien, ne voulant à aucun prix attirer l'attention.

Puis il s'approcha des sous-vêtements.

Plutôt que d'opter pour un paquet de cinq slips de différents modèles bon marché, il se surprit à envisager un ensemble débardeur et culotte.

Un corps de toute jeune fille, pensa-t-il, encore vierge.

Les habits s'alignaient là, attrayants, dans plusieurs grandeurs.

Il tenta de se représenter la sienne, chose délicate ; il dut essuyer ses mains moites. Peu importait la taille, mieux valait une plus petite, pensa-t-il ; l'ensemble lui irait à merveille. Sur le débardeur s'entrelaçaient trois fleurs, au pistil long et torsadé, dans le style Art nouveau. Il s'y connaissait : par le passé il avait ainsi décoré une vitrine, il était incontestablement un homme de goût.

Il tripota la culotte sur laquelle figuraient les mêmes fleurs, très jolies : deux d'un côté et une à l'entrejambe. Il découvrit un autre bel ensemble avec le logo de la marque imprimé sur les fesses, et il essaya de s'imaginer le corps de la fillette moulé dedans. Il tritura l'étiquette du prix : le haut et le bas valaient chacun 14,90 euros, l'ensemble 29,80. Trop cher à vrai dire, mais il les prendrait quand même tous les deux, celui avec les fleurs et l'autre à l'inscription sur le postérieur.

Les tee-shirts maintenant, viendrait ensuite le pantalon.

Konrad fouillait parmi les offres, et plus il s'y appliquait, mieux il se sentait. Il sélectionna finalement un pull à capuche, un jean et deux tee-shirts ainsi qu'une sorte de nuisette pour enfant. En tâtant l'étoffe, douce comme de la soie, il s'émut quelque peu qu'un tel tissu — bien trop affriolant — fût produit pour des petites filles.

Elle paraîtrait évidemment époustouflante làdedans.

Lorsqu'il se la représentait ainsi, son sang bouillait, elle n'en restait pas moins sa fleur.

À la caisse, pris d'angoisse, il crut sentir dans son dos le regard des mères et inspirer le plus parfait dédain à la vendeuse qui le servait.

Il paya par carte et signa le ticket de caisse. Ses sacs d'achats à la main, il put enfin descendre l'escalator.

Sur le suivant, Konrad heurta une femme par inadvertance. Elle poussa un petit cri et le regarda en face, effrayée.

Derrière ses lunettes, sous ses cheveux ébouriffés, il reconnut en elle sa voisine de palier. Il n'aurait su lui donner un âge, dans la quarantaine probablement. Il la saluait rarement, ressentait une étrange timidité face à elle. Ils avaient tout de même discuté une fois brièvement dans la cage d'escalier à propos d'un dégât des eaux. Il savait peu de chose d'elle, simplement son nom, Gardebohm, lu sur sa sonnette.

Résolu à poursuivre son chemin, il bafouilla une excuse.

« Monsieur Moll… »

Il aurait voulu simplement l'ignorer.

La femme transpirait abondamment, agitait les mains en signe de dénégation et cherchait à reprendre son souffle. Que se passait-il ?

« Ce matin même… », balbutia-t-elle.

Il ne comprenait pas son émoi.

Il demeurait là par pure politesse. D'autres clients passaient près d'eux en jouant des coudes.

Mme Gardebohm s'écarta de lui.

« Ce matin même, votre porte a été forcée. »

Elle gesticulait comme pour appeler à l'aide.

Il ne comprenait rien du tout.

Enfin elle évoqua la police dans un bredouillement.

Puis elle disparut dans la foule, et il resta sur l'escalator. Pas de temps à perdre en tergiversations ; il devait se hâter. Un événement s'était produit depuis la diffusion à la télévision de la photo de la petite.

Konrad Moll dévala les marches puis sortit à l'air libre.

Sur la Karl-Marx-Strasse, plutôt que de se comporter le plus discrètement possible, comme d'abord envisagé, il se mit à courir sans toutefois savoir quelle direction prendre. Commettrait-il une erreur en revenant chez lui ? Que lui avait dit au juste Mme Gardebohm ? Que sa porte avait été fracturée ?

Il se mit à larmoyer et trébucha. Des voitures de police, précédées du hululement de leurs sirènes, surgirent à toute allure de la Anzengruberstrasse et de la Erkstrasse ; il en arrivait toujours davantage. En jaillirent des hommes en uniforme brandissant leur arme et criant des ordres. Et soudain il se sentit petit. Si petit et méprisable qu'il voulut disparaître sous terre.

Deux agents se jetèrent sur lui, déjà chancelant.

À ses pieds, sur l'asphalte, se trouvait une pièce d'un centime d'euro. Un porte-bonheur, de quoi lui procurer chance, pensa-t-il, mais il n'avait pas de chance, jamais.

Une douleur le traversa lorsque les menottes se refermèrent sur ses poignets plaqués dans son dos.

Tout près de la piécette gisaient ses sacs contenant ses beaux achats.

Pourrait-il les emporter ? se demanda-t-il.

Il fut levé du sol et poussé dans une voiture.

« Mes courses », murmura-t-il quand les portières claquèrent.

À travers le miroir sans tain, Trojan l'observa avant de le rejoindre dans « la pièce », où il se tenait, effondré sur lui-même.

Il ne devait sous aucun prétexte laisser paraître le trouble qui l'habitait.

Il tenait pour certain que, dans le cas où Lene Halldörfer vivait encore, il n'obtiendrait sa localisation de Konrad Moll qu'en utilisant la manière douce.

Il s'assit à la table et se pencha pour le toucher.

Celui-ci parut surpris mais ne dit rien.

« Je m'appelle Nils. C'est une conversation confidentielle. Comme tu peux le voir, hormis moi, il n'y a personne dans cette pièce, ni témoin ni secrétaire.

— Depuis quand on se tutoie ?

— Comme je viens de te le dire, il s'agit d'une discussion informelle. Tu veux fumer ? »

Moll secoua sa tête pâle et bouffie, aux cheveux clairsemés malgré son relatif jeune âge. Tout son petit corps trapu demeurait prostré.

« Tu veux boire quelque chose ? Un verre d'eau ? »

De nouveau il refusa.

Trojan se racla la gorge.

« Tu sais, ça fait du bien de parler. Je veux dire, tu as été très éprouvé ces derniers temps. Je peux m'imaginer que tu n'as pas beaucoup dormi les nuits passées. » Trojan tenta un sourire. « Je comprends tout à fait, moi non plus, je n'ai pas beaucoup dormi les nuits passées. »

Il baissa la voix. « Tu fais des cauchemars, Konrad ? Tu te sens traqué ? Tu entends peut-être des voix ? »

Moll se tenait coi mais roulait des yeux. Trojan sentit que la tactique des mamours le déconcertait. Bien, pensa-t-il.

« Rien ne sera établi dans un procès-verbal, d'accord ? Rien de ce que tu me confieras ne sera noté. »

Moll se gratta le front. Puis il joignit les mains sur les genoux pour se donner une contenance calme, mais Trojan remarqua la tension sur son visage.

« Je te fais une proposition, Moll : si tu nous indiques où se trouve la fille, j'interviendrai en ta faveur auprès du procureur. Je suis dans ses petits papiers, pour tout te dire. Et il apprécie particulièrement les accusés coopératifs. »

Trojan releva le tressaillement à la commissure des lèvres de Moll.

« La petite est encore en vie ? » ajouta-t-il à mi-voix.

Lui revinrent alors à l'esprit des images des deux mortes, puis une vision de Lene Halldörfer, massacrée, le crâne tondu, des entailles sur tout le corps. Avec des orbites vides. Il ravala sa nausée. Ne rien laisser entrevoir, pensa-t-il.

Il tâcha d'employer un ton neutre en disant : « Elle est mignonne, pas vrai ? Tout autre que les deux femmes. J'entends par là qu'elles t'ont stressé, n'est-ce pas ? Melanie Halldörfer et Coralie Schendel. Vraiment stressé, c'est bien ça ? Tu as été pris de panique. Ça a dérapé. Je raconterai ça au procureur. Que tout simplement tu as craqué, Moll. »

Il se pencha davantage.

« Je te comprends après tout, Moll. Moi aussi parfois, je pète les plombs et puis… »

Il abattit son poing sur la table.

« D'un coup ! »

Moll recula brusquement.

Trojan retira doucement sa main. Immédiatement il redevint doux et complaisant.

« Et après je regrette. » Il marqua une pause. « Sois raisonnable, montre un tant soit peu de remords, Moll, dit-il en chuchotant à demi, et le procureur Reuss sera impressionné. Tu as en effet de la chance, Moll, si Reuss se charge de toi. Un bon, un homme d'expérience, assez âgé, plus carriériste du tout. Et dès aujourd'hui je lui rendrai compte de notre petit entretien préliminaire. »

Moll leva timidement les yeux.

« D'accord ? » demanda Trojan.

Il tenta de lire dans son regard délavé, d'une couleur indéfinissable oscillant entre le bleu et le gris.

« Lene Halldörfer, murmura-t-il. Blonde comme sa mère. Tu voulais garder le meilleur pour la fin, pas vrai ? »

Moll déglutit.

« Elle t'a aperçu avec sa mère. Tu es revenu. Tu l'as recueillie. Elle ne devait rien révéler de tout ce que tu avais fait à sa mère. Et elle est encore plus jolie qu'elle, hein ? »

Il posa sa main sur la table.

« Dis-le-moi, Konrad. Considère-moi comme un allié, c'est pour ça que j'ai été embauché à la PJ. Je suis une espèce de médecin des âmes, tu sais, un flic au grand cœur ; à moi, tu peux tout dire. Et crois-moi, beaucoup d'autres, assis là en face de moi, se sont sentis après coup incroyablement libérés, parce qu'ils se sont soulagé la conscience de toutes ces visions atroces. »

Moll effleura du regard la main de Trojan puis son visage. Enfin il s'adossa à sa chaise et s'abîma encore davantage en lui.

« Dis-moi, Moll, dis simplement ce que tu as fait de la petite. »

Trojan sentait son dos moite de sueur. Chaque minute comptait.

« Écoute, pour meurtre, tu prends perpète, il faut

que tu le saches. Mais dans ce Land, pour une condamnation à perpétuité, tu es libéré au bout de quinze ans, Moll. La question est de savoir si le juge assortit cette peine d'une période de sûreté. » Et après un temps : « Tu peux marquer des points, Moll. Cette conversation confidentielle peut déterminer ton avenir. »

Il attendit.

« Et il y a un avenir pour toi, crois-moi. »

Moll n'esquissa pas un geste.

Merde, pensa Trojan. Trop tard, probablement que la petite est morte.

Soudain Moll murmura : « C'était de son plein gré. »

Trojan n'en crut pas ses oreilles. Reste calme, pensa-t-il, il vide son sac à présent.

Il patienta, mais rien ne vint.

« De son plein gré, comment ça ?

— Elle m'a accompagné, dit-il d'une voix d'enfant rétif pris en faute.

— Quand, Moll ?

— Elle m'a accompagné de son plein gré. Des autres noms, je ne sais rien. Rien à part ce qu'en a dit la télé. Elle aussi, je l'ai vue à la télé. Ils ont parlé des meurtres de femmes. Et ils ont montré la photo de la petite. Mais elle est venue avec moi de son plein gré.

— D'accord, Moll, on reprend tout lentement depuis le début. Quand as-tu rencontré pour la première fois Lene Halldörfer ?

— Chez moi, à la maison. Elle s'est trompée de porte, elle voulait se rendre à un goûter d'anniversaire. Je lui ai préparé un chocolat.

— Un chocolat ? »

Trojan s'efforça de se maîtriser. Je vais le rouer de coups, pensa-t-il, ce minable enfoiré.

« Oui, un chocolat. »

Moll lui lança un regard de supplication.

« Continue, marmonna Trojan.

— Quelques jours plus tard, je l'ai revue.

— Où ça ?

— Au centre commercial des Neukölln Arcaden.

— Quand ?

— Samedi matin. Elle était assise là. Si seule et… Je lui ai demandé si elle voulait venir chez moi.

— Et puis ?

— Elle a logé chez moi.

— Combien de temps ?

— De samedi à dimanche. Et de dimanche à aujourd'hui. On a joué au Uno. »

Au Uno, releva Trojan, il qualifie ces saloperies de Uno. Saisi de dégoût, il ne put rester assis plus longtemps et se leva pour faire les cent pas, suivi des yeux par Moll. S'il venait à perdre son sang-froid, l'enquête avorterait alors qu'il s'approchait de sa résolution. Les déclarations de Moll, si aimables au demeurant, recelaient un je-ne-sais-quoi qui l'agaçait : soit derrière sa façade se cachait un abîme meurtrier, soit il y avait erreur sur la personne, et lui et ses collègues avaient commis une terrible erreur.

Il passa la main sur le miroir sans tain ; il savait qu'ils suivaient l'audition, rassemblés de l'autre côté.

Il se rassit.

« Qu'est-ce qui s'est passé ce matin ?

— Rien. Je suis sorti pour acheter à la petite de

quoi s'habiller. Je me suis rendu au H&M et… Mon Dieu, elle n'a personne d'autre que moi. Sa mère est morte, et elle ne veut plus retourner vivre chez son père. Il l'a battue, son père. Et ce que c'est que de recevoir des coups de son père, je ne le sais que trop bien. Toute mon enfance je me suis fait tabasser par le vieux.

— Doucement, Moll. D'après tes déclarations, tu ne connais la gamine que depuis quelques jours.

— Mais elle était mon soleil. Elle illuminait ma vie. »

Moll tremblait, les yeux brillants de larmes.

« Était ? Tu as vraiment dit "était" ? »

Moll ne répondit pas.

« Où est Lene ? Elle est morte ? » demanda doucement Trojan.

L'autre le regarda fixement.

« Elle était chez moi quand je suis parti. Je ne sais pas où elle se trouve à présent.

— Qu'est-ce que tu lui as fait ?

— Rien.

— Et l'oiseau ?

— Quel oiseau ?

— On a trouvé dans ton appartement un oiseau éviscéré. Comme celui découvert sur la dépouille de Coralie Schendel.

— Je ne connais pas de Coralie Schendel.

— Comment l'oiseau est arrivé chez toi alors ? »

Les traits de Moll se distordirent sous le dépit.

« Je ne sais pas.

— Voyons, Moll, tout parle contre toi. Lene Halldörfer a appelé ce matin le numéro d'urgence de la police. De ton appartement. Elle avait peur, très peur. Elle avait besoin d'aide. Et désormais elle a disparu. Il ne reste de trace que cet oiseau mort dans ta baignoire, enveloppé dans une culotte de petite fille. Qu'as-tu à répondre à ça ?

— Je ne sais rien de cet oiseau.

— Pour la dernière fois : où est la petite ? »

Trojan abattit de nouveau son poing sur la table. Puis il saisit Moll par le bras.

« Moll, si tu me confies maintenant où se trouve la petite, tu as encore une toute petite chance. Pense à ce que je t'ai dit sur le procureur Reuss. Ou je dois peut-être plutôt prier l'un de mes collègues d'entrer ? Il existe d'autres méthodes que la mienne, tu sais ? Seulement, elles pourraient te faire très mal. C'est ça que tu veux, Moll ? Il y a des collègues ici dans le service qui détestent les hommes comme toi. Les hommes qui emmènent chez eux les petites filles. Les hommes qui aiment les habits d'enfants. Il y a des collègues ici qui peuvent entrer dans une colère noire quand ils ont affaire à quelqu'un de ton acabit. J'aimerais dans tous les cas t'éviter ce genre de souffrances. C'est pour ça également qu'a lieu cette conversation préliminaire, mon ami. Pour te mettre en garde.

— Je n'ai pas touché à la petite ! » dit Moll, apeuré.

Trojan soupira et le laissa tranquille.

Ils se turent longuement.

Puis l'autre demanda doucement : « Pourrais-je avoir un verre d'eau ?

— Mais bien sûr. »

Avec un sourire forcé, Trojan se leva, sonna à la porte métallique et sortit.

Stefanie Dachs l'attendait déjà dans l'antichambre, un verre à la main.

« Ce salaud, ce foutu salaud, maugréa-t-il.

— Reste calme, Nils, dit Stefanie, tu es sur le point de le faire accoucher, je crois.

— J'espère bien.

— Tiens bon », l'encouragea-t-elle en lui tendant le verre.

Trojan inspira profondément et retourna dans « la pièce ».

Il posa le verre sur la table et s'assit.

« Tu vois, mon ami, je m'occupe de toi. »

Moll le dévisagea, impavide.

« Tu as de la chance, dit Trojan, tout le monde n'a pas le droit à ce traitement de faveur. Bois une gorgée, et puis raconte-moi tout, d'accord ? »

Un sourire passa sur les lèvres de Moll.

Il étonna Trojan. Que signifiait ce rictus ?

Moll tendit la main puis se ravisa pour demander d'une voix feutrée : « Y a-t-il quelqu'un dans votre vie, lieutenant, que vous aimez sincèrement ? »

À quel petit jeu te livres-tu à présent ? songea Trojan, surpris.

« Comment ça ?

— Tel que je vous le demande. »

Trojan réfléchit. Lui opposer que sa vie privée ne relevait pas de l'affaire le retiendrait peut-être de parler. Il serait donc plus judicieux de consentir à une réponse.

« Oui, il y a bien quelqu'un. »

Jana Michels lui venait à l'esprit, instinctivement. Ai-je perdu la tête ? se dit-il. L'aimer ? Je ne la connais même pas vraiment.

Il se figura sa manière de s'y prendre avec le suspect et frissonna à cette idée.

« Et de ton côté ? »

Moll, demeuré longuement immobile, se pencha pour dire : « Il y a eu autrefois quelqu'un. Elle s'appelait Magda. Elle illuminait ma vie. Et puis elle est morte. »

Une autre victime de meurtre, se dit Trojan.

Devinant ses pensées, Moll les démentit.

« Non, lieutenant, je ne lui ai rien fait. Ni à Magda ni à la petite que vous cherchez. Croyez-moi. »

Il ajouta, le regard baissé : « Lene m'a rendu un peu de cette lumière. »

Il s'empara du verre qu'il fit osciller.

« Non, je ne lui ai rien fait. Sachez que je suis un homme paisible, lieutenant. »

Trojan le toisa, perplexe. Mais où veut-il en venir ? s'interrogea-t-il. Le timbre de sa voix, soudain voilée, sonnait différemment d'avant.

Et tandis que Trojan réfléchissait à sa réplique, le point de non-retour fut atteint.

Moll esquissa de nouveau ce rictus étrange et porta lentement le verre à ses lèvres.

Puis il le mordit.

Une fois, deux fois.

Le verre vola en éclats.

Le visage de Moll se mua en une grimace. Le sang coulait de sa bouche.

Trojan bondit.

Moll s'enfonçait le verre dans la bouche, le mastiquait, l'avalait.

Trojan, d'abord pétrifié, se jeta sur lui en criant : « Crache-le, crache-le ! »

Mais de la gorge de Moll ne provenait qu'un râle.

La porte métallique s'ouvrit brusquement, et surgit Stefanie Dachs, talonnée par Landsberg et Gerber.

Moll tomba de sa chaise.

Trojan essaya de lui arracher le verre.

« Appelez une ambulance, vite ! » hurla-t-il.

Dachs, Landsberg et Gerber fixaient Moll.

« Dépêchez-vous », bredouilla Trojan.

Les yeux révulsés, Moll mâchait sans répit.

Le verre crissait sous ses dents.

14

À l'approche de minuit, Cem affichait encore ouvert.

Trojan prit trois bouteilles de bière dans le réfrigérateur dont émanait une lumière crue et gagna la caisse.

« Comment va, chef ? demanda Cem. Tu es bien pâle. »

Trojan sortit sa monnaie sans un mot.

« C'est si grave que ça ? »

Il hocha simplement la tête.

« Courage. Tu sais, quoi qu'il se passe, après la pluie vient le beau temps. Penses-y, chef, pense au beau temps. »

En réponse au regard de Trojan, Cem haussa les sourcils.

« Tu veux discuter ? Je suis une bonne oreille.

— Merci, Cem, peut-être une autre fois, d'accord ? dit-il dans un pâle sourire.

— Pas de problème, chef. Je suis là. Je suis toujours là. »

Il glissa les bouteilles dans son sac à dos et quitta le magasin.

À peine entré dans son appartement, il ouvrit sa première bière, qu'il but à demi, puis se jeta, exténué, sur le lit d'Emily. Il ferma les yeux, et immédiatement lui apparurent les images vacillantes du visage en sang de Moll, du logement vide de la Ratiborstrasse, des asticots sur l'oiseau en décomposition, de la culotte de petite fille avec les cœurs. Et encore et toujours celles de Coralie Schendel et Melanie Halldörfer.

Moll, entre la vie et la mort en soins intensifs, souffrait de graves saignements et de problèmes septiques dus à la perforation de l'œsophage par les morceaux de verre. Selon les médecins, ils mettaient en jeu le pronostic vital.

Et Lene demeurait introuvable.

En outre, une information judiciaire avait été ouverte du chef de l'incident d'interrogatoire.

Comme de juste, la tentative de suicide d'un suspect en présence de Trojan lui attirerait des questions désagréables.

Il opposait au soupçon d'illégalité de ses méthodes que, somme toute, la fin justifiait les moyens et qu'il en allait de la vie de Lene. Landsberg lui avait donné son accord préalable puis témoigné son soutien indéfectible : « Ça ne doit pas avoir de conséquences fâcheuses pour toi, Nils, ce type est complètement fou. »

En omettant de lui servir de l'eau dans un gobelet, ils avaient tous présumé de leur victoire, portés par l'impression que Moll s'apprêtait à se mettre à table.

Trojan se faisait d'amers reproches, a fortiori dans l'hypothèse de l'innocence de Moll.

Un doute subsistait toutefois : la tentative de suicide sonnait aussi comme un aveu de culpabilité.

Mais à quoi bon puisque ce qui était arrivé à Lene restait un mystère ?

Probablement était-elle morte depuis longtemps.

« Trop tard », murmura-t-il.

Une fois sa bière finie, il lui fallut aussitôt quelque chose de plus fort. Dans la cuisine, il ouvrit le placard où, cachée derrière les provisions, se trouvait la bouteille des soirs de mélancolie profonde.

Il s'en saisit, la considéra, hésita un instant et en but une lampée. Le tord-boyaux malté d'Irlande le réchauffa en lui brûlant délicieusement la poitrine. Il soupira d'aise et, après les gorgées suivantes, plus fortes encore, se lécha les lèvres.

Il s'accouda à la table de la cuisine et s'enfouit le visage dans les mains.

Tout à coup, il se leva pour prendre le téléphone. Il parcourut le répertoire et trouva le numéro qu'il cherchait ; sans davantage réfléchir, il le composa.

Après cinq sonneries se déclencha le répondeur du cabinet de Jana Michels.

Trojan s'entendit lui dire : « Jana ? Jana Michels ? Vous êtes là ? Pourriez-vous décrocher ? S'il vous plaît. C'est urgent. »

Aucune réaction, évidemment, qu'aurait-elle bien pu faire à son bureau à cette heure-là ? Il entendit de la friture sur la ligne et saisit de sa main libre la bouteille de whiskey à laquelle il but.

Merde, se dit-il, mes déglutitions s'entendront certainement sur le message.

Néanmoins il s'enhardit : « Vous savez, c'était

vraiment un lundi de merde aujourd'hui. Ça vous arrive aussi ? Y a-t-il des lundis de merde dans votre vie, Jana Michels ? »

Il écouta le grésillement.

Il s'imagina auprès de Jana sur une plage battue par les vagues et bordée de palmiers, et, ce faisant, remarqua qu'épuisé il piquait du nez, le combiné à la main.

Il se ressaisit.

« Excusez-moi, marmonna-t-il, supprimez ce message. D'accord ? Dès demain matin. »

Puis il raccrocha. Que penserait-elle de lui désormais ?

« Crétin », s'injuria-t-il.

Il lui restait dès lors deux possibilités, dormir ou sortir. Un peu d'air frais lui ferait du bien, pensa-t-il. Et puis une fébrilité étrange, qu'il ne parvenait à s'expliquer clairement, le gagnait ; il se leva donc, enfila sa veste, s'empara de la clé et passa la porte.

Dans le hall de l'immeuble, devant les boîtes aux lettres, il frémit. Il s'assura par deux fois que rien de suspect ne s'y trouvait.

Il se rappela alors son arme oubliée au commissariat.

C'est bon, pensa-t-il, me voilà hors de danger s'il s'agit bel et bien de toi, Moll.

Mais son intuition démentait cette impression.

Il longea le canal et tourna dans la Friedelstrasse, dépassa les bars et les restaurants et continua au-delà de la Pannierstrasse.

Il se demanda ce qui avait porté ses pas à cet endroit sans en comprendre la raison, jusqu'à ce qu'il remarquât qu'il s'approchait de l'immeuble de la Fuldastrasse.

Un détail lui avait peut-être échappé.

Il se tenait désormais devant l'édifice.

La tête renversée, il observa les fenêtres du quatrième étage.

N'apercevait-il pas là une lueur ?

Non, ce devait être une illusion d'optique.

Il poussa la porte de l'immeuble laissée ouverte et monta l'escalier.

Devant chez les Halldörfer, il se pencha vers les scellés posés par mesure de police et constata leur bris.

Un frisson lui parcourut l'échine.

Quelqu'un s'était introduit dans l'appartement.

Et peut-être même s'y trouvait-il encore.

D'instinct il palpa sa veste à l'emplacement de l'étui de son arme, hélas vide. Il était sans défense.

Il examina la serrure. Pas de traces d'effraction.

Il réfléchit rapidement. Si la porte n'était pas verrouillée de l'intérieur, il pouvait tenter le coup.

Il fouilla dans sa poche pour en extraire sa carte bleue qu'il glissa entre le loquet et le chambranle.

Qu'est-ce que je suis en train de faire ? se dit-il, et il sentit combien l'alcool lui engourdissait les sens. Je suis complètement cinglé.

Il s'escrima avec la carte sur le loquet, jusqu'à ce que, soudain, il cédât. Le souffle court, il poussa de l'épaule la porte qui s'ouvrit et se glissa sans bruit dans l'appartement.

Par l'entrebâillement de la chambre d'en face, un filet de lumière tamisée tombait sur le sol du couloir.

Depuis la rue il ne s'était donc pas trompé.

Il s'approcha lentement du rai.

Subitement la lumière s'éteignit.

Désorienté l'espace d'un instant, il chercha à tâtons un mur.

Ses yeux finirent par s'habituer à l'obscurité.

Que faire ? Demander de l'aide ? Alerter ses collègues ? C'était encore ce qui lui restait de mieux à faire, mais au lieu de cela, il progressa vers la chambre.

Arrivé près du seuil, il se baissa et poussa la porte.

Il entendit respirer dans le noir.

Si seulement il avait pris une lampe de poche.

Il passa la main sur le mur pour repérer l'interrupteur.

De nouveau il perçut une respiration.

Et un son.

Le bruit lui rappela affreusement l'incident dans la salle d'interrogatoire.

Un crissement de dents.

Trojan en eut la chair de poule.

Et si le meurtrier était revenu sur les lieux, songea-t-il, je me serais jeté dans la gueule du loup. Pourquoi est-ce que j'agis ainsi ?

Il l'ignorait, il savait juste que ses pas l'avaient conduit là, il se sentait comme attiré dans la chambre par une main invisible.

Ses doigts trouvèrent l'interrupteur et l'actionnèrent.

La lumière jaillit.

Du sang imbibait le matelas dépouillé de son drap.

Cette odeur métallique, flairée sur tant de scènes de crime, flottait encore dans la pièce.

L'oreiller gisait sur le matelas. Et sur l'oreiller s'étalaient des cheveux, des cheveux blonds.

Puis il vit la couette, sans housse, imbibée elle aussi de sang séché.

Quelqu'un se trouvait dessous.

Trojan, s'approchant du lit, la tira.

15

Elle portait un tee-shirt sale et un jean taché, et tenait dans ses bras Jo, la tortue en peluche. Au travers de sa chevelure ébouriffée, elle fixait Trojan d'un regard apeuré.

Elle ne lui sembla souffrir d'aucune blessure.

Quand il s'assit sur le bord du lit, elle se recroquevilla.

« Tu es en vie, dit-il d'une voix rauque. Mon Dieu, Lene, tu es vivante. »

Les larmes lui montèrent aux yeux. Toute la tension des jours précédents parut se dissoudre en lui à ce moment.

« Lene, je…, bredouilla-t-il, on t'a cherchée, depuis trois jours on te cherche…

— Comment tu es entré ici ? » chuchota-t-elle.

Il esquissa un geste vague en direction de la porte.

« Je suis… »

Il s'interrompit et, épuisé, se passa la main sur le front.

« Tout doucement, chaque chose en son temps. Lene, est-ce que quelqu'un t'a fait du mal ? »

Elle se redressa lentement et le dévisagea avec méfiance.

Pour se rasséréner un peu, il compta in petto jusqu'à vingt puis lui demanda dans un murmure : « Où tu étais, Lene ? »

Elle étreignit davantage l'animal en peluche. Mon Dieu, pensa-t-il, elle se tient là où ce salaud a poignardé sa mère, sur tout ce sang séché.

« Où tu étais ? répéta-t-il.

— Chez un monsieur, souffla-t-elle après un silence.

— Il t'a fait du mal ? »

Elle ne réagit pas.

« Tu as appelé la police, pas vrai ?

— J'avais peur.

— Lene, qu'est-ce qui s'est passé ? »

Elle se tint coite.

« Tu te souviens de moi ? J'ai discuté avec toi vendredi dernier.

— Tu m'as rapporté Jo.

— Oui. »

Il passa de la peluche aux yeux rougis de l'enfant.

« Lene, tu dois tout me raconter, en détail. C'est très important, tu sais. Sinon on ne pourra pas… » Il s'interrompit. « Ce qui est arrivé à ta mère, on doit trouver celui qui l'a… »

Assassinée, se dit-il, massacrée.

Il fixa la tache de sang, sans se résoudre à finir sa phrase devant l'enfant.

« Est-ce que je dois retourner chez mon géniteur ? demanda Lene d'une voix étranglée.

— Non.

— Sûr ?

— Sûr.

— Je ne veux plus habiter chez lui. Et ici… »

Son regard erra à travers la pièce, comme à l'affût d'un affreux démon tapi dans un coin.

Qu'est-ce qu'elle a enduré ? se demanda Trojan. Il tendit prudemment la main vers elle et lui toucha le bras. Cette fois-ci, elle n'eut qu'un léger mouvement de recul.

« Raconte-moi tout depuis le début, Lene, s'il te plaît. »

La mettre en confiance prenait du temps.

Elle se lança dans un récit entrecoupé de silences. « Mon géniteur est venu me chercher à l'hôpital. Il m'a emmenée chez lui, mais je ne voulais pas rester là-bas. Alors je suis partie.

— Et après ?

— Cet homme m'a adressé la parole. Il s'appelle Konrad. »

Trojan tiqua.

« J'avais déjà été chez lui le jour de la fête d'anniversaire de Paula. Je m'étais trompée de porte. Il avait été gentil avec moi, même s'il est un peu bizarre.

— Où c'était ? Où est-ce qu'il t'a abordée ?

— Devant ce magasin des Arcaden qui vend de belles pierres qui brillent.

— Et tu l'as tout simplement suivi.

— Il était gentil avec moi, et je n'avais nulle part où aller. » Elle réprima ses larmes. « Je n'osais pas venir ici. Il y a tout ce sang et puis maman… »

Trojan l'encouragea d'un signe.

« Est-ce que ce monsieur t'a emmenée dans son appartement ? »

Elle opina faiblement.

« Dans quelle rue il se situe ?

— Je ne me souviens plus de son nom. Elle se trouve quelque part près du canal.

— Combien de temps tu es restée chez lui ?

— Deux nuits.

— Et est-ce qu'il t'a d'une façon ou d'une autre… touchée ou…

— Non, on a juste joué aux cartes. »

C'est pas vrai, se dit-il. Les propos de Lene concordaient exactement avec ceux de Moll durant l'interrogatoire. Ce constat glaça Trojan.

« Et il m'a préparé des pâtes, mais elles n'étaient pas bonnes.

— Pourtant il t'a fait peur ensuite, n'est-ce pas ? »

Elle éclata en pleurs silencieux. Il lui toucha de nouveau le bras avec précaution. Cette fois-ci, elle le laissa faire.

« Lene, désolé, mais je dois te demander tout ça pour trouver celui qui… à ta mère… »

Là encore il cherchait ses mots.

« … qui a fait subir tout ça à ta mère. »

Elle essuya ses larmes.

« L'homme que tu as vu ici, le vendredi chez ta mère, c'est celui qui t'a hébergée ?

— Il n'y avait pas d'homme ici.

— Ah bon ? Vendredi dernier tu as pourtant raconté aux voisins que quelqu'un se trouvait ici. »

Elle resta sans rien dire.

« Il s'agissait d'une femme ? Est-ce qu'une femme se trouvait auprès de ta mère ?

— Non. »

L'envie soudaine de soulever Lene du lit et de l'emmener ailleurs, loin des traces de sang, prit Trojan, mais sachant qu'il touchait au but, il s'arma de patience.

Pour rompre son silence qui s'éternisait, il lui demanda doucement : « Lene, qui se tenait près de ta mère, là sur le lit ? »

Elle ne répondit pas.

« Qui c'était ? »

Lene claquait des dents, comme si des frissons la parcouraient.

Trojan prit entre ses mains la sienne, glaciale.

« Lene, ne t'inquiète pas. Tu es en sécurité à présent.

— Vraiment, tu ne me ramèneras pas chez mon géniteur ?

— Non, je te l'ai déjà dit. On trouvera pour toi un endroit où tu te sentiras bien, promis. On ne te laissera pas tomber, compris ? »

Elle attachait son regard sur lui, tremblante. Il ôta sa veste et la lui passa pour qu'elle ne s'emmitouflât plus dans la couette tachée de sang.

« Bon, dit-il après un temps de réflexion devant son mutisme, reprenons. Vendredi soir, tu arrives à l'appartement. Qu'est-ce qui s'est alors passé ? Quelle est la première chose que tu te rappelles ? »

Elle s'assombrit.

« Il y avait un oiseau, lâcha-t-elle enfin.

— Où ça ?

— Dans le couloir.

— De quoi il avait l'air ?

— Il n'avait plus de plumes, et il avait un trou à la place du ventre.

— Quelle taille il faisait à peu près ? »

Elle l'indiqua de ses mains.

Petit comme un bouvreuil, pensa Trojan. Et il glissa, davantage pour lui-même : « Mais on n'a pas trouvé d'oiseau ici.

— Je l'ai emporté », déclara-t-elle alors.

Il la dévisagea, surpris.

« Je l'ai mis dans la poche de mon pull. Il était tout le temps avec moi. »

Trojan n'en croyait pas ses oreilles. « Tu l'as… Mais pourquoi, Lene ?

— Je ne sais pas, je pensais qu'il appartenait à ma mère. »

Elle se tut un instant.

« Je l'ai pris dans mes mains, je l'avais sur moi en m'enfuyant de l'appartement. Maman était déjà morte. Je pensais que peut-être maman me l'avait laissé. »

Une larme coulait sur sa joue. « Mais au bout de deux jours il s'est mis à sentir très mauvais, murmura-t-elle.

— Et ensuite ?

— Je l'ai déposé dans la baignoire de l'appartement de ce monsieur. »

Les idées se bousculaient dans l'esprit de Trojan. Se pourrait-il que Konrad Moll soit parfaitement innocent ?

« Lene, dis-moi franchement, est-ce que Konrad t'a fait le moindre mal ? »

Elle secoua la tête.

« Et il ne t'a pas touchée, vraiment, ou poussée à je ne sais quel petit jeu ?

— Non.

— Mais tu avais peur de lui.

— J'ai eu peur de cet oiseau tout à coup. Dans son ventre… »

Des asticots, pensa-t-il.

« Ça bougeait si bizarrement là-dedans. »

Elle sanglotait à présent. Trojan lui serra la main.

« Tu as appelé la police. Et puis après ?

— J'ai quitté l'appartement.

— Où tu es allée ? »

Elle ne répondit pas.

« Ici ?

— Je… Je voulais revenir chez ma maman, enfin. »

Elle gémit tout bas, repliée sur elle-même. Il lui posa la main sur l'épaule.

« C'est bon, Lene. À partir de maintenant, on prendra soin de toi, d'accord ? Dans une institution, un foyer avec d'autres enfants. On te trouvera une nouvelle maison, juré. »

Pourquoi personne ne l'a vue ? se dit-il. Personne n'était là pour elle.

« Je vais devoir encore déménager ? murmura-t-elle. On n'est pas restées longtemps ici. »

En se détachant de lui, elle essuya ses larmes du revers de la main.

Il hésitait à lui poser une dernière question.

Elle le considérait, immobile, paraissant se douter de ce qui allait suivre.

« Lene, revenons une dernière fois à vendredi soir. En entrant ici dans la chambre, qu'est-ce que tu as vu ? »

Elle s'écarta davantage de lui. Il la sentit sur la défensive.

« Tu as dit que tu n'as vu ni homme ni femme. Qu'est-ce que c'était alors ? »

Une éternité s'écoula, lui sembla-t-il, avant qu'elle ne répondît.

« C'était un animal, répondit-elle d'une voix changée, froide.

— Un animal ?

— Oui.

— De quoi cet animal avait l'air ?

— Il portait un long bec, et sur ce bec il y avait du sang.

— Qu'est-ce que l'animal faisait ? »

Elle lui opposait son silence.

« Lene, rappelle-toi.

— Il se trouvait sur ma mère. Et il faisait un bruit de ciseaux.

— Tu as vu des ciseaux ?

— Je ne sais pas. Je ne sais plus.

— Qu'est-ce qui s'est passé ensuite ?

— Il s'est tourné vers moi.

— Tu pourrais reconnaître les yeux de l'animal ?

— Non.

— Et après ?

— Je me suis sauvée.

— Et… ?

— Il m'a poursuivie, répondit-elle, la bouche soudain tordue en un rictus de peur. L'animal avait des griffes, des griffes pointues. Je les ai senties », ajouta-t-elle avant d'enfouir son visage dans ses mains.

Bon sang, pensa Trojan, respirant avec peine, il faut en finir.

Et il dit d'une voix douce : « Viens, Lene, je t'emmène loin d'ici. »

16

L'éclairage au néon lui donnait la migraine. Il s'était résolu à deux heures de sommeil sur le lit de camp dur et inconfortable de son bureau, car rentrer chez lui n'en aurait pas valu la peine.

La nuit même, il avait informé Landsberg de sa découverte de Lene, saine et sauve. Elle fut immédiatement examinée par une gynécologue puis transférée au service de protection de l'enfance. Landsberg avait convoqué une réunion de toute l'équipe après la sérieuse disculpation de Moll par l'enfant. À l'issue d'une discussion ardue, chaque membre avait une nouvelle fois rendu compte au chef de ses résultats d'enquête, avant de s'avouer ne disposer de rien de concluant pour l'élucidation des meurtres, du moins tant que Moll demeurait hors d'état de subir un interrogatoire.

L'aube les avait surpris, perplexes, désemparés et démoralisés. En ce mardi, 8 heures, Trojan attendait avec son supérieur dans le couloir du service de soins intensifs de l'hôpital Westend l'autorisation de se rendre au chevet de Konrad Moll.

Une infirmière leur avait indiqué que le patient faisait l'objet de traitements et qu'il leur faudrait patienter sans toutefois se bercer d'espoirs, car Moll n'était pas lucide.

Landsberg lâcha un long soupir. « On peut fumer ici ? »

Trojan fit la moue. « Je crains que non, Hilmar.

— Tu ne penses pas qu'on perd notre temps ? »

Trojan haussa les épaules. « Je veux le regarder dans les yeux au moins encore une fois. La vérité doit s'y cacher. »

Landsberg triturait son paquet de cigarettes.

« J'aimerais que ce soit lui. Alors l'affaire serait bouclée. »

Il allait et venait. Après trois pas dans un sens et trois dans un autre, il s'approcha de Trojan. Sous ses yeux des cernes noirs se dessinaient.

« Qu'est-ce que ton instinct te dit, Nils ?

— Arrête de toujours en appeler à mon instinct.

— Mais on a toujours pu compter sur lui.

— Il peut très bien avoir porté un masque, un masque d'oiseau, ce qui expliquerait que Lene ne l'ait pas reconnu lorsqu'il l'a emmenée chez lui.

— Oui, c'est également mon idée. Pourquoi avaler du verre pilé, se perforer l'œsophage, s'infliger ça, à moins d'être rongé par une culpabilité terrible et de vouloir échapper à une peine à perpétuité ?

— Possible, oui. D'un autre côté Moll pourrait simplement présenter des tendances autodestructrices.

— Mais pourquoi justement dans cette situation ? Pourquoi précisément pendant l'interrogatoire, au moment où tu l'as poussé dans ses derniers retranchements ? Explique-moi ça, Nils, je ne comprends pas.

— Peut-être que tout ça a uniquement à voir avec la gamine.

— Tu crois qu'en fait c'est un pédophile et qu'il a craint les conséquences ?

— Oui.

— Mais le rapport médical de la gynécologue ne mentionne aucune trace de viol. Mon Dieu, c'est déjà assez grave qu'une gamine de dix ans doive subir ce genre d'examen au beau milieu de la nuit. »

Trojan étira son dos courbaturé. Il aspirait au sommeil, à un long sommeil.

« Et il n'est pas recensé comme pédophile.

— Je ne sais pas, Hilmar, peut-être que je l'ai traité trop durement.

— Cesse donc avec ça. D'accord, tes méthodes d'interrogatoire n'étaient pas tout à fait légales, mais elles avaient un sens, il s'agissait au final de la vie de la petite. Ce n'est pas une raison pour bouffer du verre. Je vais te dire une chose, Nils, assena-t-il en pointant la porte close. Là derrière se trouve notre coupable, et espérons qu'il soit encore en état de passer aux aveux pour que la presse se calme enfin. »

Les manchettes racoleuses des journaux à sensation revinrent à Trojan.

LE MONSTRE DE KREUZKÖLLN A ENCORE FRAPPÉ. QUI SERA LA PROCHAINE VICTIME ? QUE FAIT LA POLICE DE BERLIN ?

Par chance rien encore n'avait filtré de l'interrogatoire de Konrad Moll ; Landsberg protégeait et même couvrait Trojan, qui n'échapperait pas toutefois à l'information judiciaire ouverte contre lui.

« Il n'avouera rien. Même si c'est bel et bien lui, il ne nous fera pas cette faveur.

— Merde.

— Il m'a parlé de cette Magda, murmura Trojan. Il l'aimait éperdument. Elle illuminait sa vie, ce sont ses termes. Et la gamine…

— … lui aurait rendu un peu de cette lumière, oui, l'interrompit Landsberg. Foutaises.

— Je crois qu'il s'agit de fantasmes, Hilmar. Il n'a pas pu les mettre à exécution. Mais peut-être qu'il a compris durant l'interrogatoire… »

Il lui lança un regard pénétrant.

« … qu'il avait irrémédiablement succombé aux charmes de la petite.

— Elle a dix ans ! siffla Landsberg en grimaçant de dégoût.

— Je sais, je sais. Les pédophiles tombent passionnément amoureux de leur victime. C'est comme ça. »

Landsberg glissa entre ses lèvres une cigarette sans l'allumer.

Trojan poursuivit : « On le cuisine, il est sous l'emprise de la gamine, sait qu'il ne la reverra plus, se fait interroger pour enlèvement d'enfant, a honte de ses penchants pédophiles, est dépressif, a une tendance à l'automutilation, et puis il veut se décharger sur moi de sa culpabilité. Alors il prend le verre et le mord.

— Tu parles comme un foutu psy, Nils, dit

Landsberg, surpris. Tu as de l'expérience en la matière ? »

Trojan se sentit rougir.

Le temps s'étira, Landsberg ébaucha un sourire.

« C'était une blague, dit-il en replaçant sa cigarette dans son paquet. Je déteste ce boulot, ajouta-t-il à voix basse.

— Qu'est-ce que tu as, chef ? Trop de travail ou… » Trojan hésita à poser la question. « Ou bien c'est à cause de ta femme ? »

Landsberg éclata soudain d'un rire jaune, trop sonore pour ne pas paraître forcé.

Il s'éloigna de quelques pas et, face au mur, les yeux dans le vide, dit : « Elle entend des voix. Petit à petit, elle devient folle. Certains jours, je ne la reconnais plus. »

Il fit volte-face.

Son regard brillait d'un éclat qui laissa craindre à Trojan la perte de son sang-froid.

« Hilmar, je suis tellement désolé. »

Aussitôt Landsberg afficha un sourire de façade, désabusé, se rapprocha de lui et lui tapa sur l'épaule.

« Ne le raconte à personne. »

À ce moment la porte s'ouvrit sur l'infirmière, qui vint à leur rencontre.

« Vous pouvez le voir mais pas plus de dix minutes. »

Landsberg, visiblement soulagé que la partie privée de leur conversation prît fin, donna à Trojan une bourrade amicale puis emboîta le pas à l'infirmière.

Ils enfilèrent une charlotte et des surchaussures avant de la suivre dans le sas.

« Comme évoqué, dix minutes maximum. »

Le respirateur artificiel émettait un chuintement monotone. Sur un écran, un point dansait au rythme du pouls qu'un signal perçant soulignait. D'épais bandages couvraient le cou et la poitrine de Moll ; sous ses yeux clos, le masque à oxygène ne permettait pas de distinguer sa bouche.

De la poche de perfusion coulait un soluté.

Spontanément Trojan pensa à sa mère. Dans les hôpitaux, il pensait toujours à sa mère.

Il suivit du regard le point vacillant sur le moniteur et songea instinctivement à son propre battement de cœur.

Landsberg se rapprocha du lit.

« Moll, tu nous entends ? »

Seuls le ronronnement de la machine et le signal sonore de l'écran lui répondirent.

« Ouvre les yeux, Moll, il nous reste des questions à te poser. »

Trojan releva la note d'agressivité dans la voix de Landsberg.

« Voyons, Moll, c'est trop facile, avaler du verre pour ensuite fermer sa gueule. »

La variation subite de l'oscillation sur le moniteur fit croire à Trojan à une réaction du cerveau.

Il s'approcha davantage pour se pencher au-dessus de son visage.

L'assaillit alors une odeur pénétrante, certainement celle d'un désinfectant vaporisé dans la cavité buccale du patient, à tout le moins ce qu'il en restait.

« Lene Halldörfer, dit Landsberg, on l'a retrouvée, ta chérie. Elle va aussi bien que possible. »

Soudain les paupières de Moll tressaillirent.

Réveille-toi, pensa Trojan, s'il te plaît, réveille-toi, et dis-nous la vérité.

« Lene, répéta Landsberg. Vraiment mignonne, la petite, le portrait craché de sa mère. Coralie, Melanie, Lene, ça sonne comme un poème, Moll, pas vrai ? »

Le rythme des sons du moniteur se mua en staccato.

Moll cligna des paupières.

« Tu m'entends, Moll ? »

Trojan, brusquement pris d'un étourdissement, se rappela le crâne chauve de sa mère, ses yeux écarquillés de peur après la dernière opération de son cancer. Elle avait demandé d'une voix faible combien de temps il lui restait. « Un an ? Six mois ? Encore moins ? » Et Trojan n'avait pu lui répondre.

Les poings serrés, il fixait intensément l'écran. Les oscillations diminuaient, et les paupières de Moll cessèrent de tressauter.

Quelques minutes s'écoulèrent sans une parole.

« De la perte de temps », marmonna Landsberg.

Le moniteur bipait, le respirateur vrombissait.

« J'espère qu'on ne s'est pas trompé, chef, dit Trojan.

— Comment ça ?

— Une impression.

— Quel genre d'impression ?

— Je ne sais pas, un pressentiment, une angoisse étrange.

— Tu crains un nouvel épisode ? »

Trojan garda le silence.

« Et merde. » Landsberg soupira. « Ça suffit. Il faut que je sorte d'ici. »

Il se dirigea vers la porte.

Trojan l'entendit claquer.

Il resta un moment aux côtés du malade. Il se surprit à tendre la main pour lui toucher le front.

« Désolé, Moll, murmura-t-il. On a dû se tromper, désolé. » Il retira sa main et s'en alla.

17

Walter Fitzler dérogeait ce soir à son parfait sens de la ponctualité.

À cause de Rita.

Rita semblait différente, encore plus belle, plus vive, comme excitée. Elle portait ce chemisier offert par ses soins à Noël et, dessous, le soutien-gorge rouge coquelicot qu'il aimait tant sur elle.

Debout sur le seuil du salon, il ôtait sa veste en lui souriant.

À la télévision défilait une fanfare ; le décor se mit à clignoter. Ce jeu permettait de devenir millionnaire en répondant à des questions, un format éculé mais que Rita aimait.

Et Walter aimait Rita.

« Qu'est-ce qu'il y a ? demanda-t-elle en lui lançant un sourire malicieux.

— Rien, je t'observe juste devant la télé.

— Tu rentres encore trop tard », dit-elle en saisissant une poignée de cacahuètes dans une coupe.

Il se rendait bien compte du petit empâtement de Rita qui, de toute façon, ne le dérangeait pas. La perspective de lui caresser les hanches et de se blottir contre sa poitrine généreuse le mettait en joie. Mais force était de constater qu'elle avait raison, il rentrait tard alors que Kowalski fêtait ses cinquante-cinq ans chez Eckbert. Lui et le reste de l'équipe de ping-pong l'y attendaient certainement déjà. Walter se réjouissait d'avance de goûter aux gigantesques escalopes panées arrosées de bière en quantité servies chez Eckbert.

Il retrouvait Kowalski, Ole, Holger et Tremmel au parc longeant le canal pour jouer au tennis de table, et ce, chaque après-midi, sauf le week-end, réservé aux épouses, exception faite de Holger, célibataire mais qui devrait lui aussi y passer. Les deux tables au bord du canal convenaient très bien au jeu ; à défaut de filet, elles disposaient tout de même d'une structure en plastique et non de ce treillage qui déviait la trajectoire de la balle.

Sans Rita ni après-midi de ping-pong, la vie n'en valait pas la peine, du moins selon Walter Fitzler.

Il s'assit près d'elle et jeta un œil à l'écran. Le candidat transpirait abondamment, car il ne savait que répondre, mais il lui restait le recours du joker téléphonique pour demander conseil à un ami.

Fitzler pinça légèrement les poignées d'amour de sa femme.

Rita gloussa. « Bas les pattes, Walter, va rejoindre ta bande de jeunes et laisse-moi regarder mon émission tranquille.

— Allez, murmura-t-il, j'ai d'un coup une idée…

— Quoi ?

— Tant qu'on est sur le canapé.

— Hors de question ! »

Mais elle le regarda d'un air qu'il ne lui avait plus vu depuis longtemps.

« Rita, la vie est bien trop courte.

— Ne joue pas au sentimental, Walter chéri », dit-elle en lui donnant un baiser qui le contenta.

À la porte de l'appartement, il lui cria : « Je serai de retour vers minuit », et elle de répondre : « Vas-y mollo ! Et salue pour moi Kowalski. »

Plein d'entrain, il descendit l'escalier quatre à quatre, ce qui passait à son âge pour un exploit notable, mais il se maintenait en forme grâce à l'air frais et aux compétitions quotidiennes au parc, hormis par mauvais temps. Et bien évidemment à la compagnie de ses copains.

Walter s'engageait déjà dans la rue lorsque lui revint le principal, le cadeau d'anniversaire de Kowalski.

Un coup d'œil à sa montre lui confirma son retard chez Eckbert.

En soupirant, il fit demi-tour et revint chez lui.

Rien d'étonnant à cet oubli : son cadeau commandé sur Internet lui semblait désormais embarrassant. Le DVD de karaoké porno à 9,99 euros comportait des scènes de sexe inoffensives sur lesquelles gémir au micro. Plairait-il à Kowalski ? Walter n'avait rien trouvé de mieux.

Il se hâta dans l'escalier.

Au deuxième étage, un individu se trouvait devant la porte close de l'appartement de la jeune Mme Reiter. Fitzler s'immobilisa au palier suivant.

Le type ne lui disait rien. Et il n'avait croisé personne en sens inverse à la porte de l'immeuble.

D'où venait-il ?

Fitzler, curieux et vigilant de nature, connaissait tous les habitants de l'immeuble et la plupart de leurs proches.

Il revint sur ses pas et se pencha par-dessus la rambarde.

Il ne remettait pas cet homme. Il portait une sorte d'imperméable à capuche. À ses pieds se trouvait un grand sac en cuir noir.

Peut-être un artisan, pensa Fitzler, mais pourquoi à cette heure-ci ?

« Vous cherchez Mme Reiter ? » demanda-t-il.

Pas de réponse.

« Je crois qu'elle n'est pas encore rentrée. »

L'autre ne bougea pas.

« Eh, vous ? »

Pas de réaction.

Fitzler descendit quelques marches.

Du type lui parvint alors un son étrange, un bourdonnement assourdi.

« Vous, je vous parle ! »

Il s'arrêta avant d'atteindre le palier.

Le bruit avait cessé.

L'autre se tourna lentement.

Fitzler distinguait mal son visage, car sa capuche lui tombait sur les yeux.

Il se rapprocha, hésitant. Un frisson lui parcourut soudain l'échine. Le battement frénétique s'éleva de nouveau.

Puis il aperçut un mouvement sous le manteau, un frétillement évoquant un petit être vivant.

Tout se déroula ensuite très vite.

L'homme écarta les pans de son imper, duquel s'échappa instantanément un oiseau.

Il effleura la tête de Fitzler qui, saisi d'effroi, recula.

Tandis qu'il se débattait, l'autre ouvrit son sac de cuir.

Walter y vit scintiller un objet métallique. À ce moment, la lumière s'éteignit dans la cage d'escalier.

L'homme se tenait déjà tout près.

Dans la pénombre, il lui souriait, d'un sourire qui n'avait rien d'affable.

Et Fitzler reconnut un couteau dans sa main.

De très loin au-dessus lui parvenaient des battements d'ailes contre une vitre.

« Non », gémit-il.

La douleur explosa alors en lui, dans un éblouissement.

Il pensa à Kowalski, au ping-pong et au DVD de karaoké.

Et puis à Rita.

Il voulut l'appeler mais n'y parvint pas.

Il s'écroula à terre.

Il ouvrit la bouche mais n'émit qu'un râle.

Puis tout s'assombrit autour de lui.

Pour se dégourdir les jambes après sa journée de travail, il pédala à toute allure le long de la rive. Le métro de la ligne U1, aérien sur cette portion, le dépassa. La pluie chaude de mai lui fouettait agréablement le visage, et il n'avait nulle envie de rabattre sa capuche ; il ouvrait même de temps en temps la bouche pour avaler des gouttes au vol, comme dans son enfance.

Son portable vibra dans sa poche de pantalon.

Trojan freina pour s'en emparer. Aucun nom n'apparaissait sur l'écran, simplement un numéro inconnu. Il décrocha.

« Oui ?

— Bonjour, monsieur Trojan, ici Jana Michels.

— Bonjour !

— Je souhaitais vous répondre. »

Son appel de la veille au soir lui revint en mémoire ; il regrettait ses divagations, à moitié ivre, sur sa boîte vocale.

« Vous m'avez laissé un message.

— Ah, ça, dit-il en feignant de rire, je vous en prie, oubliez-le. J'avais eu une journée difficile et…

— Vous paraissiez épuisé.

— J'étais un peu confus, oui. »

La voix de Jana recelait une pointe de chaleur lorsqu'elle dit après un temps : « Je me suis fait du souci pour vous. »

Trojan descendit de vélo et le poussa sous un auvent.

« Vraiment ?

— Où êtes-vous ? Je vous dérange ? demanda-t-elle après une nouvelle pause.

— Non, non, pas le moins du monde. Je rentre chez moi. Il pleut, mais j'aime ça. Écoutez un peu. »

Il tendit le téléphone vers le crépitement. « Voici la musique de mai. »

Elle rit. « Ça sonne joliment. »

Il espérait qu'il s'agît d'une conversation personnelle, elle appelait tout de même de son portable.

Elle dit pourtant : « Nous n'avons pas établi de rendez-vous cette semaine après votre départ précipité de vendredi.

— Effectivement.

— Après-demain, jeudi, vous conviendrait ?

— Après-demain, oui.

— De nouveau vers 20 heures ? Je vous réserve les horaires du soir, ajouta-t-elle en riant.

— D'accord, jeudi à 20 heures. »

Il resta encore un peu sous l'auvent, enregistra le numéro de portable, enfourcha son vélo et poursuivit son chemin.

Bien, pensa-t-il, cette discussion formelle ne m'ôtera pas de l'idée que Jana flirtait presque avec moi.

Et il en conçut un trouble.

Son portable vibra de nouveau. Encore elle, peut-être.

Sans s'arrêter, il décrocha.

Landsberg lui glissa quelques phrases brèves mais qui suffirent à lui glacer le sang.

Il répéta le numéro de l'immeuble et le nom de la rue : Pflügerstrasse, soit tout près de chez lui.

Semmler se tenait accroupi près du cadavre dans la cage d'escalier.

« Trois coups de couteau, dont l'un en plein cœur.

— Avec une lame de quelle longueur, demanda Trojan, tu peux déjà l'estimer ?

— Trente centimètres, voire plus. Je pourrai t'en dire davantage seulement demain.

— Il y a des concordances ?

— Comme je viens de te le dire, laisse-moi jusqu'à demain », répondit Semmler en soutenant le regard de Trojan, qui s'en tint là.

L'homme gisait sur les marches, la poitrine ensanglantée, les orbites énucléées. Les murs présentaient des giclures de sang.

Une vieille dame effrayée glissa la tête par sa porte entrebâillée.

« Rentrez chez vous », dit Trojan.

De derrière la porte refermée monta une lamentation.

« Où est Gerber ? »

Semmler montra les étages supérieurs.

Trojan gravit l'escalier. De loin lui parvenait un battement d'éventail.

Sur le dernier palier, Krach et Gerber essayaient de capturer un oiseau qui voletait désespérément en tous sens et ne cessait de heurter murs et vitres.

Sa petite taille et son plumage, rouge sur la poitrine et noir sur la tête, révélaient indéniablement un bouvreuil. Trojan gardait à l'esprit les photos de cette espèce examinées dans son bureau.

« C'est peut-être un hasard, Nils, tu crois pas ? » lui lança Gerber.

Trojan, oppressé, ne répondit rien. Il se courba par crainte que l'oiseau ne plongeât directement sur lui.

Le bouvreuil émit un cri qui le pétrifia.

« Il y en avait un dans le jardin de mes parents. Ce

sont de bien belles bestioles, dit Krach. Mais dans ce contexte… »

Trojan, sentant le léger relent d'alcool de son haleine, le dévisagea. Albert Krach exerçait comme technicien de scène de crime. Veuf depuis des années, les joues creuses, il était devenu souffreteux à force de spectacles sanglants et d'horreurs affrontées.

« Où sont les autres ? demanda Trojan.

— Stefanie, Dennis et Max interrogent les habitants de l'immeuble. »

Gerber soupira. « J'ai parlé avec la femme du mort. Elle n'a rien entendu, elle était tranquillement assise devant sa télé pendant que son mari se faisait poignarder. Il se rendait à une fête avec des amis.

— Qui l'a trouvé ?

— Un voisin du quatrième étage. »

Ils redescendirent.

La vieille femme se tenait devant sa porte rouverte, à deux mètres du corps. Elle ne parvenait pas à se calmer.

« Jésus, Marie, Joseph, répétait-elle en levant les bras au ciel.

— Vous n'avez rien entendu ? » demanda Trojan.

Elle se contenta de le fixer du regard.

« Ça s'est passé juste devant votre porte, vous devriez avoir entendu quelque chose !

— Elle entend mal, dit Gerber, et elle perd un peu la boule, ajouta-t-il à voix basse.

— Qui habite en face ? demanda Trojan en pointant l'autre porte du palier.

— Une certaine Mme Reiter, répondit Gerber, mais il n'y a personne. »

Trojan actionna la sonnette.

« J'ai déjà essayé plusieurs fois », murmura Gerber.

Personne n'ouvrit.

« Des traces d'effraction ? »

Gerber haussa les épaules.

Ils échangèrent un regard appuyé.

« Laisse-moi deviner, Nils, tu supposes qu'elle est jeune et blonde ? »

Trojan hocha la tête.

À ce moment, des voix saccadées leur parvinrent d'en bas. Peu après, l'un des policiers chargés du bouclage du périmètre monta l'escalier en compagnie d'une femme.

Trojan et Gerber tentèrent de s'interposer entre le mort et elle, en vain cependant, car elle l'avait déjà aperçu. Elle pâlit et recula de deux marches.

« Chez qui vous allez ? demanda Trojan.

— Je... J'habite ici, bredouilla-t-elle.

— Michaela Reiter, dit le policier. J'ai vérifié son identité. »

Trojan jeta un coup d'œil au nom sur la sonnette puis considéra l'épaisse chevelure blonde de la femme et s'écarta pour la laisser passer.

Tremblante, elle chercha dans son sac à main son trousseau de clés.

« C'est M. Fitzler, n'est-ce pas ?

— Walter Fitzler, oui.

— Oh, mon Dieu. »

Ravalant ses larmes, elle entra dans son appartement.

« Je peux ? »

Elle y consentit, et il lui emboîta le pas.

Dans un placard de la cuisine, elle prit une bouteille de cognac et se versa un verre qu'elle but d'un coup.

« Vous en voulez ? »

Trojan aurait bien accepté, mais il se résigna à refuser d'un geste.

« Je ne peux pas le croire. Tué devant ma porte.

— Vous le connaissiez bien ?

— Pas vraiment, on échangeait des bonjours, bonsoirs et quelques mots dans la cage d'escalier. » Lasse, elle s'accouda au comptoir. « J'habite ici depuis peu de temps.

— Où vous étiez ce soir ?

— Je buvais un verre avec une copine à Freies Neukölln.

— Est-ce que vous vous sentiez observée ?

— Non, dit-elle, perplexe.

— Est-ce que ces derniers temps vous avez été importunée, vous avez reçu des appels, du courrier ou des e-mails étranges ? »

Elle secoua la tête.

« Quelque chose de particulier vous a frappée au bar ? Un type ? Quelqu'un qui vous lançait des regards insistants ?

— Pourquoi vous me demandez tout ça ? » répondit-elle dans un geste de dénégation.

Trojan la contempla. Elle devait avoir environ vingt-cinq ans. Sur sa nuque dégagée par une queue-de-cheval se dessinait une tache de vin. Les images des femmes mortes lui revinrent à l'esprit.

« Madame Reiter, nous avons toutes les raisons de penser que le coupable en avait après vous.

— Après moi ? Mais pourquoi ? » demanda-t-elle, les yeux écarquillés.

Trojan ne donna pas de précision.

« C'est en lien avec cette affaire dont parlent les journaux ? Ces meurtres de femmes ?

— Oui.

— Mais pourquoi moi ?

— Il y a un certain point commun.

— Quel point commun ? »

L'épouvante passa sur son visage, soudain pâle. Trojan aurait voulu la rassurer, mais il ignorait comment.

« Je vais vous demander de ne pas mettre les pieds ici durant quelques jours. Pour ne pas nuire à l'enquête, je devrais m'en dispenser, mais ça vaudrait peut-être mieux ainsi. Simplement par précaution. Est-ce qu'un proche pourrait vous héberger ?

— Une amie, je peux lui téléphoner.

— Bien. Vous me donnerez son adresse en temps voulu. »

Il lui tendit sa carte.

« Comme je vous l'ai dit, il s'agit simplement d'une précaution. »

18

Il percevait un volettement incessant et des cris perçants au-dessus de sa tête. Par des moulinets, il tentait de repousser les assauts de ce qui soudain le heurta en plein visage. Il s'ébroua et se courba face à cette masse flasque, vivante. De toutes parts des oiseaux l'encerclaient, croassaient, grouillaient.

Il aperçut alors Jana Michels, elle aussi cernée d'oiseaux plongeant sur elle. Il l'appela, mais elle disparut bientôt sous une abondance de plumes.

Il reconnut des bouvreuils à leur poitrail rouge et leur tête noire.

Il voulait lui porter secours mais ne progressait que lentement, les oreilles bourdonnantes. Ce volettement crépitant l'oppressait.

Il vit la main de Jana, tendit la sienne pour l'attraper mais ne toucha au milieu de son corps qu'une plaie profonde, molle, sanglante, collée de plumes.

Il cria son nom.

Trojan se réveilla en sursaut, suffoquant, le cœur battant.

Il alluma.

Du calme, se dit-il, ce n'était qu'un mauvais rêve.

Mais la frayeur s'était déjà emparée de tout son corps. Ses orteils se repliaient sous l'effet d'une crampe.

Il tendit l'oreille. Il y avait autre chose.

Pas seulement son pouls fébrile mais quelque chose provenant de l'extérieur. Du couloir.

Trojan chercha à tâtons près de son lit le Sig-Sauer P225, un neuf millimètres Parabellum, et s'en saisit. Il pesait lourd dans sa main.

Il entendit de nouveau le bruit. Un grattement, dans son appartement, tout près.

Il chargea l'arme, sauta du lit et se glissa jusqu'à la porte de sa chambre, entrebâillée, car il avait besoin la nuit d'un léger courant d'air.

En sueur, il se mit à couvert derrière le chambranle.

Il ne parvenait pas à tenir fermement le pistolet tant il transpirait.

Du calme, se répéta-t-il.

Puis il ouvrit sans bruit la porte, la poussa contre le mur, appuya sur l'interrupteur et braqua le revolver.

Il scruta le corridor.

Il n'y avait rien. Simplement ses vestes pendues au portemanteau.

Puis il entendit de nouveau ce grattement, cet éraflement.

Quelqu'un se trouvait à la porte de son appartement et tentait de l'ouvrir.

Le dos au mur, Trojan se déplaça furtivement.

Près du seuil, il jeta un œil dans le judas.

Il tourna la clé dans la serrure.

D'un coup sec, il ouvrit la porte.

« Doro ! »

Elle recula, chancelante, de quelques pas sur le palier.

« Nils, tu… ? »

Il lui fallut du temps avant qu'elle ne comprît.

Elle se mit à pouffer.

« Oh ! »

Elle se passa la main dans les cheveux.

« Oh ! » répéta-t-elle en riant.

Trojan respirait avec difficulté.

« Pardon, flic, j'ai dû carrément me tromper d'étage. »

Elle gloussa encore, tituba sur ses hauts talons.

Puis elle vit l'arme.

« Mais tu as ton flingue, Nils. Haut les mains ! dit-elle en joignant le geste à la parole. Ne tirez pas, ne tirez pas ! »

De nouveau elle s'esclaffa.

Trojan essaya de retrouver son calme.

« Tu es saoule, Doro. Va au lit.

— C'était bien mon intention. Encore désolée, dit-elle avec un geste machinal. Je t'ai réveillé ? »

Trojan lui opposa le silence.

De l'escalier elle lui lança un regard vitreux.

« Donne-moi de tes nouvelles, flic. »

Perchée sur ses talons aiguilles, elle descendit les marches d'un pas incertain.

Trojan ferma la porte et pressa la main sur son cœur au battement redoublé.

Il gagna la cuisine, posa l'arme sur la table et prit dans le frigo une bière avant de s'asseoir. Il lui serait de toute façon impossible de dormir désormais.

Il ouvrit la bouteille sur le rebord de la table et en but une grande gorgée.

Il lui fallut du temps avant que l'effroi ne désertât son corps. Il lui semblait encore entendre les cris des oiseaux et les grattements à la porte.

Tout en buvant, il s'absorba dans ses réflexions.

Un élément important pour l'enquête lui échappait.

Une brève remarque glissée par quelqu'un la veille au soir avait retenu son attention.

Mais il ne se la rappelait plus.

À l'aube seulement il regagna son lit mais ne trouva pas le sommeil.

Stefanie Dachs entra dans son bureau avec une pile de papiers.

« Nils, j'ai peut-être là quelque chose pour toi. »

Trojan leva les yeux.

Elle s'assit en face de lui.

« Crache le morceau.

— J'ai réexaminé tous les échantillons prélevés dans l'appartement de Coralie Schendel. Parmi le fourbi de sa cuisine se trouvait un calepin que j'ai de nouveau étudié.

— Et alors ?

— Il y figure une note. Regarde ça. »

D'un classeur elle tira une feuille volante dans une pochette transparente. Entre des griffonnages figurait : « Coupeur de cheveux en 4, ven., 16 heures. »

« Cette formule m'a semblé si cruelle dans le contexte, tu comprends ? Le crâne chauve et tout ce qui suit. »

Trojan l'approuva.

« Par la suite je me suis penchée sur toutes les photos de scènes de crime prises chez Melanie Halldörfer, et notamment celles de la salle de bains, grossies pour l'occasion, pour procéder par analogie. Puisque les cadavres ont la tête tondue, que le meurtrier emporte la chevelure, j'ai pensé au shampooing, au séchage, au brossage, etc. Tu vois ?

— Oui », dit Trojan.

Nous voilà sur la bonne voie, pensa-t-il.

« Bon. J'ignore où ça nous mène. Mais regarde un peu. »

Elle lui présenta une photo.

Trojan ne comprenait pas. Le cliché montrait une étagère de produits cosmétiques et une partie de la baignoire.

« Non, attends, ce n'est pas celle-ci dont il s'agit. Voici l'agrandissement. »

Stefanie le lui donna.

Trojan y distingua une bouteille de shampooing barrée d'un petit autocollant qui comprenait ces mots en lettres cursives : « Coupeur de cheveux en quatre », lut-il à voix basse.

Il échangea avec Stefanie un regard entendu.

« Selon mes recherches, *Coupeur de cheveux en quatre* est un salon de coiffure de l'Oranienstrasse. Peut-être que Halldörfer et Schendel le fréquentaient.

— Tu as déjà vérifié ?

— Pas encore. » Elle souriait, embarrassée. « Pas avant de t'avoir montré tout ça. »

Trojan ressentit un étrange fourmillement dans les mains.

Il se leva brusquement et attacha l'étui de son arme.

« Bon travail, Stefanie, allons-y tout de suite. »

Le *Coupeur de cheveux en quatre* se situait à proximité de la Moritzplatz. Des feuilles d'aluminium et des guirlandes lumineuses décoraient les murs du petit salon. Sur des tablettes s'alignaient des madones kitsch ; à côté d'un nain de jardin brillait un bibelot oblong aux couleurs changeantes qui évoquait un godemiché.

Un jeune homme blond, élancé, coiffait une cliente, la seule du salon.

Il les salua avec décontraction.

Stefanie donna à Trojan un coup de coude dans le flanc.

Il suivit son regard.

Dans un coin, sur un socle, se trouvait une cage renfermant deux oiseaux.

L'espace d'un instant il crut voir deux bouvreuils, une illusion dissipée lorsqu'il remarqua leur plumage jaune.

Plutôt des canaris, songea-t-il.

« Qui est le gérant, ici ? » demanda-t-il.

Le blond dessina de ses ciseaux un geste ample et cria : « Johann, viens par là. »

De l'arrière-boutique sortit Johann, mince, presque maigre. Son tee-shirt moulant laissait poindre un piercing de mamelon. Avec un sourire compassé, il leur demanda : « Que puis-je faire pour vous ?

— Trojan, police criminelle. Quel est votre nom ? »

Le coiffeur haussa les sourcils.

Trojan brandit sa plaque.

« Johann Sander, dit celui-ci en jetant un œil à la carte. Vous me voyez plutôt surpris.

— Il s'agit d'une de vos clientes, monsieur Sander, ajouta Stefanie. De deux plutôt. Nous devons effectuer un contrôle.

— Oh, fit-il, les poings sur les hanches.

— La première s'appelle Coralie Schendel », dit Stefanie.

Trojan le toisa. Il ne laissait rien paraître.

« De prime abord, le nom ne me dit rien.

— Vérifiez sur votre ordinateur », dit Trojan.

Johann Sander croisa le regard de son collègue et se rendit derrière le comptoir.

« De quoi est-il question exactement ? »

Trojan et Stefanie ne lui répondirent pas.

Sander tapa sur son clavier. « Ah, oui, Coralie Schendel, exact, elle a pris rendez-vous avec moi.

— Quand ça ? demanda Trojan.

— Le vendredi 30 avril à 16 heures.

— Et Melanie Halldörfer ?

— Melanie qui ?

— Halldörfer. »

Trojan l'observait attentivement.

De nouveau Sander pianota. Son collègue, curieux, scrutait la scène, tout comme la cliente dans le miroir.

« Ah, oui, Melanie, je me souviens d'elle. De très beaux cheveux, longs et épais. »

Trojan et Stefanie échangèrent un regard en coin.

« Quand est-ce qu'elle est venue pour la dernière fois ? » demanda Stefanie.

Sander fit la moue. « Vous me fatiguez avec vos questions ! »

Il pointa du doigt l'écran. « Tenez, la voici. Elle s'est décommandée à la dernière minute. Hmm. Et pas de report prévu pour l'instant.

— Melanie Halldörfer est morte, dit Trojan. Et Coralie Schendel aussi. Elles ont été assassinées toutes les deux. »

Sander le dévisagea. Son collègue laissa tomber ses ciseaux. La cliente resta bouche bée.

« Mon Dieu, mais c'est terrible, murmura Sander.

— Où étiez-vous les 4 et 14 mai au soir ? » demanda Trojan.

Sander rougit. L'un des canaris déploya ses ailes.

« Ne me dites pas que j'ai quelque chose à voir avec ça.

— Répondez : où étiez-vous les 4 et 14 mai au soir ? »

Sander se tourna vers le jeune homme qui ramassait ses ciseaux.

« Mike, tu te rappelles ce qu'on a fait le 4 mai ? »

Celui-ci secoua la tête.

« Et le 14 mai ? »

Mike présenta ses excuses à la femme qu'il coiffait et s'approcha du comptoir.

« Dites-moi, vous ne croyez tout de même pas que mon copain s'en prend à ses clientes.

— Qu'il soit votre copain m'est bien égal, répondez à mes questions. »

Mike claqua soudain des doigts.

« Ah, le 14 mai, tu t'es fait enlever tes hémorroïdes. »

Sander ouvrit grand les bras. « Exact !

— Les hémorroïdes, donc, dit Trojan. Et où vous a-t-on opéré ?

— À la Charité. Il y a un service spécialisé. »

Dans un ricanement, Mike ouvrit et ferma ses ciseaux sous le nez de Sander.

« Comment vous vous appelez ? demanda Trojan au jeune homme en se tournant vers lui.

— Mike Kluge.

— Et vous étiez auprès de votre compagnon, monsieur Kluge, quand il a subi son intervention chirurgicale ?

— Dites donc. Je lui ai rendu visite, rien de plus.

— Et le soir ?

— Je ne m'en souviens plus, même avec la meilleure volonté du monde.

— Vous allez devoir nous suivre au commissariat. Tous les deux, dit Trojan après un bref coup d'œil à Stefanie.

— C'est absolument hors de question, cria Sander.

— Voyez plutôt, on a du travail », dit Mike Kluge.

Trojan haussa les épaules. « Je vous donne une demi-heure pour fermer votre salon. »

19

Michaela Reiter ouvrit les yeux. Elle ne savait pas où elle se trouvait.

« Qu'est-ce que… ? » bredouilla-t-elle, déconcertée par le visage souriant au-dessus d'elle.

Puis une main lui caressa les cheveux.

Elle se redressa.

« Du calme », dit une voix.

Et elle se repéra enfin.

Gesine Bender lui prit la main.

« Tu as dormi. Très longtemps.

— Quelle heure est-il ?

— Sept heures et demie, dit-elle après un coup d'œil à sa montre.

— Du matin ? »

Gesine sourit. « Du soir. »

Les larmes aux yeux, Michaela étreignit son amie.

« Ça va aller.

— Juste devant ma porte. » Combien de fois avait-elle répété ces quatre mots durant les vingt-quatre heures précédentes ?

« Viens, je vais nous préparer à dîner. »

Michaela se rendit à la salle de bains pour prendre une bonne douche, tandis que, dans la cuisine, Gesine s'activait aux fourneaux.

Lorsqu'elles s'attablèrent dans la salle à manger, Michaela ne put s'empêcher de revenir sur l'événement.

« Juste devant ma porte. Et le pire est que, selon le lieutenant, ça aurait dû tomber sur moi.

— Je ne le crois pas, Ela, franchement.

— Mais pourquoi me le dire, alors ? »

Gesine haussa les épaules et coupa les légumes dans son assiette à l'aide de sa fourchette.

« La police doit prendre des précautions tous azimuts. » Elle s'efforça de rire. « Vois le bon côté des choses, on passe ainsi plus de temps ensemble.

— Tu as raison. »

Michaela sourit faiblement. Elle reposa ses couverts.

« Tu n'as pas faim ?

— J'ai mal au ventre.

— À cause de l'anxiété ? »

Devant la confirmation de sa supposition par un signe de tête, Gesine lui versa du vin et trinqua. « Tout va s'arranger.

— Oui, dit Michaela en buvant, et merci.

— De quoi ?

— D'être là pour moi. »

Gesine lui caressa le bras. « Ah, Ela, mais tu es ma meilleure… »

La sonnette de l'entrée l'interrompit.

Michaela demanda, étonnée : « Tu attends encore

de la visite ? » ce que Gesine démentit avant d'aller ouvrir.

Du couloir, des bribes de conversation étouffées parvinrent à Michaela. Son amie revint peu après, avec dans les bras un paquet.

« C'était un coursier.

— À cette heure-ci ? »

Gesine haussa les épaules, déposa le colis et se rassit.

« Je t'ai déjà parlé de Marc ? minauda-t-elle, enjouée.

— Marc ? Non.

— Un nouveau au bureau. Il travaille au service informatique. Et tu sais, il dégage un je-ne-sais-quoi qui me… » Gesine but une gorgée de vin puis sourit. « … rend nerveuse, tu vois ce que je veux dire ? »

Michaela acquiesça, tournée vers le paquet.

Aucun nom d'expéditeur n'y figurait.

« Tu m'écoutes ? »

Michaela tressaillit.

« Ah, Ela, tu es vraiment tourneboulée. Ne prends pas cette histoire trop à cœur.

— Tu ne veux pas ouvrir le paquet ?

— Le… quoi ? demanda Gesine, déconcertée. Ah oui, le paquet. » Elle s'en empara et tira sur les rabats cartonnés. « Où j'en étais ?

— À Marc », dit Michaela, sans détourner le regard de la boîte.

Une inquiétude sourde l'envahit.

« Effectivement, Marc, il est plutôt grand, presque un mètre quatre-vingt-dix, brun, et une façon de se mouvoir que je… »

Elle se tut.

« Quoi ? »

Michaela ne pouvait apercevoir le contenu du paquet désormais ouvert.

Gesine, livide, poussa un cri puis laissa tomber le colis.

Mike Kluge affichait une mine piteuse gonflée par les larmes.

« Vous devez me croire, je vous en supplie. »

Stefanie Dachs se pencha vers Kluge qui reniflait pour lui murmurer à l'oreille.

Il leva les bras au ciel dans un geste théâtral puis se prit les cheveux à pleines mains.

« J'étais ce soir-là chez Sergio, je le jure ! »

Trojan se détourna de la vitre sans tain. Il étouffait dans cette pièce adjacente. Landsberg ouvrit un nouveau paquet de cigarettes.

« Merde », marmonna Trojan en faisant les cent pas. Il s'approcha de son chef.

« Combien de temps on peut encore le garder ici ? »

Landsberg s'alluma une cigarette dont il avala la fumée.

« Difficile à dire avec les preuves rassemblées. Pour le juge d'instruction, c'est trop mince, j'en ai peur.

— D'accord. » Trojan se massa les tempes. « Reprenons, qu'est-ce qu'on a sous la main ? »

Landsberg tira une longue bouffée. « Son copain, ce Sander, n'a rien à se reprocher, je dirais.

— Son hospitalisation à la Charité a été vérifiée.

— Oui, il y a passé la nuit du 14 au 15 mai.

— Le 4 mai, il est resté à la salle de gym jusqu'à 22 h 30. Contrôlé également.

— À cette date-là, Mike se trouvait chez lui et ne se souvient que vaguement d'une série à la télé. »

Trojan reprit ses allées et venues. « Et le soir du 14 mai, jour de l'opération de son copain à la Charité, il aurait retrouvé ce Sergio, son amant occasionnel.

— Pas de chance pour lui, on n'arrive pas à le dénicher.

— Oui, pas de Sergio, pas d'alibi.

— Gardons-le ici », déclara Landsberg, résolu.

Trojan s'immobilisa soudain.

« Hilmar, dit-il à mi-voix, compte tenu de cela, tu as pensé également à Michaela Reiter ? »

Landsberg ne répondit rien.

« Après vérification, elle ne fait, hélas, pas partie de la clientèle du *Coupeur de cheveux en quatre*. Et on part du principe que le coupable lui en voulait aussi.

— Et alors ? marmonna Landsberg.

— Ça ne colle pas !

— Ses cheveux blonds, si. Ça suffit. »

Ils se tournèrent vers la vitre sans tain. Kluge se mordait les lèvres. Stefanie Dachs continuait à l'entretenir.

« Est-ce qu'il y a un apprenti dans ce salon de coiffure ?

— J'y ai pensé également, répondit Trojan.

— Et ?

— Il y en a un, mais les deux soirs en question, il

suivait un cours dans son centre de formation, ajouta-t-il avec une moue.

— Tu as vérifié ?

— Oui.

— Et ils n'ont pas d'autres employés dans cette boutique ?

— Aucun. »

Kluge se tenait toujours la tête entre les mains.

Landsberg s'approcha de la vitre.

« Laissons-le mariner, marmonna-t-il. Tout simplement mariner. »

Michaela Reiter dévisagea son amie.

Elle se pencha lentement par-dessus la table.

Le contenu du paquet renversé s'étalait sur le tapis.

Un petit oiseau.

Mort, sans plus une seule plume.

Avec la cavité abdominale ouverte.

Les intestins qui en sortaient.

Et partout du sang.

Michaela poussa elle aussi un cri.

« Qu'est-ce… Qu'est-ce que c'est que ça ? bredouilla-t-elle en levant les yeux vers son amie.

— Je ne sais pas. Je n'en ai aucune idée.

— Mais c'est… »

Elles entendirent alors un bruit à l'entrée de l'appartement.

Elles se figèrent, tendirent l'oreille.

Il leur sembla que la porte s'ouvrait.

« Tu n'as pas fermé ? » chuchota Michaela.

Gesine se leva. « Si, je suis sûre d'avoir… »

Elle se rendit dans le couloir.

Michaela sentit la sueur lui couvrir le dos, son cœur battre à tout rompre et la chair de poule hérisser sa peau.

Ce fut alors qu'elle entendit son amie gémir dans le corridor.

Un voile noir passa devant ses yeux. Elle lutta contre.

Elle se redressa, voulut aller voir.

Gesine revint en chancelant dans la pièce.

Son visage se tordait en une grimace, sa bouche s'ouvrait sur un cri silencieux.

Du sang lui coulait sur la joue.

Et une mucosité sombre et sanglante remplaçait son œil droit.

Michaela recula.

« Gesine ! Mon Dieu ! Qu'est-ce qui s'est passé ? »

Mais Gesine ne répondit pas.

Elle ne faisait que tituber. Son œil gauche semblait sortir de son orbite.

Une silhouette apparut alors sur le seuil de la salle à manger.

Elle s'approcha lentement.

Elle n'avait pas figure humaine.

Michaela ouvrit la bouche.

Elle voulait crier, plus rien que crier.

20

Landsberg écrasa le paquet de cigarettes vide et le balaya de son bureau d'un revers de main. Depuis des heures, il repassait en revue tous les rapports, photos de scènes de crime et procès-verbaux d'audition des affaires Schendel, Halldörfer et Fitzler, et désormais le tabac venait à lui manquer.

Il se renversa sur sa chaise et se massa la nuque.

La veille au soir, ils n'avaient pas eu d'autre choix que de relâcher Mike Kluge après la localisation de ce Sergio Parelli.

L'Italien avait confirmé l'alibi de Kluge.

Landsberg soupira.

Suspendrait-il son travail pour sortir acheter des cigarettes, ou tout simplement y mettrait-il fin pour cette journée ?

La perspective de rentrer chez lui le contraria. Il ignorait dans quelle disposition d'esprit se trouverait son épouse ce soir-là : nerveuse, déchaînée ou prostrée.

Eh, merde, pensa-t-il. Il reprit les photos des deux femmes mortes et les considéra longuement.

Parlez-moi, se dit-il, donnez-moi un indice. Nous avons besoin d'une piste.

Ce fut alors que le téléphone sonna.

Il décrocha et se présenta.

À l'autre bout du fil, le silence planait.

Puis une voix de Mickey plutôt qu'humaine dit : « Je voudrais parler au lieutenant Trojan. »

Un déformateur de voix, songea Landsberg, brusquement sur le qui-vive.

« Le lieutenant Trojan est absent. Qu'est-ce que vous lui voulez ? »

Là encore, il fallut un intervalle avant que la voix ne retentît.

« J'ai un message pour lui. »

Landsberg, fébrile, réfléchit. L'appel ne pouvait être désormais remonté, l'équipement nécessaire lui manquait.

« Donnez-le-moi, je le lui transmettrai. »

Deux, trois secondes s'écoulèrent avant que Mickey ne parlât : « Au 78 de la Katzbachstrasse. Au troisième étage. Ça va l'intéresser. »

Puis il raccrocha.

À cet instant, Landsberg ne désirait rien tant qu'une cigarette.

« J'ai peur. »

Jana Michels hocha la tête. Elle entendait si souvent cette phrase dans son cabinet.

Elle tendit à la jeune femme un mouchoir de sa boîte et attendit qu'elle en usât bruyamment et le chiffonnât.

« Racontez-moi. »

Elle semblait chercher ses mots. Jana s'efforça de dissimuler son agacement.

Enfin la patiente, hésitante, se lança : « Ça commence dès que je m'approche de la station. Non, à vrai dire, plus tôt. Le matin, lorsque je me prépare pour me rendre au travail, le cœur me bat si fort. Je crains qu'il n'éclate. Mais ça empire quand j'emprunte l'escalier qui descend au métro.

— Avez-vous noté tout ça ?

— Noté ? lui répondit-elle, perplexe.

— Je vous ai pourtant demandé de rédiger un compte rendu.

— Oui, c'est…

— Vous savez, détailler comment, où et quand surgit la peur aide.

— D'accord, j'écrirai un compte rendu. »

Jana Michels se passa la main sur le front. Allons bon, pensa-t-elle, je lui ai coupé la parole. Je n'aurais pas dû.

En croisant les jambes, elle jeta un œil au réveil devant elle sur la table. Il était huit heures moins le quart. La séance touchait à sa fin ; viendrait ensuite le tour de Trojan. Elle pensait à lui depuis déjà un certain temps et ne parvenait que difficilement à se concentrer sur la discussion avec sa patiente.

Elle se demandait ce qui lui arrivait, pourquoi son rendez-vous avec Trojan la rendait si nerveuse.

Et pourtant elle le savait depuis longtemps. Il réessaierait d'aborder le sujet de sa vie privée, toujours très adroitement, tout à fait innocemment, en la fixant de ses grands yeux marron. Bien évidemment, elle devinait son envie de la voir en dehors de son cabinet, mais elle ne devait pas céder. Il s'agirait d'une faute professionnelle qui entraverait sa carrière. Il était son patient, voilà tout.

Mais en son for intérieur, elle aurait aimé passer outre.

Elle n'avait pas entendu ce que la jeune femme venait de lui dire.

« Pardon. »

Concentre-toi, Jana, s'exhorta-t-elle en pensée.

« Je m'assieds dans le métro, les portes se referment, et l'angoisse est là.

— Décrivez-moi ce que vous ressentez quand elle monte. »

La jeune femme porta sa main à son cou.

« Ça me prend ici. Ça me comprime. Et mon cœur bat à tout rompre. Et puis je me sens à la merci de coups. J'ai peur à tout moment de m'évanouir. J'ai la tête qui tourne. Et l'air, l'air dans le métro est si confiné et… la foule. »

De nouveau les larmes lui montèrent aux yeux. Jana lui tendit la boîte.

« Madame Wiese », dit-elle.

La jeune femme tira un mouchoir.

« Oui ?

— Je vais vous faire une proposition… »

Jana s'interrompit, tendit l'oreille. La sonnette de la porte avait retenti. C'était certainement lui. Sa jambe droite tressaillit. Jana refréna son envie de se lever pour ouvrir, chose malaisée au beau milieu de la conversation.

« Qu'est-ce que je voulais dire ? »

Elle savait la jeune femme désormais sourdement irritée.

Jana considéra sa chevelure, presque aussi blonde et épaisse que la sienne. Elle ne put s'empêcher de penser au récit par Trojan des meurtres de femmes et aux articles correspondants lus sur Internet.

Ce fut alors qu'elle entendit son collègue dans le couloir, manifestement en train d'ouvrir. Et effectivement lui parvint la voix de Trojan, qui la troubla. Elle devait bien admettre qu'elle en aimait le timbre, tout autant que son réflexe lorsque la gêne le prenait. Il passait alors la main dans ses cheveux courts mal taillés.

Elle réprima un sourire. Il se donnait tant de mal pour lui plaire.

Jana se réjouissait de la séance avec lui. Son réveil indiquait huit heures moins dix, il lui restait du temps avant leur face-à-face.

« Vous vouliez me soumettre une proposition, murmura Franka Wiese.

— Tout à fait, une proposition. »

Jana s'assit à son bureau et feuilleta son agenda.

Dans la salle d'attente résonna la sonnerie d'un portable. Trojan, songea-t-elle, amusée, il devrait l'éteindre. Il ne tenait pas en place.

« Prenons ensemble le métro, madame Wiese, qu'est-ce que vous en pensez ? Demain après-midi ? J'ai justement un créneau disponible à 17 heures. Ça vous conviendrait ?

— Je dois prendre le métro avec vous ?

— Oui, je vous accompagne. On se retrouve à

Hermannplatz, et on fait quelques stations ensemble. Vous pouvez vaincre votre peur, croyez-moi.

— Vraiment ? »

Franka la fixait d'un regard où le doute le disputait à l'espoir.

« Demain à 17 heures, ça vous irait ? »

Elle lui donna son accord d'un signe de tête.

« Bien. Vous prenez le métro à Hermannplatz, n'est-ce pas ? »

Là encore, elle acquiesça d'un hochement puis se leva. Jana lui serra la main et l'accompagna à la porte.

« À demain, alors.

— À demain. »

Elle attendit que la patiente quittât le cabinet. Les yeux clos, elle compta jusqu'à vingt. Puis elle remonta le couloir jusqu'à la salle d'attente.

Mais la pièce était vide.

Elle ne put que constater sa méprise. Elle se serait pourtant juré avoir entendu la voix de Trojan. Elle tapa discrètement à la porte de Gerd, son collègue.

Personne ne vint ouvrir. Elle tourna la poignée, mais la porte fermée lui confirma le départ de Gerd.

Elle revint dans son bureau et alluma son portable.

Un bip annonça la réception d'un nouveau SMS, envoyé deux minutes plus tôt :

Désolé, je dois me rendre sur les lieux d'un crime.
Nils

Sur le canapé poussé au milieu de la pièce gisaient les deux femmes nues, en sang, les jambes écartées, les bras relevés au-dessus du dossier, comme exposées.

La chevelure sombre de Gesine Bender semblait ne pas avoir suscité l'intérêt du meurtrier, contrairement à celle de Michaela Reiter, rasée.

Mais toutes deux avaient été énucléées et égorgées. Elles présentaient sur tout le corps des entailles ainsi que des zébrures par paires évoquant des traces de griffes.

L'assassin s'était davantage déchaîné sur le corps de Michaela. Sur ses intestins sortant de son abdomen ouvert se trouvait un bouvreuil déchiqueté et déplumé.

Des traces de sang barraient le carton renversé aux pieds des femmes.

Le blanc d'origine du canapé n'était que difficilement reconnaissable tant le sang imbibait la housse.

Le spectacle, par son grotesque, suffoqua Trojan, qui recula, chancelant.

Toute l'équipe de la cinquième brigade criminelle ainsi que les techniciens de scène de crime travaillaient déjà sur les lieux.

Landsberg s'approcha tout près de Trojan et lui effleura le bras.

« Tu te sens bien, Nils ? »

Trojan cherchait à reprendre son souffle.

J'aurais dû mieux la protéger, songea-t-il.

Il lança à Landsberg un regard affligé.

Son chef lui serra le bras pour l'encourager.

« On fait tout ce qu'on peut, Nils. »

Trojan ferma les yeux. Je n'en peux plus, pensa-t-il, la nuque crispée, je n'y arrive plus.

« Il doit l'avoir suivie, dit Landsberg.

— Et les voisins ? » demanda Trojan d'une voix qu'il voulait ferme.

Landsberg sortit un paquet de cigarettes et le rempocha sur-le-champ.

« Le gars de l'appartement d'à côté a entendu hier soir vers 20 h 30 un cri. Mais il croyait qu'un habitant de l'immeuble avait mis trop fort le volume de sa télé. »

Trojan poussa un gémissement sourd.

Il se tourna vers ses collègues, Gerber, Krach, Kolpert et Holbrecht, tous livides, et Stefanie Dachs qui paraissait au bord de la syncope.

« Huit heures et demie, murmura-t-il, les premières heures de la nuit, son moment de prédilection. »

Landsberg fit un geste d'approbation.

« Gesine Bender héberge sa copine, et voilà ce qui lui arrive, dit Trojan en observant sa dépouille.

— Il ne lui a laissé que les cheveux.

— Oui, parce qu'elle n'est pas blonde. »

Landsberg frotta sa barbe naissante. Trojan releva le tremblement à la commissure de ses lèvres lorsqu'il dit d'une voix à peine audible : « J'ai le sentiment que le meurtrier a mis en scène tout ça ici juste pour toi. Il t'envoie d'abord un avertissement. Ensuite il demande à te parler.

— Redis-moi : qu'est-ce qu'il a dit exactement ?

— Il a donné l'adresse, l'étage puis a ajouté mot pour mot : ça va l'intéresser. »

Landsberg baissa les yeux pour éviter le regard en coin lancé par Trojan.

« Nils, j'ai peur pour toi. Ce type est un malade mental. Et tu sembles représenter un écran.

— Un écran ?

— Les tueurs en série laissent des indices, communiquent sur leurs agissements. Ils veulent se confier. Tu es son premier interlocuteur. »

Trojan se retourna vers les deux mortes, soudain illuminées par le flash du photographe de scène de crime.

« Il s'est défoulé, dit Landsberg. Regarde un peu ça. Qu'est-ce qu'il veut te dire ?

— Tu ne m'auras pas. Tu peux mettre en garde ma cible, mais elle mourra quand même, répondit Trojan, dépité.

— Oui, aussi désolant que ça puisse paraître.

— Il entre dans une rage et la savoure. »

Gagné par un étourdissement, il se rappela l'oiseau mort et le billet piqué dans sa boîte aux lettres.

Il ne put s'empêcher soudain de penser à Emily, à sa chevelure, la chevelure blonde de sa mère.

Courait-elle elle aussi un danger ?

« Il nous observe, dit-il à voix basse.

— Oui.

— Mais il devient de plus en plus distrait.

— Il est mégalo.

— Qui sait ? Peut-être qu'il se prend pour une sorte de dieu.

— À un moment ou un autre, il commettra une erreur.

— Combien de temps ça doit durer ? Combien de victimes encore ?

— Quelle est sa prochaine étape ? On doit avoir une longueur d'avance sur lui. Alors on le coincera. »

Trojan luttait contre la nausée. Il aurait dû se trouver au chaud dans le cabinet de Jana Michels, protégé par son aura apaisante.

Au lieu de cela, il subissait ce spectacle.

« Pourquoi justement vouloir me parler, me réclamer au téléphone et m'envoyer nommément une menace ?

— Mais merde, à cause de ton passage à la télé. J'ai fait une bourde. J'aurais dû y aller moi-même, grinça Landsberg en serrant les poings.

— Foutaises, Hilmar. Allez, courage. L'autoflagellation est la dernière chose dont on a besoin à présent. Et que toi ou moi jouions un rôle dans son imagination malade, qu'est-ce que ça change ?

— Ce que ça change ? Ça fait une sacrée différence, je dirais. Nils, je ne veux pas qu'il t'arrive quelque chose.

— Bon, d'accord. »

Ils quittèrent tous deux la pièce et se rendirent dans la cuisine. Sur la gazinière voisinaient deux casseroles ; des cartes postales et des photos décoraient le réfrigérateur. L'une d'elles montrait les deux amies, le sourire aux lèvres, bras dessus, bras dessous.

Trojan étira son dos endolori.

Je dois me concentrer, se dit-il.

« Encore une fois, on doit tout passer au peigne fin. En procédant pas à pas. J'ai l'impression que l'essentiel m'échappe.

— Comment ça ? demanda Landsberg, soucieux.

Réfléchis. Ou bien dis simplement ce qui te traverse l'esprit. Peut-être que ça nous aidera.

— Quelqu'un m'a fourni un élément, répondit Trojan. Une remarque brève mais qui m'a mis la puce à l'oreille.

— Qui ça ? De qui venait cette remarque ? »

Deux choses, songea-t-il, il s'agissait de deux choses qui concordaient. Je dois simplement effectuer un rapprochement.

Toi, salopard, pensa-t-il. Toi, sale pervers, je t'aurai.

Il se plongea dans ses réflexions.

« Je ne sais pas, finit-il par dire. Je ne la retrouve pas.

— La presse va nous démolir, marmonna Landsberg.

— Je vois déjà d'ici les manchettes. De nouveau des femmes sans défense massacrées, et la police laisse faire, impuissante. »

Les propos de son patron rappelèrent à Trojan l'information judiciaire ouverte au sujet de la tentative de suicide de Moll. Lui et ses collègues s'attendaient à des questions pénibles. Quel embarras devant l'opinion publique dès que la presse aurait eu vent de cette histoire !

« Qu'est-ce qu'il en est de Moll ? » demanda Trojan à voix basse, avant d'ajouter devant le silence de Landsberg : « Tu t'es renseigné auprès de l'hôpital ? »

Il resta sans réaction.

« Hilmar, dis-moi donc.

— Il n'a pas survécu. »

21

Il ouvrit la fenêtre de son bureau et aspira avidement l'air du dehors.

Son téléphone à la main, il passa en revue son répertoire à la recherche d'un numéro, qu'il appela.

Peu après Friederike décrocha.

« Allô ?

— Ici, Nils, salut. Emily est là ? »

À l'autre bout de la ligne, le silence se fit. Trojan aurait préféré que sa fille répondît elle-même. Il chercha ses mots, conscient de l'importance pour Emily du maintien d'un dialogue entre ses parents, mais une boule dans sa gorge autant que l'engourdissement de ses membres après la courte nuit sur le lit de camp de son bureau l'empêchaient de parler ; alors il attendit simplement.

Friederike finit par dire : « Un moment. »

Il entendit en fond une porte claquer.

« Salut, papa.

— Emily ! »

Entendre sa voix le soulagea. Le cœur lui bondit dans la poitrine.

« Comment tu te sens, Em' ?

— Très bien, papa, pourquoi tu poses la question ? »

Il ne répondit pas, gêné.

« Et pour toi, tout va bien ? demanda-t-elle doucement.

— Oui, oui, je voulais juste... »

Il ne savait pas lui-même ce qu'il voulait d'elle.

« ... entendre ta voix. Tu sais, en effet...

— Tu cherches toujours ce meurtrier, hein ?

— Oui.

— Tu vas y arriver, papa. Je crois en toi.

— Merci, Emily. Qu'est-ce que tu étais en train de faire ? Tu as prévu quelque chose ce soir ?

— Oh, eh bien, je... »

Il entendit son souffle dans le combiné.

« Leo va passer. »

Il se représenta son sourire.

« Leo. Je m'en réjouis pour toi.

— On veut aller au cinéma ensemble.

— Écoute, Emily, peut-être qu'il vaudrait mieux que tu restes ce soir à la maison, que vous regardiez un DVD.

— Mais pourquoi ? »

Comme par un fait exprès, son regard tomba sur les photos de scènes de crime au mur.

« Emily, promets-moi de toujours bien faire attention à toi, d'accord ?

— Papa, qu'est-ce que ça signifie ? Je ne suis plus une gamine.

— Je sais. C'est juste parce que...

— Parce que quoi ? »

Il s'interrompit.

« Rien, rien. »

Ils se turent un instant.

« Tu es sûr que ça va ? s'enquit-elle, circonspecte.

— Oui, oui, bien sûr.

— Trop de travail, peut-être ?

— Hmm, ces derniers temps, oui.

— Tiens bon, papa. Tu y parviendras bientôt. Tu vas attraper ce gars. »

Combien de morts faudra-t-il encore ? se demanda-t-il.

« Je t'aime, Em'.

— Moi aussi, je t'aime. »

Ils raccrochèrent. Il demeura quelques secondes immobile, happé par un défilé de souvenirs, des images d'Emily enfant, courant à sa rencontre. Il la saisissait dans ses bras et la faisait tournoyer en l'air. Elle riait, jubilant, et le monde flottait autour d'eux.

Il écrasa énergiquement du dos de la main la fichue larme qui coulait sur sa joue et ferma la fenêtre.

Ne pas faiblir, pensa-t-il, et se remettre au travail.

En cette heure de pointe de sortie des bureaux, la foule déferlait sur la Hermannplatz, bruyante jusqu'à l'oppression. Des marchands ambulants turcs et arabes y faisaient l'article.

Un pitbull, attaché à un poteau, aboyait sans relâche, et de la bave jaillissait de sa gueule en tous sens.

La patiente, livide, les épaules rentrées, oscillait d'un pas mal assuré dans la cohue.

Elle tressaillit au hurlement de la sirène d'une ambulance traversant en trombe le carrefour.

Ce fut alors qu'elle leva les yeux, la reconnut et se rapprocha d'elle en hésitant.

Jana Michels la salua et prit sa main, glaciale et moite.

« Venez, on va y arriver. »

Dans l'escalier descendant au métro se tenait un groupe de junkies. Elles devaient esquiver leurs chiens qui, s'ils ne glapissaient pas, prenaient toute la largeur des marches.

Jana sentit combien sa patiente se crispait et tenta de l'apaiser.

Elles ne progressaient que très lentement.

« Comment vous vous sentez ? »

Franka Wiese ne lui répondit pas.

« Tout va bien se passer, croyez-moi. »

Aux portiques, des vendeurs à la sauvette se précipitèrent sur elles.

« Tu veux un ticket ? Tu veux un ticket ? » chuchotaient-ils. Jana repoussa leur offre et inséra sa monnaie dans le distributeur.

Elle prit son billet et se dirigea vers le quai avec Franka.

« Si seulement arrivait l'une de ces nouvelles rames.

— Quelle différence ça fait ?

— Les nouvelles sont plus spacieuses, on a davantage de place.

— Tranquillisez-vous, je suis avec vous. »

Le métro entra en station dans un vacarme, et, à

l'ouverture des portes, Jana et sa patiente y montèrent.

C'était un ancien modèle. Franka baissa la tête. Elles durent rester debout par manque de places assises disponibles.

« Où va-t-on en fait ?

— Jusqu'à Alexanderplatz, là on sort un instant, et puis on revient. D'accord ? »

Franka se contenta de dévisager Jana, qui remarqua le vacillement de son regard. Elle serra sa main.

Les portes se refermèrent, et le métro partit.

« Comment vous allez ? »

La patiente ouvrit la bouche puis la referma sans mot dire.

« Parlez. Ça vous aidera. »

Elle se tapota la poitrine de la main.

« Mon cœur. Il bat à toute allure.

— Il ne peut rien se passer. »

Elles arrivèrent alors à la station Schönleinstrasse.

« Respirez profondément, ça fait du bien. »

Franka, tremblante, inspira à pleins poumons.

La rame repartit.

« Qu'est-ce qui peut se produire ? C'est un moyen de transport sûr, plus sûr que la voiture. Avez-vous le permis ? »

Elle fit un signe affirmatif.

« Quand vous prenez la voiture, pensez-vous à un accident ?

— Il ne s'agit pas de la peur de l'accident. Il y a tant de monde ici. »

Les passagers se pressaient les uns contre les

autres. Un homme lança à Jana un regard furtif, mais la foule lui masqua aussitôt son visage.

Elle se retourna vers sa patiente.

« Personne ne vous fera de mal. On est en sécurité. »

Le métro s'arrêta à Kottbusser Tor. Deux places assises se libérèrent.

« Asseyons-nous. »

La patiente, blême, tremblait de tous ses membres.

« Mieux vaut que je reste debout.

— Pourquoi ?

— À la porte, l'air est meilleur.

— L'air est partout le même.

— Non, je vous en supplie.

— Très bien. »

Au fur et à mesure des stations, l'angoisse de Franka croissait. Jana se résolvait à admettre qu'elle ne réussissait tout simplement pas à la calmer.

Mais qu'est-ce qui me prend ? pensa-t-elle. Je n'y suis pas du tout. Elle a peur, je dois l'aider. C'est pour cette raison que je me trouve là.

Pourtant elle ne parvenait qu'à lui tenir la main. Elles atteignirent enfin Alexanderplatz, où elles descendirent. Ce ne fut qu'une fois passé les galeries commerciales souterraines, au pied de l'escalier menant à l'air libre, que la tension de sa patiente retomba un peu.

L'Alexanderplatz s'étendait devant elles, claire et attrayante ; la boule de la tour de télévision scintillait dans la lumière de l'après-midi.

« Alors ? Comment vous avez vécu ça ? »

Franka sourit d'un air contraint.

« Un peu mieux avec vous à mes côtés, merci. »

Jana s'entendit lui dire : « Nos peurs peuvent nous dominer et modeler notre comportement. On doit y faire face. C'est la seule manière de reprendre le dessus. »

Fais-je mien ce principe ? s'interrogea-t-elle en laissant échapper un soupir. Est-ce vraiment si simple ?

Sans se l'avouer clairement, elle s'était sentie mal à l'aise durant tout le trajet.

Et la traversait encore une angoisse diffuse, instillée par l'impression d'être épiée en permanence.

Elle se retourna, mais personne ne l'observait.

Absurde, se dit-elle, je suis surmenée, voilà tout.

« On rebrousse chemin ? » demanda-t-elle.

Franka hocha la tête vaillamment.

Jana lui prit la main, encore plus moite et glaciale.

Elles descendirent l'escalier. Il les suivit du regard. Les rayons du soleil embrasaient leur chevelure.

Elles passaient pour deux sœurs.

Deux jolies sœurs blondes.

Il sourit.

Il était si bon de se tenir tout près d'elles sans qu'elles s'en doutassent. Et si bon de se figurer ce qu'il adviendrait d'elles.

Il s'engagea à leur suite, avec délectation.

22

À son réveil, Jana se rappela un rêve embrouillé. Une silhouette lui criait une mise en garde dont l'unique mot cependant ne lui revenait pas.

Elle se frotta les yeux.

Trojan, pensa-t-elle. Il lui était apparu en songe.

Elle sauta du lit et ouvrit les rideaux. La lumière du soleil reçue en plein visage la fit cligner des yeux.

Sous la douche elle réfléchit longuement au rêve, puis s'habilla, se fit chauffer un café et petit-déjeuna de fruits.

Après le rangement de son appartement, elle alluma son téléphone portable.

Une sonnerie lui signala la réception d'un nouveau message.

Elle entendit sur son répondeur la voix de Trojan.

Elle se résigna à admettre que, toute la journée de la veille, elle avait espéré son appel.

Ne fais pas l'idiote, se sermonna-t-elle, il s'agit de ton patient. Il ne devrait même pas disposer de ton numéro de portable.

Elle écouta pourtant le message deux fois de suite.

Il lui présentait encore ses excuses pour son départ précipité le jeudi précédent ; une nouvelle affaire de meurtre l'accaparait. Il présageait une aggravation de la situation et la recontacterait dans les plus brefs délais.

Il n'évoquait pas le rendez-vous suivant.

Les meurtres de femmes inondaient la presse à scandale. Jana envisagea de descendre au kiosque s'acheter un journal pour finalement y renoncer.

Elle posa de côté son portable puis le reprit, chercha un numéro dans le répertoire, le considéra longuement : 0172 33 94 850. Facile à retenir, pensa-t-elle : 33 pour l'année de naissance de son père, le 9/4 pour son propre anniversaire.

Au lieu de le composer, elle appela une amie et convint d'un rendez-vous à la Winterfeldtplatz.

Elles flânèrent à travers le marché, firent de petites emplettes, burent un café, déjeunèrent chez Berio et étirèrent leur bavardage, assises l'une à côté de l'autre.

Lorsqu'en fin d'après-midi Jana revint chez elle, elle s'étendit sur son canapé et sombra immédiatement dans un profond sommeil.

La sonnerie de son téléphone la réveilla.

Elle jeta un coup d'œil à l'horloge et ne put croire qu'il se faisait déjà si tard.

Dehors la nuit tombait.

Le fixe sonnait obstinément.

Trojan l'aurait plutôt jointe sur son portable.

La voilà qui pensait encore à lui.

Elle finit par se lever. Elle décrocha et se présenta.

Elle ne percevait à l'autre bout de la ligne qu'une respiration oppressée.

« Allô ? » lança-t-elle, impatientée.

Elle s'apprêtait à raccrocher, pensant avoir affaire à l'un de ces importuns qui harcèlent les femmes au téléphone.

« Madame Michels ? dit alors une voix féminine apeurée.

— Oui ? »

Mais elle n'eut pour toute réponse qu'un souffle. Une voix à peine audible s'éleva enfin : « C'est moi, Franka Wiese. »

Pourtant Jana ne se trouvait plus à son cabinet, sa semaine de travail était finie. Ne peut-on pas me laisser tranquille ? se dit-elle, déconcertée.

Par réflexe, elle prit un ton professionnel.

« Qu'est-ce qu'il y a, madame Wiese, vous ne vous sentez pas bien ?

— Non, pas du tout.

— Qu'est-ce qui se passe ?

— J'ai tellement peur », répondit Franka en éclatant en sanglots.

Jana prit une profonde inspiration. Elle devait absolument garder ses distances. Ses patients ne pouvaient empiéter ainsi sur sa vie privée, mais elle assumait une certaine responsabilité dans cette histoire.

« Est-ce qu'il s'agit d'une crise d'angoisse, madame Wiese ?

— Oui.

— Où vous êtes ?

— Chez moi », indiqua-t-elle en redoublant de sanglots.

À cet instant, Jana ressentit une méfiance.

« Comment vous avez obtenu mon numéro personnel ?

— Dans l'annuaire », dit Franka après un moment d'hésitation.

C'était plausible. Depuis longtemps, Jana envisageait de s'inscrire sur liste rouge, mais elle reportait sans cesse la démarche.

Franka ajouta alors : « J'ai peur de mourir.

— Respirez profondément. Placez les mains en entonnoir, et respirez au travers, comme je vous l'ai montré à mon cabinet. »

Mais son souffle s'accéléra jusqu'à se muer en un halètement.

« J'ai peur de mourir, répéta-t-elle.

— Vous n'allez pas mourir.

— J'ai peur, terriblement peur. »

Jana tentait de réprimer son impatience.

« Qu'est-ce qui vous est arrivé, madame Wiese ? D'où vous vient cette peur subite ? Qu'est-ce que vous avez… ? »

Mais Franka l'interrompit d'une voix devenue stridente : « Venez ici, s'il vous plaît.

— Madame Wiese, on est samedi soir, j'ai une vie privée, vous devez l'accepter.

— Je vous en supplie. Rejoignez-moi, sinon ça empirera.

— Mais vous devez…

— Ne posez pas de question, s'il vous plaît. Venez.

— Vous pensez ne pouvoir vous calmer qu'avec quelqu'un à vos côtés ?

— Oui.

— Madame Wiese, ça ne marche pas ainsi, je ne peux pas…

— Vous devez venir. Je vous en prie. »

Cette peur l'irritait, lui semblait irraisonnée.

Que se passait-il exactement ?

L'espace d'un instant, elle se figura sa patiente, debout sur le rebord de sa fenêtre, prête à sauter dans le vide.

Mais ne s'agissait-il pas plutôt de ses propres projections ?

Elle ne devait pas se laisser influencer par elles.

« Madame Michels, vous viendrez, hein ? S'il vous plaît, s'il vous plaît, venez chez moi », implorait Franka.

Jana voulait abréger la conversation en quelques phrases expéditives.

Mais elle se surprit à lui répondre : « Bon. Je vais passer rapidement chez vous. Quelle est votre adresse ?

— 13 Mainzer Strasse. Au premier étage.

— Bien, mais je ne resterai que dix minutes.

— Merci », bredouilla Franka avant de raccrocher.

Jana, absorbée dans ses pensées, demeura un moment immobile près de son téléphone.

Pourquoi fais-je cela ?

Pourquoi m'est-il si difficile de dire non ?

Il suffit d'un appel de détresse, songea-t-elle, pour que je me précipite au secours.

Puis elle enfila sa veste et quitta son appartement.

Les photos des cadavres — au nombre de cinq désormais, quatre femmes et un homme — recouvraient les murs de la salle de conférence.

À la réunion assistaient plusieurs membres de la quatrième brigade criminelle, appelés peu de temps auparavant en renfort et mis au courant des détails de l'enquête par Landsberg.

Depuis deux heures, ils délibéraient sur la poursuite de leurs interventions. Stefanie proposait de glisser à la presse une allusion à l'oiseau afin de mettre en garde de potentielles victimes. Peut-être le meurtrier annonçait-il ses agissements par l'abandon d'un bouvreuil.

Puis ils débattirent longuement du sujet de « la reconnaissance du criminel ». Plus les détails des meurtres seraient médiatisés, plus il leur serait difficile de distinguer le véritable coupable d'éventuels imposteurs.

Enfin ils s'accordèrent sur la priorité à donner dans cette affaire à la protection de la population, et une déclaration à la presse fut préparée en ce sens.

Trojan jeta un coup d'œil à la pendule. Il avait l'impression qu'ils tournaient en rond et perdaient un temps précieux.

Lors d'une courte pause, il sortit dans le couloir et appela Jana sur son portable.

Par chance, elle décrocha à la deuxième sonnerie.

« Allô, Nils Trojan à l'appareil.

— Bonjour, monsieur Trojan. »

Sa voix trahissait sa joie.

« J'espère que je ne vous dérange pas en ce samedi soir.

— Non, non. » Elle partit d'un grand rire. « Ah, vous parlez d'un samedi soir. Je me rends chez une patiente.

— C'est bien inhabituel pendant le week-end.

— Oui, tout à fait, mais bon, il semble qu'il s'agisse d'un cas d'urgence. Elle paraissait désespérée au téléphone. »

Trojan ne rebondit pas.

« Et de votre côté ? demanda-t-elle. Vous êtes encore au travail ?

— Oui, c'est tout aussi désespérant. On piétine, et je… »

Il s'interrompit. Comme il aurait aimé la voir le soir même !

« Je suis sincèrement désolé de m'être volatilisé de votre cabinet l'autre jour sans même vous saluer.

— Il était question de votre travail, je comprends parfaitement. »

J'aimerais tant te retrouver. Dès ce soir. Il brûlait de prononcer ces mots.

Mais ils se limitèrent à un échange de paroles de convenance, établirent un rendez-vous pour la semaine suivante puis raccrochèrent.

Il considéra longuement son téléphone dans sa main avant de se ressaisir et de regagner la salle de réunion.

Le lierre couvrait la façade de l'immeuble ancien de la Mainzer Strasse. À sa porte d'entrée, sur la liste des occupants, Jana chercha le nom « Wiese ».

Elle appuya sur la sonnette, et la porte lui fut ouverte. Elle monta l'escalier jusqu'au premier étage et sonna de nouveau.

Pourquoi toujours me comporter en bon Samaritain ? se répéta-t-elle. Enfant déjà, je me montrais tellement serviable et docile.

La porte fut seulement entrebâillée.

Jana attendit que Franka se montrât.

Mais elle n'en fit rien.

Un peu irritée, Jana poussa la porte.

Puis elle pénétra à l'intérieur.

L'obscurité envahissait le couloir. Sa patiente semblait avoir tiré les rideaux dans les pièces attenantes.

« Madame Wiese ? » appela Jana tout bas.

Pas de réponse.

Elle avança de quelques pas dans le corridor.

Elle heurta un corps mou qui gisait devant elle à même le sol.

Elle ne parvenait pas à distinguer ce dont il s'agissait.

Elle se pencha.

Et le vit.

Un oiseau mort. Plumé. Déchiqueté. Les ailes écartelées, tordues, brisées.

Du ventre coulaient les intestins.

Jana recula d'un bond, terrifiée.

Ses yeux s'étaient habitués à la pénombre, jusqu'à discerner nettement.

Elle eut le souffle coupé.

Là se trouvaient d'autres oiseaux.

Répartis çà et là sur le sol du couloir.

Morts, plumés et déchiquetés.

Jana étouffa un cri.

À ce moment-là lui parvint un bruit.

Le claquement de la porte de l'appartement derrière elle.

QUATRIÈME PARTIE

23

« Bienvenue », dit une voix.

Elle semblait déformée, lointaine.

Mais la silhouette se tenait toute proche, devant la porte close de l'appartement. Elle n'avait pas figure humaine. Une longue pointe en saillait. Jana y reconnut du sang.

La créature s'approcha.

Jana tenta de se concentrer sur son regard, car, en l'interceptant, peut-être dominerait-elle la peur qui la gagnait.

Mais elle ne pouvait distinguer ses yeux, dissimulés par des verres fumés.

« Bienvenue », répéta la voix, métallique, sinistre.

Jana recula lentement.

Elle voulut crier, mais aucun son ne sortit de sa bouche.

La créature portait un casque rigide, et un vêtement sombre lui couvrait le corps.

Jana fit encore un pas en arrière, et son pied glissa sur un oiseau mort.

Son cœur bondit.

Elle transpirait à grosses gouttes.

Ressaisis-toi, Jana, se dit-elle. Trouve une issue, et vite. Tu dois sortir d'ici.

Mais la silhouette s'approchait toujours davantage.

Elle tendit les bras vers Jana qui vit à l'extrémité de ses gants des serres.

De plus près, elle se rendit compte qu'il s'agissait de lames de rasoir.

La créature avança de deux pas. Jana heurta de son dos un mur.

Je dois sortir d'ici, se répéta-t-elle.

Puis survint le tremblement. Il débuta dans ses mains, s'étendit à ses bras. Sa nuque se crispa. Il lui sembla bientôt que ses jambes se dérobaient sous elle.

Non, pensa-t-elle, non.

Elle ne devait pas s'évanouir.

L'autre se faisait toujours plus proche.

Et Jana s'aperçut que la pointe qui dépassait du casque était un couteau. Une sorte d'armature, tenue par une bride qui ceignait la tête, couvrait les pommettes et l'arête du nez.

Au beau milieu, du ruban adhésif et des vis maintenaient un manche de couteau. La lame, tachée de sang, saillait.

Elle ressemblait à un gigantesque bec.

Un gigantesque bec ensanglanté.

À cet instant, Jana entendit un gémissement étouffé provenant du fond de l'appartement. Franka, se rappela-t-elle. Je dois l'aider.

Elle tenta de se repérer.

Franka devait se trouver dans l'une des pièces adjacentes. Jana n'osait pas s'imaginer ce qui lui était arrivé.

Que faire à présent ?

La silhouette s'approcha d'elle d'un pas encore.

Jana eut alors une idée.

Peut-être cela fonctionnerait-il.

Si elle ne commettait aucune erreur.

Avec précaution, elle glissa la main dans la poche de sa veste. Elle y chercha à tâtons son portable qu'elle ouvrit lentement, à la dérobée.

À défaut de pouvoir parcourir son répertoire, elle entrerait le numéro, chiffre par chiffre.

Elle se mit à réfléchir fébrilement.

0172, se rappela-t-elle. C'est le début.

La silhouette, désormais plantée à deux pas d'elle, la dominait de sa haute taille.

Parle, se dit-elle. Détourne l'attention de ton agresseur. Parle-lui pour gagner du temps.

« Qu'est-ce que vous voulez ? » lui demanda-t-elle d'une voix tremblante.

Son pouce glissait sur le clavier. Le zéro se situait tout en bas, le un, en haut à gauche ; du sept et du deux elle n'était pas sûre, mais il ne lui restait pas d'autre choix. Elle chercha la touche suivante : un trois. Était-ce la bonne ? Oui, ça irait.

« Dites-moi ce que vous voulez de moi. »

Elle perçut la respiration caverneuse et altérée de la silhouette. C'est un masque, pensa-t-elle, juste un masque.

Avec peut-être un petit micro et un déformateur

de voix cachés en dessous. À moins que cet homme sous ce déguisement ne souffrît du larynx.

Exprime-toi, se dit-elle, sers-toi de ta raison pour te défendre, ne laisse pas la peur te submerger. Il s'agit d'un homme affublé d'un masque. Il veut t'effrayer, mais tu ne lui feras pas ce plaisir.

« Répondez. Qu'est-ce que vous voulez ? »

Un trois puis un autre, 33, l'année de naissance de son père, son moyen mnémotechnique pour ce numéro. Elle essayait de se remémorer le clavier de son portable. Le trois se situait en haut à droite, sauf erreur de sa part. Elle ne pouvait s'en permettre aucune.

« Franka Wiese habite ici, c'est bien ça ? dit-elle le plus calmement possible. Je dois la voir de toute urgence. Dites-moi où la trouver. »

Oui, songea-t-elle, continue. Peut-être cela le déconcerte-t-il.

Elle vit la créature hausser les épaules.

Elle appuya à l'aveugle sur la touche. Venait ensuite le neuf, deux crans au-dessous du trois.

La silhouette lui dit soudain : « Jana. »

Elle en fut médusée.

« Quel plaisir de te voir ici !

— Vous connaissez mon nom ?

— Bien sûr que je le connais. J'en sais long sur toi. »

Le chiffre suivant était le quatre, 9/4, son anniversaire. Il lui fallait appuyer sur le quatre sans confusion aucune ; où se trouvait le quatre ? Sous le un. Elle promena sur le clavier son doigt, toujours caché dans la poche de sa veste.

« Je t'attendais avec impatience, Jana. »

Elle s'embrouillait désormais. 0172 33 94, et ensuite ? Elle réfléchissait intensément.

« À présent te voilà. Enfin. Et j'ai une surprise pour toi. »

Il lui manquait encore trois chiffres. Était-ce bien un huit juste après ?

L'individu se rapprocha encore d'elle ; la pointe du couteau dépassant du masque ne se trouvait plus qu'à quelques centimètres de son visage. Elle ne disposait que de peu de temps.

Un cinq et un zéro.

Était-ce exact ? Huit, cinq, zéro ?

Qu'importe désormais, elle devait tenter le tout pour le tout.

Le cinq se situait au milieu du deuxième rang, directement au-dessus du huit, et le zéro, tout en bas. Surtout, ne pas appuyer à côté à ce stade-ci.

Voilà qui était fait. Il restait dorénavant la touche verte. Elle la cherchait du bout du doigt.

En haut à gauche, oui, en haut à gauche se plaçait la touche verte.

Elle la pressa.

Ce fut alors que la douleur la transperça. La créature lui effleurait la joue de la main, et Jana sentait les lames de rasoir se planter dans sa peau tandis que le sang giclait.

Elle poussa un cri.

Déjà adossée au mur, elle ne put reculer, et l'arrière de sa tête le heurta.

Elle entendit alors distinctement l'annonce automatique du répondeur montant de sa poche.

« Bonjour. Vous êtes sur la boîte vocale de… »

S'ensuivit la voix préenregistrée de Trojan, sonore, bien trop sonore, mentionnant son nom.

La créature se figea.

Jana fit un pas de côté mais trop tard. L'autre avait également entendu.

« S'il vous plaît, laissez votre message après le signal sonore.

— Un oiseau ! » lança-t-elle.

Il la saisit. Elle sentit les lames de rasoir sur sa poitrine et son cou. Il tira sur sa veste dont il sortit le portable.

Il le laissa tomber.

Il l'écrasa de ses lourdes bottes.

Elle entendit un craquement sous ses semelles. Puis l'autre poussa du bout du pied les débris vers elle, qui les fixa du regard au sol.

« Nils Trojan ? Grave erreur », dit-il de sa voix de robot.

Les tremblements reprirent Jana, qui éclata en sanglots. Sa dernière chance venait de passer.

« Ne fais pas ta vilaine fille, Jana. Sois sage. »

Il resserra sa poigne, et les lames de rasoir s'enfoncèrent dans sa peau.

En réponse à son cri, il lui pressa la main sur les lèvres, et du sang en jaillit.

« Viens. La surprise t'attend. »

Il la poussa avec brusquerie devant lui à travers le couloir.

« Avance. »

Elle trébuchait sur les oiseaux morts, mous et

gluants sous ses chaussures. Chaque pas provoquait un bruit de ventouse.

Il la fit entrer dans une pièce aux rideaux tirés. Le faisceau de la lampe de chevet éclairait le lit.

Une femme nue y gémissait.

Elle baignait dans son sang.

Jana la reconnut.

Sur son crâne presque chauve, quelques touffes blondes se hérissaient çà et là.

Jana chercha son regard mais ne le trouva pas.

Ses yeux avaient été arrachés.

La femme gémit de nouveau faiblement, un frémissement parcourut son corps.

« Non, geignit Jana, non, non. »

Elle l'appela par son nom. Il lui sembla que Franka tentait de lever la tête dans sa direction, en vain.

Lui tenait fermement Jana.

« Regarde, dit-il. Regarde bien. »

Elle perçut le bruit aigre des lames de rasoir déchirant l'étoffe de sa veste.

« Franka, souffla-t-elle, oh, mon Dieu, Franka. »

Elle voulait lui venir en aide.

Elle se heurtait à l'insoutenable, à l'impossible.

Un rire déformé s'éleva de sous le masque.

L'autre la fit asseoir sur une chaise.

« Regarde bien, Jana. Regarde ce qui va se passer à présent. »

Et elle le vit sortir d'une main un long couteau et de l'autre des ciseaux. Elle considéra la chevelure de Franka et ses plaies à la tête d'où coulait du sang.

Premier étage, songea-t-elle, derrière les rideaux : la fenêtre. Je dois prendre le risque.

Je dois sauter dehors.

Muni du couteau et des ciseaux, il s'assit sur le lit.

Jana bondit.

Mais il se précipita sur elle et lui appliqua le couteau sur la gorge.

« Mais non, Jana, ça ne marche pas comme ça. Tiens-toi tranquille. Tu comprends ? Je veux que tu ne bouges pas. »

Il se détourna d'elle, délaissa couteau et ciseaux, et fouilla dans son sac.

Jana se mit à pleurer à la vue de la seringue qu'il en sortit.

Elle se précipita à la fenêtre, tira les rideaux.

Mais la douleur la parcourut de nouveau ; les lames de rasoir lui creusaient le dos ; il la tourna face à lui, et le couteau qui saillait de son masque lui effleura le visage.

Elle eut un mouvement de recul et poussa un cri strident.

Il lui enfonça la seringue dans le cou.

« Non, gémit-elle, non. »

Un voile s'abattit bientôt autour d'elle. Ses membres devinrent lourds, si lourds.

Il la traîna vers la chaise, sur laquelle elle s'affaissa.

La tête lui tournait.

Mais elle ne perdit pas connaissance.

Elle devait observer ce qu'il faisait.

Il retourna jusqu'au lit.

Il se pencha au-dessus de Franka et du couteau la larda.

Il lui ouvrit les cuisses et se jeta sur elle.

Je dois me lever, se dit Jana, les tempes bourdonnantes.

Elle pensa à Trojan qu'elle aurait tant voulu auprès d'elle.

Elle se mit à battre des paupières, et le vertige s'accrut.

Puis le tourbillon l'engloutit. Devant les yeux de Jana tournoyaient de petits cercles noirs, plus vite, toujours plus vite.

Elle tomba au centre de ces cercles.

De plus en plus profondément.

24

Trojan, de retour chez lui à 22 h 30, se dévêtit et se doucha. Il fit longuement ruisseler l'eau chaude sur son corps puis se sécha, enfila son peignoir et prit une bière dans le frigo.

Il s'affaissa, épuisé, sur le canapé du salon, et saisit la télécommande qu'il reposa aussitôt : il se sentait bien trop las, ne fût-ce que pour regarder la télé. Cédant au sommeil qui le gagnait, il posa sur le sol sa bière à peine entamée et s'endormit sur-le-champ, pelotonné sur les coussins.

Un grondement provenant de l'appartement du dessous le réveilla. Il s'étira et gémit. Doro, songea-t-il, et sa musique à plein volume… Il entendit son rire auquel répondit une voix masculine. Le son se fit plus fort.

Il se tourna sur le côté et releva le col de son peignoir sur ses oreilles. Mais il ne réussit pas à se rendormir. Il lâcha un juron, se redressa et descendit pieds nus au troisième étage.

Il appuya sur la sonnette. Il lui sembla que la musique avait été baissée, mais personne ne vint ouvrir. Il frappa une fois puis une autre, un gloussement lui parvint alors de l'intérieur. C'était indubitablement Doro. Les basses se firent encore un peu moins fortes.

Trojan remonta chez lui. Il ôta son peignoir et se glissa dans son lit, se blottit sous ses draps et pressa son traversin sur ses oreilles.

Mais il n'arrivait pas à trouver le sommeil. Les images des femmes assassinées défilaient devant lui ; lui revenaient la voix de Landsberg durant la réunion et le brouhaha d'où perçait la tension ; il songeait à Jana et leur conversation téléphonique.

Il roulait d'un côté puis de l'autre. La musique en dessous s'intensifiait. Il finit par se lever pour atteindre son fixe. Il appellerait Doro cette fois-ci ; il cherchait son numéro dans son répertoire lorsqu'il se figea soudain.

Avait-il au juste rallumé son portable après la rencontre ? Il se devait de rester joignable en tout temps pendant l'enquête.

Il se dirigea vers le portemanteau du vestibule et fouilla dans la poche de sa veste. Il entra le code PIN sur son téléphone effectivement éteint et récupéra dans le salon sa bouteille de bière, qu'il vida.

Il entendit alors le signal sonore de réception d'un nouveau message.

Il venait de Jana.

Il écouta sa boîte vocale.

Elle n'énonçait que deux mots : « Un oiseau ! » Puis la communication s'interrompait.

Il se mit à transpirer à l'écoute de sa voix paniquée et stridente. Il se repassa le message.

« Un oiseau ! » suivi d'un craquement avant la rupture de la liaison.

Il rappela immédiatement Jana mais tomba sur son répondeur.

Il contacta les renseignements téléphoniques et obtint le numéro de fixe de Jana mais pas son adresse, demeurée confidentielle. Il demanda le transfert mais là encore n'atteignit que la boîte vocale.

Il y laissa un bref message et fit de même sur son portable.

Une angoisse diffuse le traversait, et son cœur cognait dans sa poitrine.

« Un oiseau ! » Qu'est-ce que cela signifiait ? Que voulait-elle dire par là ?

Elle courait un danger : il ne voyait pas d'autre explication.

Il s'habilla, empocha son arme, saisit sa clé de voiture et sa veste et sortit à la hâte de son appartement.

Il ne prêta aucune attention aux basses bourdonnantes de Doro.

Dans la rue, il tenta de se souvenir de l'emplacement de sa Golf. Tout en courant jusqu'à la Reichenberger Strasse, il téléphona de son portable au commissariat. Les membres de son équipe, tous absents, bien évidemment, devaient désormais dormir.

Il était presque minuit et demi. Le message de Jana remontait à 20 h 27. Il avait perdu tant de temps.

Il joignit un collègue d'une autre brigade criminelle. « Trojan à l'appareil. J'ai besoin d'une donnée du registre des déclarations de résidence. Sous le nom de Jana Michels, probablement dans le quartier de Schöneberg, j'ignore sa date de naissance. Et vite, s'il vous plaît, c'est extrêmement urgent. »

Sa Golf se trouvait à l'angle d'Ohlauer Strasse. Il sauta dedans et démarra en trombe en direction de Schöneberg.

Son collègue le rappela alors qu'il traversait le Monumentenbrücke.

« J'ai sous les yeux l'enregistrement d'une certaine Jana Michels, née en 1973, habitant au 41 de l'Akazienstrasse, au troisième étage, droite. »

Trojan remercia, raccrocha et accéléra.

Il se concentra : sa dernière conversation téléphonique avec Jana remontait aux environs de 19 h 15. Elle se rendait alors chez une patiente. À 20 h 27, elle laissait le mystérieux message sur son répondeur. Était-elle déjà revenue chez elle à cette heure-là, ou avait-elle appelé de chez sa patiente ?

Comme il n'en connaissait ni le nom ni l'adresse, il lui fallait d'abord fouiller l'appartement de Jana.

Peut-être dormait-elle à poings fermés, peut-être que tout allait pour le mieux.

Mais son intuition rejetait cette supposition.

Son cœur galopait.

Il s'arrêta devant l'immeuble numéro 41 de l'Akazienstrasse. Une seule lueur brillait à une fenêtre, en haut à gauche de la façade. Il bondit hors de sa voiture et se précipita à la porte qu'il trouva fermée. Trépignant d'impatience, il appuya sur toutes les sonnettes. Pas de réaction. Il martela la porte de ses poings et de ses pieds.

Puis l'interphone bourdonna, et une voix endormie demanda : « Qui est là ?

— Police criminelle, s'il vous plaît, ouvrez. »

Quand le buzzer retentit, Trojan ouvrit d'un coup et monta l'escalier quatre à quatre.

Au troisième étage, il trouva le nom de Jana sur la sonnette.

Il la pressa tout en essayant de forcer à coups de pied la porte ancienne à panneaux. Comme personne ne se manifestait, il redoubla d'efforts contre le panonceau situé sous la serrure.

Dans son dos surgit un voisin qui le menaça d'appeler la police.

Trojan lui tendit sa plaque sans cesser de maltraiter la porte.

« Quand est-ce que vous avez vu Mme Michels pour la dernière fois ?

— Pourquoi ? Qu'est-ce qui se passe ?

— Répondez !

— Je ne sais pas, hier peut-être.

— À quelle heure exactement ? »

Mais Trojan n'obtint pas de réponse.

Le panneau de bois céda enfin dans un craquement.

« Reculez, disparaissez ! » cria Trojan au voisin en passant la main à travers le trou pour tourner la poignée de l'intérieur.

Il dégaina son arme et pénétra dans l'appartement plongé dans l'obscurité.

Il alluma dans le couloir, qui donnait sur la cuisine, la salle de bains et trois pièces.

Il se déplaçait furtivement de l'une à l'autre et y actionnait l'interrupteur.

Pas de trace de Jana.

L'ocre de la couverture déployée sur son beau lit deux places correspondait exactement à celui qu'il s'imaginait.

Trêve de rêveries.

Trojan ne vit pas dans le bureau son ordinateur, certainement laissé à son cabinet.

Mais il devait absolument accéder aux dossiers de ses patients.

Il remit son arme dans son étui et s'élança dans la cage d'escalier en criant au voisin déconcerté : « Surveillez la porte de l'appartement. » Il se trouvait déjà en bas, sauta dans sa voiture et prit la direction de la Crellestrasse.

Il l'atteignit en quelques minutes à peine. Il força la porte de l'immeuble, qui céda bientôt. Il gagna le deuxième étage où se situait le cabinet. Là encore, il se jeta contre la porte, cette fois-ci plus robuste, si bien qu'une violente douleur lui traversa l'épaule.

Il se rua une troisième puis une quatrième fois contre quand il perçut des pas venant d'au-dessus. Le panneau de la porte commençait à se fissurer lorsqu'une voix lui cria du palier supérieur :

« Qu'est-ce que ça signifie ? Cessez immédiatement !

— Police criminelle », grommela Trojan en prenant son élan avant de réitérer son assaut.

L'autre dévala les dernières marches.

« Attendez voir, j'ai une clé. »

Trojan se figea, surpris.

Ce fut alors que Trojan reconnut en ce grand homme maigre à la chevelure blond cendré et aux épaules voûtées sous sa robe de chambre le collègue de Jana.

« Qu'est-ce que vous faites là à cette heure-ci ?

— J'habite ici, au-dessus du cabinet.

— Ouvrez, et vite !

— Pourquoi ?

— Ouvrez, c'est un ordre ! »

Le psychologue le toisa sans réagir.

Trojan lui tendit sa plaque.

L'autre lui dit alors : « Mais vous êtes un patient de Jana, pas vrai ? »

Trojan serra les poings.

« Ouvrez immédiatement ! Ne posez pas de question ! »

L'homme sortit enfin un trousseau de clés.

« Vous savez où est Jana Michels ?

— Aucune idée.

— Quand l'avez-vous vue pour la dernière fois ?

— Vendredi, je crois. »

Il passa devant lui et ouvrit sans le quitter des yeux.

Trojan le poussa de côté et se précipita dans le cabinet. Il trouva la porte du bureau de Jana close.

« Vous avez également la clé de celle-ci ? »

L'homme acquiesça, s'approcha lentement.

« Comment vous vous appelez ?

— Brotter. Docteur Gerd Brotter.

— Bien, monsieur Brotter, veuillez, s'il vous plaît, vous dépêcher.

— Elle a commis un délit ?

— Elle est peut-être en danger.

— En danger ?

— Nom de Dieu, ouvrez cette porte, ou je l'enfonce.

— Bon, d'accord, marmonna Brotter en cherchant son trousseau.

— Vous avez un mandat… ?

— Fermez votre gueule, et ouvrez la porte », siffla Trojan.

Brotter fronça les sourcils et s'exécuta enfin.

Trojan se rua dans la pièce. Sur le bureau trônaient son agenda et son ordinateur portable. Il feuilleta le premier tout en allumant le second, qui requit un mot de passe.

Brotter l'observait du seuil.

« Vous auriez par hasard le code de Mme Michels ?

— Bien sûr que non. »

Trojan fit un essai avec son prénom tout en examinant son carnet de rendez-vous. À la page du 22 mai ne figurait aucune note, ce qui ne l'étonna pas, car son déplacement chez cette patiente devait représenter un cas d'urgence.

« Erreur », indiqua l'ordinateur. Il inséra son nom de famille, puis ses prénom et nom attachés, enfin ses initiales, mais aucune option ne fonctionnait. L'intervention des spécialistes du commissariat aurait nécessité un temps précieux.

Il réfléchissait intensément.

« Que voulez-vous à son ordinateur ? » demanda Brotter avec méfiance.

Trojan leva les yeux vers lui sans répondre.

Puis il aperçut l'illustration au-dessus de la fenêtre d'accès. Il ne s'agissait pas d'une image générique proposée par le système d'exploitation mais d'un enregistrement personnel de Jana qui montrait deux coquillages sur une plage.

Il entra la formule « plagedecoquillages ».

Encore raté.

Il se souvint d'un article lu sur Internet révélant l'analyse par une entreprise informatique de trente-deux millions de mots de passe diffusés accidentellement après une panne et la mise en évidence du plus répandu, qui, de manière surprenante, correspondait à la série de chiffres de 1 à 6. Certes, rien n'était moins sûr, mais peut-être Jana n'avait-elle pas trouvé mieux.

Il entra la combinaison.

« Erreur. »

Toujours selon l'article, le deuxième code le plus courant consistait sobrement en « motdepasse ».

Il l'essaya.

Cela fonctionna. L'ordinateur se lança. Trojan poussa un soupir de soulagement.

Parmi les dossiers affichés, il cliqua sur celui intitulé « Répertoire des patients », qui comportait une liste interminable.

Même en excluant les prénoms masculins, il demeurait encore trop de possibilités.

Concentre-toi, se dit-il, donne-toi du mal.

Il prit un papier et un crayon, et releva les patientes les plus jeunes. Il en raya certaines dont la thérapie datait manifestement.

Il restait vingt-deux femmes entrant en ligne de compte.

« Combien de patientes de Jana Michels sont blondes ? demanda Trojan à Brotter.

— Pardon ?

— Réfléchissez un peu, dites donc, aidez-moi ! Je cherche une blonde parmi ses patientes. Avec une chevelure épaisse, qui ne passe pas inaperçue. »

Et jeune, pensa-t-il.

Sa liste comprenait des filles de 28, 27 et 25 ans.

« Il y en a plusieurs de blondes, répondit Brotter. Mais je ne les connais pas toutes par leur nom. Et puis il ne s'agit pas de mes patientes. »

Quel crétin ! se dit Trojan.

« Est-ce que Jana vous a parlé ces derniers temps d'une patiente particulièrement nerveuse ? »

Brotter plissa le front.

« Pour autant qu'il m'en souvienne, non. Nous sommes très discrets en ce qui concerne nos patients. » Et d'un air suffisant, il ajouta : « Imaginez-la un peu m'évoquer ce policier qui la consulte régulièrement. »

Trojan lui lança un regard noir.

Puis il composa sur son téléphone portable le numéro de la patiente de 25 ans. Les sonneries s'enchaînèrent longuement.

Allez, viens, pensa-t-il, décroche.

Enfin une voix endormie se fit entendre.

« Allô ?

— Êtes-vous Paola Zietlinski ?

— Oui.

— Vous allez bien, madame Zietlinski ?

— Pardon ?

— Est-ce que vous allez bien ?

— Qui êtes-vous ?

— Trojan, police criminelle. Je voulais juste

m'assurer que tout allait bien pour vous. Avez-vous… ? »

Elle raccrocha.

Bon, se dit-il, ce n'était pas elle.

Il entra le numéro de la patiente de 27 ans.

« Le nom de Franka Wiese vous dit-il quelque chose ? » demanda-t-il à Brotter.

Le psychologue marqua un temps avant de répondre : « Il est possible que Jana ait cité une fois ce nom devant moi.

— Elle est blonde ? »

À ce moment-là un signal sonore retentit, et une voix préenregistrée déclara : « Le numéro que vous avez demandé est momentanément inaccessible. »

Trojan interrompit la communication, rempocha son portable, ferma l'ordinateur et le coinça sous son bras.

« Est-ce qu'elle est blonde ? » demanda-t-il.

Brotter le regarda, imperturbable.

Avec un soupir, Trojan passa devant lui. Il franchissait le seuil du cabinet lorsque l'homme lui lança : « Je pense que oui. Une patiente blonde. »

Mais Trojan dévalait déjà l'escalier.

En route pour la Mainzer Strasse, il appela Landsberg.

Sa montre affichait 1 h 17 du matin.

25

La première chose qu'il remarqua après l'enfoncement de la porte fut la série d'oiseaux morts sur le parquet puis la faible lueur au fond du couloir. Il s'en approcha furtivement, l'arme au poing. Au seuil de la pièce d'où provenait la lumière, il se tapit contre le chambranle de la porte puis bondit à l'intérieur, le revolver braqué.

Sur le lit imbibé de sang gisait une femme nue, le crâne chauve, les orbites noires de sang séché, le corps criblé de marques et lardé de coups de couteau.

« Jana », s'exclama-t-il, épouvanté.

Il se rapprocha pour constater que la dépouille n'était pas la sienne.

Il répéta son prénom et se précipita dans les autres pièces.

Où se trouvait-elle ?

Qu'est-ce que ce fou lui avait fait subir ?

Il entendit un bruit dans son dos et fit volte-face en pointant son pistolet.

« Du calme, du calme », dit une voix.

Trojan anhélait.

« C'est moi, Nils.

— Hilmar ?

— Je viens d'entrer. »

Il reprit haleine.

« Qu'est-ce qui s'est passé ? »

Trojan rempocha son arme et, sans rien dire, précéda Landsberg dans la chambre.

« Qui est-ce ?

— Franka Wiese. Une de mes connaissances m'a dit qu'elle se rendait chez elle. Et cette même personne m'a laissé un message sur mon portable, probablement depuis cet appartement, un simple cri : "Un oiseau !" Puis la communication a été coupée.

— À quelle heure l'appel a été émis ?

— Vers huit heures et demie. 20 h 27 pour être exact. Merde, j'ai rallumé mon portable trop tard. Sinon j'aurais peut-être pu les sauver. Toutes les deux. À présent l'une d'elles est… Et l'autre est… »

Dans la chambre qu'il balaya du regard, il remarqua une chaise renversée devant les rideaux tirés et, sur le sol, des giclées de sang.

« Pas si vite, Nils, tu penses qu'il y avait deux femmes sur les lieux ?

— Oui. L'une d'elles a disparu avec le coupable.

— Qui est-ce ?

— Elle s'appelle Jana, Jana Michels. La morte ici était l'une de ses patientes.

— L'une de ses patientes ?

— Jana est psychologue. Je l'ai eue au téléphone hier soir vers 19 h 15. Elle disait qu'elle se rendait chez une patiente qui l'avait appelée, un cas d'urgence, semble-t-il. »

Vêtus de combinaisons blanches, le docteur Semmler et les techniciens de scène de crime entrèrent, talonnés par Gerber et Krach, blêmes.

« Là, regarde ça », dit Trojan en s'accroupissant devant le lit.

Landsberg s'approcha de lui.

Dans une mare de sang, les débris d'un portable s'étalaient en un cercle, au milieu duquel gisait un bouvreuil déplumé.

« Ce sont les restes du téléphone avec lequel elle m'a appelé. »

Landsberg soupira.

Je dois absolument la retrouver, se dit Trojan.

Les techniciens de scène de crime installaient leurs projecteurs, qui répandaient une lumière crue. Trojan se sentit soudain pris de vertige et retourna dans le couloir où des traces de sang menaient à la cage d'escalier.

Toujours plus de collègues de l'équipe arrivaient sur les lieux.

« Frayez-vous un passage, grommela Trojan, soyez vigilants, ne marchez pas n'importe où. »

Il sonna chez le voisin de palier qui mit du temps à ouvrir.

« Police criminelle, j'ai quelques questions à vous poser. Je peux entrer ? demanda-t-il à un jeune homme aux joues rougies par le sommeil.

— Qu'est-ce qui se passe ?

— Faites-moi entrer », dit Trojan en tendant sa plaque avec impatience.

Le jeune homme s'écarta pour le laisser passer.

« Est-ce que quelque chose vous a frappé dans l'immeuble hier soir vers 19 h 30 ?

— Non.

— Vous avez entendu des cris provenant de l'appartement d'en face ? »

Il secoua la tête.

« Réfléchissez bien.

— Ça alors, mais qu'est-ce qui s'est passé ?

— Il s'agit d'une affaire de meurtre. Est-ce que Mme Wiese a reçu hier soir de la visite ?

— Elle est… ?

— Oui, elle a été assassinée. »

Le jeune homme le dévisagea.

« Donc, elle a reçu de la visite ?

— Je ne sais pas. Je ne m'intéresse pas particulièrement à mes voisins.

— D'accord, tenez-vous prêt à être réinterrogé », répliqua Trojan avec un regard appuyé.

Il monta au deuxième étage et sonna aux deux portes du palier.

Une femme à l'air endormi ouvrit celle de gauche.

Après qu'il lui eut expliqué la situation, elle le pria de patienter le temps de s'habiller.

Puis elle le fit entrer.

« Hier soir, oui, dit-elle, il a dû se passer quelque chose. En revenant chez moi, vers 22 heures, j'ai croisé à la porte de l'immeuble un couple qui sortait, lui la tenait dans ses bras. Et elle avait l'air mal en point, si je puis dire.

— Comment ça, mal en point ?

— Pâle. Oui, et elle avait plusieurs marques au visage et saignait de la lèvre. »

Trojan s'efforça de garder son sang-froid.

« Je pensais, qui sait ? à une violente dispute suivie d'une demi-réconciliation. Je ne les connaissais ni l'un ni l'autre, je ne les avais jamais vus.

— De quoi l'homme avait l'air ? Pouvez-vous le décrire ?

— Pourquoi me poser toutes ces questions ? Qu'est-ce qui s'est passé ?

— Il y a eu un meurtre.

— Un meurtre ? »

Trojan acquiesça.

« Ici, dans l'immeuble ? »

Derechef, il confirma d'un signe.

« Qui… ?

— Franka Wiese, à l'étage du dessous », murmura-t-il.

Elle porta les mains à son visage.

« S'il vous plaît, madame… Rappelez-moi votre nom ?

— Sauer.

— Madame Sauer, c'est d'une importance capitale. De quoi avait l'air l'homme croisé à la porte ? »

Les bras devenus ballants, le teint soudain cendreux, elle dit : « Je n'ai pas pu distinguer grand-chose de lui. Il portait une capuche et gardait la tête penchée. Il tenait un sac en cuir, je crois. J'ai davantage prêté attention à la femme qui, d'une certaine façon, me faisait de la peine.

— L'homme faisait quelle taille ?

— Je ne sais pas. Dans les un mètre quatre-vingts.

— Vous pouvez décrire la femme ?

— Une blonde. Avec de beaux cheveux longs. Plutôt jolie. Mais comme je vous l'ai dit, ces marques au visage… Elle était appuyée contre lui, et j'ai pensé lui demander si elle allait bien, mais l'on ne se mêle pas non plus facilement des affaires des autres. Et puis ils avaient déjà passé leur chemin.

— Dans quelle direction ils sont partis ?

— Ça, je ne peux pas vous dire.

— Réfléchissez. Vous vous tenez face à la porte de l'immeuble, le couple passe devant vous. Il se dirige dans votre dos à droite ou à gauche ?

— À gauche, dans la direction de la Karl-Marx-Strasse.

— Vous êtes sûre ?

— Quasiment.

— Et après ?

— Je ne sais pas, je n'y ai plus pensé.

— Madame Sauer, nous allons immédiatement vous envoyer l'un de nos experts pour établir, d'après vos déclarations, un portrait-robot de cet homme.

— Mais je l'ai à peine vu.

— Ça nous aidera beaucoup, madame Sauer, croyez-moi. »

Elle accepta de mauvaise grâce.

Trojan la salua, téléphona au commissariat et demanda un dessinateur. Puis il pria Dennis Holbrecht et Max Kolpert de poursuivre les interrogatoires dans l'immeuble.

Quand il revint dans l'appartement de Franka Wiese, Landsberg le prit à part.

« On a une empreinte de bottes.

— Alors ?

— D'un profil type assez particulier. On est en train de la comparer avec notre base de données.

— D'accord.

— Cette fois-ci, le gars a commis une erreur. »

Trojan le regarda sans mot dire. Il pensait à Jana.

Semblant lire dans ses pensées, Landsberg l'interrogea : « Nils, qui est cette femme qui t'a téléphoné ? J'ai besoin de détails.

— Très bien. »

Et les phrases jaillirent de lui, comme s'il rendait compte d'une nouvelle mort dans un procès-verbal : « Jana Michels, 36 ans, psychologue, domiciliée au numéro 41 de l'Akazienstrasse à Schöneberg. Je suis déjà passé dans son appartement et à son cabinet situé au 34 Crellestrasse. J'ai récupéré son ordinateur pour obtenir l'adresse de sa patiente. Il se trouve en bas dans ma voiture, nos spécialistes devront l'analyser.

— D'accord. Dis-moi, cette Jana Michels… »

Landsberg s'interrompit.

« Je sais ce que tu vas dire, oui, elle a les cheveux blonds, épais, et notre coupable…, ajouta Trojan tout bas, en serrant les poings. Elle correspond à son genre de cible. »

Landsberg approuva gravement.

« Peut-être qu'il a enfin été vu, vraiment. Une femme au deuxième étage fournit une vague description d'un type qui, hier soir vers 22 heures, est sorti de l'immeuble en soutenant une femme. Elle paraissait copieusement amochée. Il l'a probablement droguée.

— Enfin une piste.

— Le profileur est en route. Le couple a pris la direction de la Karl-Marx-Strasse. Lui portait un sac de cuir, voilà tout ce que je sais.

— Pas de voiture ? De numéro d'immatriculation ? »

Trojan secoua la tête.

« Il la drogue vraisemblablement et la conduit hors de l'immeuble, marmonna Landsberg. Mais pourquoi il déroge à ses habitudes ? Il la déplace. Pour quelle raison ? »

Il n'en avait pas fini avec elle, pensa Trojan.

Il n'osa pas s'imaginer ce dont il s'agissait.

« Elle semble être quelqu'un de spécial pour lui.

— Est-ce qu'elle t'est très proche ? » demanda Landsberg.

Trojan hésita avant de le confirmer d'un hochement de tête.

« Ce n'est pas un hasard si elle a reçu l'appel de cette patiente, ajouta Landsberg.

— Oui, c'est également mon opinion. Il l'a certainement attirée ici.

— Il l'a forcée à assister au supplice infligé à Franka Wiese. »

Une ombre de dégoût passa sur le visage de Trojan.

« Puis il l'a emmenée. »

Il luttait contre le malaise.

« Donne-moi une demi-heure, Hilmar, il faut que je me concentre pour découvrir un point d'accroche quelconque. Je dois la retrouver.

— On va la retrouver, Nils. »

Ils échangèrent un regard.

« Bien, va prendre l'air un moment. »

Les pensées se bousculaient dans l'esprit de Trojan.

Ils avaient gaspillé beaucoup de temps.

Beaucoup trop de temps.

Il songea d'abord à s'asseoir dans sa voiture pour réfléchir au calme mais poursuivit finalement son chemin.

Il tourna au coin de la rue, traversa la Hermannstrasse et déboucha dans le parc de Hasenheide. L'aube pointait, et les premiers oiseaux pépiaient.

Un oiseau !

Il se remémora son appel paniqué.

« Jana, je te retrouverai. Où que tu sois, je te sortirai de là », murmura-t-il.

Il s'écarta du sentier, se laissa choir dans l'herbe, s'étira de tous ses membres et se perdit dans la contemplation du ciel. Devant la lune blafarde passaient des nuages. Trojan tenta de rentrer en lui. Malgré son inquiétude pour Jana, il devait se détendre pour favoriser l'afflux de ses pensées.

Deux éléments, il me faut associer deux éléments, se dit-il. Quelqu'un a fait incidemment devant moi une remarque essentielle.

Et il y avait encore autre chose. Peut-être la clé résidait-elle là.

Il ferma les yeux, les images défilèrent. Le voilà tendant la main à Lene, prostrée dans le lit couvert de sang, puis dans la cage d'escalier de la Pflügerstrasse, où l'oiseau affolé se cognait sans cesse à la vitre.

Il vit ensuite Jana assise face à lui dans son cabinet, lui disant d'une voix douce : « Tu as le droit d'avoir peur. Accepte-le. » Jamais encore elle ne l'avait tutoyé.

Il plongeait toujours plus profondément en lui et de nouveau en pensée s'assit près de Lene sur le lit. Il lui promettait de la mettre en lieu sûr, et elle lui répondait quelque chose.

Il ouvrit les yeux.

Que lui avait-elle dit ? Et quel était l'autre... ?

Deux éléments, songea-t-il. La clé.

Il bondit sur ses pieds et partit au pas de course.

26

Elle perçut sur son visage un souffle d'air et à son oreille une vibration cadencée qui s'éloigna pour bientôt revenir.

Elle ne réussit ni à remuer la tête ni à ouvrir les paupières, trop lourdes. Elle se sentait des membres de plomb.

Une matière molle passait au-dessus d'elle en lui effleurant les joues sans qu'elle pût s'y opposer.

Réveille-toi, se dit-elle.

Elle finit par entrouvrir les yeux, qu'elle referma aussitôt, éblouie par des rais de lumière.

Puis à son oreille revint le tambourinement, si proche, si sonore.

Elle se mit à gémir. Un instant, entendre sa propre voix la calma.

Puis, à la réapparition de la peur, elle rouvrit les yeux, cette fois-ci plus lentement, plus prudemment.

Juste au-dessus de sa tête, une plume se détacha du tourbillon pour tomber sur elle.

Elle suffoqua.

Puis elle vit l'oiseau, voletant à travers la pièce, heurtant un mur puis l'autre.

Elle tenta de se redresser, mais, entravée, n'y parvint pas. Elle perçut un cliquetis de métal.

Soudain le silence se fit.

Identifier l'endroit où elle se trouvait lui demandait tant de concentration.

Lorsqu'elle ouvrait trop rapidement les yeux, tout se brouillait face à elle, et le vertige la prenait.

Mais puisque fermer les yeux lui donnait l'impression de tomber à la renverse, elle les rouvrit.

Elle reconnut un rideau. Un rayon de soleil filtrait à travers une fente minuscule, près de laquelle elle discerna un mouvement.

L'oiseau, accroché au tissu, déploya ses ailes. Comme il se tenait à la lumière, elle reconnut le plumage rouge et la tête noire.

Mais il retraversait déjà la pièce. Jana voulut se protéger le visage de ses bras, mais la douleur suspendit son geste.

Elle se souvint subitement de Franka et de tout ce sang.

Elle eut envie de crier, mais aucun son ne sortit de sa bouche.

Elle remua les pieds, le métal tinta à ses chevilles.

Il me faut sortir d'ici, se dit-elle.

L'oiseau passa au-dessus d'elle.

Elle ferma les yeux.

Puis elle perdit connaissance.

En courant, il sortit son portable de sa poche et téléphona au commissariat. Il lui fallut du temps avant de pouvoir joindre Stefanie Dachs. Quelle chance, pensa-t-il, qu'elle soit non pas sur les lieux du crime mais de permanence au bureau !

« Stefanie, j'ai besoin de toute urgence de plusieurs informations.

— D'accord. »

Il remontait la Hermannstrasse en haletant.

« Ouvre le registre de déclarations de résidence, et vérifie les données concernant Melanie Halldörfer. »

Il entendait Stefanie pianoter sur son ordinateur.

« Qu'est-ce que tu veux savoir ?

— À quand remonte l'enregistrement de Halldörfer à la Fuldastrasse ? »

De nouveau il perçut le cliquetis du clavier.

« Tu trouves ?

— Une seconde. Voilà. Elle s'est signalée le 1er octobre 2009. »

Dans le mille, se dit-il.

« Maintenant, Michaela Reiter, sur la Pflügerstrasse.

— L'inscription date du 15 février 2010 », répondit Stefanie après un temps.

Trojan ressentit un fourmillement ; encore un joli coup.

Arrivé à sa voiture, il y sauta et démarra.

Nous y voilà, pensa-t-il.

« De quoi tu as encore besoin ?

— Tu t'en doutes, pas vrai ?

— De la mention de Coralie Schendel ?

— Bien vu.

— Attends. »

Elle chercha dans le registre, et sa réponse vint

enfin : « Elle habitait depuis le 1er mars 2010 à la Wrangelstrasse. Ça ne peut pas être un hasard. Elles ont toutes les trois déménagé il y a peu.

— J'espère que ça n'est pas une coïncidence », dit-il en tournant dans la Karl-Marx-Strasse.

On se raccroche à n'importe quelle branche, pensa-t-il. Il chassa la vision du visage de Jana, ravagé de douleur.

« Et Franka Wiese ? Depuis quand elle habitait la Mainzer Strasse ?

— Un instant. »

Au bout d'un moment, Stefanie lança : « C'est étrange.

— Comment ça ?

— Elle vivait là depuis déjà trois ans. »

Merde, se dit-il. Ça ne colle pas.

« Peu importe, on a là trois correspondances, ça pourrait suffire.

— Qu'est-ce que je peux faire à présent ?

— Téléphone au petit ami de Coralie Schendel. Vite. Demande-lui s'il sait comment elle a déniché son appartement, auprès d'une agence immobilière ou d'un propriétaire d'immeubles.

— Je vais le faire, reste en ligne. »

Trojan grilla le feu rouge du croisement de la Hermannplatz.

C'est trop long, songea-t-il, il ne nous reste plus beaucoup de temps. À moins que ça ne soit trop tard depuis belle lurette.

« Je n'arrive pas à le joindre, lui dit enfin Stefanie.

— Essaie encore. »

Il roulait à tombeau ouvert sur le Kottbusser Damm.

« Qu'est-ce qui se passe, pourquoi ça ne marche pas ?

— Il ne décroche pas. J'ai essayé de le contacter sur son numéro à Londres, mais là non plus pas de réponse.

— Merde, soupira-t-il. Donne-moi son adresse ici à Berlin.

— Achim Kleiber, au 180 de la Köpenicker Strasse », lui répondit-elle dans un cliquètement de touches.

Trojan bifurqua avec un crissement de pneus dans la Skalitzer Strasse. « D'accord, tiens-toi prête pour d'autres recherches. »

Environ cinq minutes après la fin de leur communication, il s'arrêta devant l'immeuble indiqué. Il carillonna frénétiquement chez Kleiber.

Au bout d'un instant, la porte s'ouvrit.

Il monta l'escalier quatre à quatre.

Achim, blême, se tenait sur le seuil de chez lui.

« Désolé de vous avoir réveillé. »

Il fallut un moment à Kleiber pour le reconnaître.

« De toute façon, je ne dors plus depuis… depuis qu'elle… »

Sa voix se brisa.

« Monsieur Kleiber, c'est très important, s'il vous plaît, réfléchissez bien. Comment Coralie est arrivée dans son logement de la Wrangelstrasse ? »

Kleiber le pria d'entrer.

Trojan le précéda dans l'appartement en s'efforçant de respirer calmement. Il aurait aimé obtenir une réponse immédiate, mais Achim, vraisemblablement sous anxiolytiques, semblait abasourdi.

« Je ne sais pas, finit-il par dire.

— Je vous en prie, concentrez-vous. C'est crucial. »

Trojan se rappela la question de Lene : « Je vais devoir encore déménager ? » et les propos de Michaela Reiter : « J'habite ici depuis peu de temps. »

Il se pouvait que ce vague indice débouchât sur une bonne piste.

Trojan lança un regard implorant au jeune homme.

« S'il vous plaît, une autre vie humaine est en jeu. Il faut que vous vous en souveniez. Est-ce que Coralie a trouvé son appartement grâce à une annonce dans le journal, une connaissance ou bien sur Internet ? Elle avait emménagé là peu de temps auparavant.

— Sur Internet, oui. Je me le rappelle maintenant.

— Est-ce qu'elle a dû verser une commission ?

— Elle l'a évoquée une fois, oui, répondit-il en frottant sa barbe hirsute. Ça ne lui avait pas plu du tout, elle avait râlé contre cette sale magouille et… »

Il s'interrompit, les yeux emplis de larmes.

« Je sais combien c'est douloureux pour vous, mais, je vous en supplie, réfléchissez encore. Vous vous souvenez du nom de l'agence immobilière ?

— Non. Je crois qu'il s'agit d'une enseigne spécialisée dans le coin. »

Trojan composa le numéro de Stefanie au commissariat.

« Recense-moi les agences immobilières de Kreuzberg et Neukölln.

— J'ai sous les yeux une liste de toutes celles de Berlin. »

Très bien, pensa-t-il, elle réagit vite.

« Pourraient entrer en ligne de compte Habermann, Krüger, Redzkow ou Jung. »

Trojan répéta à voix haute les noms à l'intention de Kleiber.

« Redzkow.

— Sûr ?

— Oui. Ça me revient à présent : elle s'était plainte de l'agence Redzkow, qui avait encaissé une commission exorbitante.

— Merci, lança Trojan, déjà à la porte. Stefanie, dit-il en chemin, s'il te plaît, trouve-moi le foyer d'accueil de Lene.

— Compte sur moi, je te rappelle tout de suite. »

Trojan, une fois dans la rue, remonta en voiture et prit la direction de Görlitzer Park.

Son cœur battait la chamade. La pensée de Jana resurgit. Il calcula depuis combien d'heures l'assassin la retenait. Il n'osa pas se figurer ce qu'elle traversait désormais.

Son portable sonna, il décrocha.

« L'éducatrice qui assure le service de nuit est sur la défensive, dit Stefanie. Je te mets en relation avec elle ?

— Oui. »

Un moment s'écoula avant que ne se manifestât une voix féminine courroucée.

« Écoutez, j'ai déjà expliqué à votre collègue que Lene dormait, et elle est encore trop ébranlée pour que je lui impose ce stress supplémentaire.

— Réveillez-la, s'il vous plaît, dit Trojan. C'est une question de vie ou de mort.

— Lene est extrêmement marquée, et je dois la ménager.

— Passez-la-moi immédiatement !

— Avec ce ton, sûrement pas. »

Trojan frappa le volant de la paume.

Il s'efforça alors de parler calmement.

« Écoutez, si celui que vous aimez était en ce moment même entre les mains d'un tueur et que vous saviez qu'une seule personne pouvait le sauver, même s'il s'agissait d'une enfant, qu'elle avait perdu sa mère, traversé et vu le pire, et qu'elle demeurait traumatisée…

— Bon, d'accord, attendez, je vais voir ce que je peux faire. »

Il prit une profonde inspiration, s'engagea dans la Glogauer Strasse, franchit le canal et remonta la Pannierstrasse. Enfin se fit entendre la voix ensommeillée de Lene.

« Allô ?

— Lene, ici Nils Trojan. J'espère que tu te souviens de moi. »

Il perçut simplement son souffle à l'autre bout de la ligne.

« Je t'ai trouvée dans ton appartement.

— Tu es celui avec la veste en cuir, hein ?

— Oui. Lene, c'est très important, s'il te plaît, concentre-toi. Avant de déménager à la Fuldastrasse, vous avez certainement dû chercher quelque temps un nouvel appartement.

— Oui.

— Tu sais comment ta… comment ta mère a trouvé l'appartement ?

— Je ne m'en souviens plus.

— Réfléchis encore, je t'en prie. »

Il l'entendait respirer dans le combiné.

« Est-ce que vous avez vu plusieurs logements ?

— Oui.

— Lors de la visite de celui de la Fuldastrasse, quelqu'un vous a guidées de pièce en pièce ?

— Oui.

— Qui c'était ?

— Un homme. »

Il eut une sensation de fourmillement dans les mains.

« De quoi il avait l'air, tu peux le décrire ?

— Je ne sais plus. Il portait un costume. Il était très gentil avec nous. Je me souviens que maman… » Elle s'interrompit. « … que maman était très contente quand il nous a dit que l'appartement serait à nous.

— Personne ne l'accompagnait ? Pas d'autres candidats à la location ?

— Non, on était seules avec lui.

— Et tu ne peux vraiment pas le décrire ? Il était grand, petit, gros, mince ?

— J'ai oublié tout ça, répondit-elle en se mettant à pleurer.

— Bon, d'accord, Lene. Merci pour ton aide. »

Il aurait encore voulu l'interroger sur les conditions de vie au foyer pour savoir si, tant bien que mal, elle s'y acclimatait.

Il souhaitait lui dire davantage, mais le temps pressait.

Il était 5 heures du matin. Les moineaux pépiaient dans les buissons de la rue déserte.

Au numéro 76, il appuya sur toutes les sonnettes, mais personne n'ouvrit. Il prit son élan et se rua contre la porte, dont les charnières craquèrent. Il chargea de nouveau ; il ignorait combien de portes il avait enfoncées cette nuit-là.

Une femme se pencha à l'une des fenêtres du deuxième étage. Trojan reconnut en elle la vieille voisine confuse de Michaela Reiter. Il l'apostropha pour qu'elle lui ouvrît, mais elle se contenta de refermer la fenêtre. À la suite de quoi, Trojan se précipita une nouvelle fois sur la porte qui céda enfin.

Il monta à toutes jambes.

Les éclaboussures de sang sur le mur persistaient malgré une tentative de nettoyage.

Il hésita brièvement, jeta un œil dans son dos, dégaina son arme, se plaça de côté et visa la serrure.

Il tira.

Une fois, deux fois, trois fois.

La serrure sauta, et il ouvrit la porte d'un coup.

Des voix irritées lui parvinrent de la cage d'escalier, mais il ne s'en soucia pas.

Il courut de pièce en pièce, balayant chacune du regard, et découvrit enfin sur une étagère plusieurs classeurs. Il s'empara de l'un d'entre eux.

Tandis qu'il en feuilletait le contenu, il entendit un voisin dehors appeler la police.

Il retira le classeur suivant qu'il parcourut à la hâte.

Soudain il se figea.

Michaela Reiter avait été une femme d'ordre.

Il arracha une page de la liasse.

Sa main tremblait.

Sur une facture datée de février 2010 figurait en grosses lettres l'en-tête : IMMOBILIER REDZKOW.

Trojan laissa tomber le classeur à terre et, la note en poche, se rua hors de l'appartement.

La vieille démente d'en face glissa la tête dans l'entrebâillement de sa porte.

« Jésus, Marie, Joseph », murmura-t-elle.

Trojan ne lui prêta pas attention.

Il dévala l'escalier, se précipita dans la rue et monta dans sa voiture.

Il démarra en trombe en composant le numéro de Stefanie.

27

Wolfgang Redzkow Junior possédait une propriété qui donnait sur la Spree. Pour rallier Stralau depuis Neukölln, il fallut à Trojan à peine un quart d'heure.

Il descendit de voiture devant la maison de ville moderne, à deux étages, percée de baies vitrées. Sur la rive se déployait une grue à bateau.

Trojan frappa à la porte. Comme personne ne lui ouvrit, il escalada le mur sans plus attendre.

Son portable sonna au moment où il sautait de l'autre côté sur la pelouse.

« Nils, où tu es ? demanda Stefanie.

— Sur place.

— Patiente encore un peu. J'ai tenu Landsberg et Gerber au courant, ils sont en chemin.

— Je ne peux pas poireauter plus longtemps, répondit-il en se dirigeant droit sur la maison.

— Veille bien à ne pas faire de gaffe, Nils. »

Il éteignit son portable et repéra des cailloux bordant l'allée du jardin. Il en ramassa un, prit son élan et le jeta contre une vitre du rez-de-chaussée.

L'alarme mugit immédiatement.

Trojan ôta sa veste, épousseta les débris de verre, s'appuya sur le rebord de la fenêtre et bondit à l'intérieur de la maison.

Il se retrouva dans la cuisine, dégaina son arme et se glissa en catimini dans le couloir.

En tournant au coin, il sentit un léger souffle. Sa volte-face fut interrompue par le canon d'un revolver sur sa tempe.

« Les veilleurs de nuit sont vraiment mollassons, murmura une voix.

— Brigade criminelle, siffla Trojan en tentant de reconnaître le visage dans la pénombre, lâchez votre arme.

— Brigade criminelle ? La bonne blague, répliqua l'autre dans un rire avant d'accroître la pression du pistolet sur la tempe de Trojan.

— Lâchez votre arme », répéta-t-il.

Comme l'autre n'obtempérait pas, il s'élança en avant et lui arracha le revolver des mains.

Un coup de feu partit. La balle se logea dans le mur.

Les oreilles de Trojan bourdonnaient.

À ce moment-là, la lumière s'alluma.

Une femme en chemise de nuit, effrayée, se tenait dans le corridor.

L'alarme retentissait sans répit.

« Wolfgang, qu'est-ce qui se passe ?

— Aucune idée, ce monsieur ici…

— Je n'ai pas de temps pour un brin de causette, dit Trojan en tendant sa plaque à l'homme en caleçon qui y jeta un bref coup d'œil. Vous êtes Wolfgang Redzkow ?

— Oui.

— Où vous étiez hier soir ? »

Trojan pointait sur lui son Sig-Sauer.

« Répondez ! Où vous étiez hier soir ?

— Nous sommes revenus de Majorque où nous avons une résidence secondaire.

— Combien de temps vous êtes restés là-bas ? »

Redzkow se gratta la tête puis se tourna vers sa femme.

« Nous sommes partis quand ?

— Le 5 mai », répondit-elle après un temps de réflexion.

Trojan baissa son arme en soupirant.

Son regard passa de Redzkow au point d'impact de la balle dans le mur puis au pistolet sur le sol.

« Je suis membre d'une société de tir amateur, dit Redzkow.

— Je m'en fiche, rétorqua sèchement Trojan. J'ai besoin de renseignements sur l'un de vos collaborateurs chargés de la location d'appartements. Au plus vite.

— C'est pour cette raison que vous cambriolez ma maison ?

— Tout à fait, c'est pour cette raison que je vous cambriole. Vous disposez ici de données sur vos employés ?

— Non, il faudrait que je me rende à mon bureau. L'un d'entre eux a fait des siennes ?

— Ne posez pas de question pour l'instant. »

Trojan le considéra. Son ventre nu bombait au-dessus de l'élastique de son caleçon, son peignoir tombé en tas à terre dissimulait ses pieds.

« Habillez-vous, et suivez-moi. Vite. »

Devant la propriété était garée une voiture d'une entreprise de surveillance.

L'alarme sonnait sans relâche.

L'homme au caleçon ne cachait pas son mécontentement.

Le siège social d'Immobilier Redzkow se trouvait dans une tour de la Rudi-Dutschke-Strasse. Le courtier en chef ouvrit une série de portes avec son badge. Trojan et lui montèrent au sixième étage par un ascenseur de verre avant d'atteindre enfin son bureau.

La pendule indiquait 6 h 23.

Redzkow prit place et alluma son ordinateur.

« Expliquez-moi à présent de quoi il peut bien s'agir.

— On enquête sur une série de meurtres.

— De meurtres ?

— Dépêchez-vous. »

Redzkow se rembrunit.

« S'il vous plaît, ajouta Trojan.

— Vous n'allez tout de même pas accuser l'un de mes collaborateurs de crime ?

— C'est moi qui pose les questions, vu ?

— On fracasse ma fenêtre un dimanche aux aurores. Qu'est-ce que c'est que ces manières ?

— Il ne tenait qu'à vous d'ouvrir la porte.

— J'ai le sommeil lourd. Et ma femme aussi.

— Allez.

— Vous avez déjà entendu parler de recours hiérarchique ?

— Ne vous gênez pas. Vous disposez également de mon numéro de service. Mais du nerf à présent, d'accord ? »

Redzkow se pencha sur son clavier.

« Comment se passe chez vous la répartition des clés des propriétés ? demanda Trojan.

— Qu'est-ce que vous entendez par là ?

— Vous détenez toutes les clés lorsque vous louez un appartement, pas vrai ? La clé de l'immeuble, celle du logement, celle de la cave, toutes.

— Elles sont évidemment remises à la signature du bail.

— Bien entendu. Mais en fabriquer des doubles demeure un jeu d'enfant.

— Je peux vous garantir que mes collaborateurs utilisent consciencieusement et soigneusement les clés qui leur sont confiées, répliqua Redzkow, indigné.

— Ça va de soi.

— Qu'est-ce que vous voulez savoir ?

— Qui a loué les appartements des 12 Wrangelstrasse, 50 Fuldastrasse, 76 Pflügerstrasse et 13 Mainzer Strasse. Fin 2009, début 2010. »

Redzkow entra les données.

« Depuis longtemps, on ne suit plus aucun logement de la Mainzer Strasse. Le coin est bien trop minable. »

Merde, pensa Trojan. S'agissait-il de nouveau d'une fausse piste ?

Redzkow sortit ses lunettes de leur étui, les chaussa et scruta l'écran.

« Voyons donc, murmura-t-il après un temps, on

a effectivement loué un appartement dans la Wrangelstrasse.

— À quel numéro ?

— Au 12.

— Quand ça ?

— En février 2010.

— Et au 50 Fuldastrasse ? »

Il tapa. « En septembre 2009.

— Au 76 Pflügerstrasse ? »

Il plissa le front, pianota de nouveau puis regarda Trojan. « Cette année en janvier. »

Le cœur de Trojan battait.

Il contourna le bureau et se pencha sur l'ordinateur, qui répertoriait les adresses et les dates mais pas les noms.

« Quel employé a loué ces appartements ? »

Redzkow inséra une instruction.

« Le voilà. »

Un nom apparut à l'écran.

« Oui, c'est bien lui. »

Trojan soupira.

« Matthias Leber.

— Donnez-moi son adresse, vite. »

Redzkow dodelina de la tête.

« Il y a là un problème.

— N'invoquez pas la protection des données et toutes ces salades, riposta Trojan en plissant les yeux. Une vie est en jeu. Donnez-moi l'adresse de Matthias Leber.

— Je l'aurais fait volontiers. Seulement… »

Il se frotta la nuque.

« Je ne sais pas si cela vous servira à grand-chose.

— Comment ça ?

— Il n’est plus parmi nous », dit-il à voix basse.

Trojan resta bouche bée.

« Parmi vos employés ?

— Il est mort. Matthias Leber est décédé au début de l’année. »

28

Trojan le dévisagea.

« Comment il est mort ?

— Eh bien, aucun de nous ne s'y attendait. Nous n'avions rien remarqué de particulier auparavant.

— Dites-le, de quoi il est mort ? »

Redzkow soupira. « Il s'est suicidé. D'une façon assez brutale, si vous voulez savoir. Il s'est jeté d'un pont, et c'en était fini de lui. »

Trojan se mordit la lèvre.

« Quand exactement ?

— En mars. Début mars.

— De quel pont ?

— De l'Elsenbrücke, à Treptow.

— Il s'est donc noyé ?

— Je pense que oui. Mais il a dû se briser la nuque avant. En tout cas, il a été repêché dans la Spree.

— Il était marié ?

— Oui.

— Indiquez-moi l'adresse de sa veuve. »

Trojan gagna à toute allure Südstern et la Körtestrasse. Il sonna chez Cornelia Leber, qui lui ouvrit sur-le-champ. Il pensa tout d'abord qu'elle comptait parmi ces fameux lève-tôt, mais ses cernes renseignaient plutôt sur sa condition d'insomniaque.

Intégralement vêtue de noir, elle portait ses cheveux noués en un chignon strict.

Elle fit entrer Trojan dans un appartement à la propreté méticuleuse. Sur la table était dressée la vaisselle du petit déjeuner pour deux.

« Vous attendez de la visite ? »

Elle lui jeta un regard vide.

« C'est pour Matthias. Je le sers toujours. »

Ses yeux s'emplirent de larmes.

« Qu'est-ce que vous voulez savoir, lieutenant ? C'est de toute façon trop tard. Rien ne pourra me le ramener. »

Il ne devrait jamais être trop tard, jamais, se dit Trojan.

« Madame Leber, est-ce que votre mari vous a laissé une lettre d'adieu ? »

Elle secoua la tête.

« Il vous a parlé de clés quelconques ?

— De clés, non.

— Mais il était agent immobilier.

— Et alors ?

— Madame Leber, c'est un peu délicat : votre mari faisait-il des doubles de clés des appartements qu'il louait ?

— Pourquoi aurait-il fait ça ? »

Trojan lui lança un regard pénétrant. « Pour accéder aux logements après l'emménagement des locataires. »

Elle porta les mains à son visage.

« Cessez immédiatement ! Disparaissez ! Ne dites pas de mal de lui. Matthias était quelqu'un de bien.

— J'enquête sur une série de meurtres. Et trois des victimes, toutes des femmes, vivaient dans des appartements loués par votre mari. »

Mme Leber laissa retomber ses mains.

« Matthias n'a rien à voir avec ça, murmura-t-elle.

— Pourquoi à votre avis s'est-il suicidé ? » demanda-t-il, s'efforçant de se dominer.

Elle s'assit et, d'un air absent, roula une cuillère à café sur la nappe.

« Je ne sais pas, dit-elle d'une voix à peine audible.

— Il était dépressif ? »

Elle essuya ses larmes.

« Pour moi, sa mort reste un mystère.

— Il pourrait s'agir d'un accident ?

— En tout cas, il n'était pas ivre, répondit-elle en haussant les épaules. Aucune trace d'alcool n'a été relevée dans son sang.

— Il se comportait différemment dans les derniers temps ? »

Elle demeura longuement immobile puis, pleurant en silence, acquiesça faiblement.

« Il était inquiet, nerveux. Il dormait mal. Certains jours, il était complètement abattu. Je lui demandais ce qui se passait, mais il ne me répondait pas. »

Trojan jeta un regard circulaire dans la pièce.

« Où se trouve son ordinateur ? »

Cornelia Leber, les sourcils froncés, leva les yeux vers lui.

« Il n'est plus là. »

Trojan sentit sa nuque se contracter.

« Qu'entendez-vous par "plus là" ?

— Il a disparu. Je m'en suis moi-même étonnée, bien entendu. Mais le soir où il…, dit-elle en déglutissant, le soir du drame, il a dû emporter son ordinateur portable.

— Il se trouve peut-être encore à son bureau.

— Je me suis renseignée auprès de l'agence. Toutes ses affaires m'ont été restituées. Venez avec moi. »

Elle précéda Trojan dans un bureau au rangement également maniaque. Seuls un pot à crayons et une lampe agrémentaient la table de travail. La veuve montra un carton à ses pieds.

« Voilà tout ce qui m'a été remis. »

Trojan fouilla la boîte qui comprenait des feuilles volantes et des chemises à élastique mais aucun carnet de rendez-vous.

« Quel jour est-il mort ?

— Le 9 mars », répondit-elle d'une voix éteinte.

Il compulsa les papiers contenus dans les pochettes, pour la plupart des croquis de plans d'appartements avec quelques annotations griffonnées dans la marge.

« Est-ce que votre mari disposait d'un disque dur externe ? »

Elle secoua la tête.

« Un autre moyen d'archivage quelconque ? Des clés USB, des CD-roms ?

— Il enregistrait tout sur son ordinateur, et il l'emportait toujours avec lui lorsqu'il se rendait à son travail. Dans son sac en bandoulière. »

Trojan se sentait dans une impasse.

L'envie de renoncer le traversa face à ce qu'il pressentait comme un nouveau recul de l'enquête. Mais il se raisonna et demanda en s'emparant d'un stylo et d'une feuille : « Donnez-moi l'adresse e-mail de votre mari.

— La personnelle ou la professionnelle ?

— Les deux. »

Elle les lui dicta.

« J'emporte ses documents. Attendez-vous à un autre interrogatoire. On reviendra certainement aujourd'hui fouiller votre appartement.

— Mais pourquoi ? »

Pour toute réponse, Trojan quitta les lieux avec, sous le bras, le carton renfermant les papiers.

De sa voiture, il téléphona à Landsberg.

« Nils, nom de Dieu, où tu étais passé ? »

Il lui fit rapidement part de ses investigations.

« Il faut passer au peigne fin les bureaux d'Immobilier Redzkow. Et éventuellement l'appartement de Cornelia Leber. Je crois qu'elle nous cache des choses.

— Tu as vérifié l'alibi de Redzkow ?

— Je n'en ai pas eu le temps.

— D'accord, on s'en occupe. »

Landsberg promit de se dépêcher.

Puis Trojan appela Stefanie et l'informa de la progression de l'enquête.

« J'ai besoin de déverrouiller les adresses électroniques de Matthias Leber pour consulter ses e-mails entrants et sortants.

— Ça peut prendre un certain temps, car nos informaticiens traînent les pieds.

— Mais dans ce cas, ça presse. Mets tout ça en branle. J'ai immédiatement besoin des données. Certaines de celles précédant sa mort doivent encore figurer dans sa messagerie. »

Il lui communiqua les adresses.

« C'est bon. Je m'en charge. »

Trojan raccrocha.

Il se frotta les tempes. La pendule affichait 7 h 39 en ce dimanche matin. Qu'en était-il de Jana ?

Il se refusa à envisager ce qu'elle endurait à ce moment-là, à se demander si elle vivait encore.

Il s'efforça d'endiguer sa peur.

Furetant dans le carton, il examina les papiers mais ne découvrit rien de probant, simplement un ramassis d'abréviations et de gribouillages.

Où pouvait bien se nicher l'agenda de Leber ? soupira-t-il.

Il s'acheta dans une boulangerie un croissant et un café. Il remonta en voiture, aspira à grand bruit son gobelet et se brûla la langue. Il mordit dans la viennoiserie qu'il mastiqua sans appétit.

Une demi-heure s'était écoulée. Trépignant d'impatience, Trojan appela Landsberg qui ne répondit pas. Il essaya de joindre Gerber.

« Ronnie, vous êtes déjà dans les bureaux de Redzkow ?

— Oui.

— Alors ?

— Nils, c'est le chaos total ici.

— Vous avez vérifié l'alibi de Redzkow ?

— Oui, il est blanchi. D'après lui, cependant, plus aucun dossier de Leber ne se trouve à l'agence.

— Il y a quelque chose qui cloche là-dedans.

— On inspecte tout, et on cuisine les employés, compte là-dessus. »

Ils raccrochèrent.

Trojan tapa du poing sur le volant.

Il réfléchit à ce que dès lors il pouvait faire. Plutôt que de rester les bras croisés dans sa voiture, peut-être vaudrait-il mieux qu'il retournât chez la veuve pour fouiller son appartement.

Il s'apprêtait à descendre du véhicule lorsque son portable sonna.

« Ne me demande pas comment j'ai pu y parvenir si vite, déclara Stefanie, les collègues du service informatique se sont montrés très coopératifs, je connais bien l'un d'eux. Bref, j'ai désormais accès aux e-mails de Leber.

— Alors ? demanda Trojan d'une voix tremblante. Tu as repéré quelque chose d'intéressant ?

— Des messages professionnels en pagaille, mais j'ai découvert qu'il s'envoyait des mails à une autre adresse, apparemment à son nom.

— Quelle sorte de mails ?

— À ce qu'il me semble, il s'agit de sauvegardes.

— Des sauvegardes de quoi ?

— De notes personnelles, sauf erreur de ma part.

— Stefanie, tu peux me transférer ces mails sur mon portable ?

— Entendu, dit-elle, donne-moi deux minutes. Reste en ligne. »

Trojan, en sueur, compta mentalement les secondes pour se calmer.

Sur l'écran de son portable s'affichèrent enfin les messages, envoyés de matthias.leber@web.de à tiroir_a_angoisses@web.de.

« Tiroir à angoisses », murmura-t-il.

Il se mit alors à lire. Le contenu de la plupart des messages consistait en de courtes phrases.

5 avril 2009
Il ne faut pas que Cornelia sache.

28 avril 2009
J'ai peur.

17 mai 2009
Le besoin devient parfois impérieux, mais je finis par me ressaisir.

3 juin 2009
Je voudrais me confier, simplement me confier. Mais pas à Cornelia, ça me paraît évident.

29 juin 2009
J'ai noté une amélioration aujourd'hui. Je me trouvais chez LUI. IL dégage une aura qui m'apaise. La première demi-heure m'a apporté. Puis effondrement et pleurs.

6 août 2009

Je LUI ai raconté mon rendez-vous avec la prostituée. Soudain tout s'éclaire d'un jour nouveau et s'impose comme une évidence. Étonnement.

La note suivante datait de six mois plus tard.

8 février 2010

Cornelia voulait coucher avec moi ce soir. J'ai prétexté une surcharge de travail et mon acouphène. Encore et toujours mon acouphène. Cornelia se montre tellement compréhensive. Je me suis senti si honteux, mon Dieu, comme j'ai eu honte.

19 février 2010

IL dit que c'est absolument normal, que je dois satisfaire mes besoins.

23 février 2010

Cette nuit, j'ai rêvé de LUI. Il me caressait les joues. Il émanait de lui tant de douceur envers moi. Réveil en sursaut, saisi d'effroi.

24 février 2010

Je suis bouleversé. Ai parlé avec docteur B. Ai pleuré à chaudes larmes.

25 février 2010

Docteur B. représente ma planche de salut. Depuis des nuits, je ne dors pas. À l'instar de Cornelia.

1er mars 2010

IL m'a fait une proposition. Je n'ai plus les idées claires. Faire confiance, il faut faire confiance.

4 mars 2010

Je trouve un havre auprès de LUI. Mais je sens aussi combien son emprise sur moi se renforce. IL dit que tout ça est absolument normal.

5 mars 2010

Qu'est-ce qui est normal ?

6 mars 2010

Docteur B. dit que je serai libéré. Docteur B. dit que je dois simplement avoir encore une fois les clés en main.

6 mars 2010

Les jeter du pont ! De nouveau, pleurs à chaudes larmes.

Trojan porta son téléphone à son oreille.

« Il s'agit du dernier mail ? demanda-t-il à Stefanie. "Les jeter du pont" ?

— Oui.

— De quoi il parle ?

— Des clés, je suppose.

— Trois jours avant sa mort, murmura-t-il. Merci, Stefanie, je te rappelle tout de suite. »

Il raccrocha, sauta de voiture, traversa la rue au pas de course et sonna chez Cornelia Leber.

Elle l'attendait au troisième étage, sur le seuil de son appartement.

« Madame Leber, lança-t-il sans ambages, est-ce que le nom de docteur B. vous dit quelque chose ?

— Docteur B. ? Je devrais le connaître ?

— Est-ce que votre mari consultait régulièrement un médecin ou un autre praticien ?

— Non.

— Réfléchissez bien, je vous en prie. »

Un long moment s'écoula. Trojan contracta les épaules. Reste calme, se dit-il, tout doux, laisse-lui le temps.

Elle finit par dire, hésitante : « Je ne sais pas si ça compte, mais depuis presque un an, il se rendait une fois par semaine chez un coach en réussite.

— Un coach en réussite ?

— Oui, c'est ainsi qu'il l'appelait en tout cas. Le rendez-vous avait toujours lieu le jeudi après-midi. Chaque fois, il en sortait crevé. Je crois qu'il y était mis sous pression.

— Un instant, s'il vous plaît. »

Il composa le numéro de Gerber.

« Ronnie, vous êtes encore dans les bureaux ?

— Oui.

— Redzkow est dans les parages ?

— Il est ici.

— Demande-lui si ces derniers temps il a envoyé ses employés chez un coach professionnel.

— D'accord. Attends.

— Vous ne me croyez pas ? » glissa Mme Leber.

Trojan la rassura d'un geste.

« Redzkow ne sait rien de ce coaching, dit Gerber au téléphone.

— Entendu, merci. »

Trojan raccrocha.

« Je peux rentrer ? »

Mme Leber le précéda dans le salon.

« Madame Leber, s'il vous plaît, songez-y bien. À quel endroit votre mari se rendait le jeudi ? »

Ses yeux étaient rougis. Elle porta les mains à son front.

« Un jeudi après-midi, je l'ai croisé par hasard, dit-elle à voix basse.

— Où ça ?

— Aux environs de la station de métro Kleistpark.

— À Schöneberg ?

— Oui. Son comportement avec moi était si étrange, vraiment revêche et froid.

— Docteur B., murmura Trojan en la regardant. À Schöneberg. »

Son sang ne fit qu'un tour.

Il resta quelques secondes en proie à la sidération puis sortit précipitamment de l'appartement.

29

En ouvrant les yeux, Jana tressauta par crainte des battements d'ailes éperdus autour d'elle.

Mais il n'en était rien.

Aucun oiseau.

Juste le silence.

Et le bourdonnement de ses oreilles.

Un violent vertige s'empara d'elle. La pièce tournait sur elle-même, de plus en plus vite.

Jana ferma les yeux. Lorsqu'elle les rouvrit, l'étourdissement s'était atténué.

Elle regarda prudemment alentour.

Quelqu'un se tenait assis à ses côtés, près du lit.

Le visage se brouilla puis reparut avant de se fondre de nouveau.

« Où suis-je ? » demanda-t-elle.

L'homme sur la chaise souriait.

Il tendit la main vers elle et la toucha au front, ce qui la pétrifia.

« Du calme, du calme, Jana », dit-il en ôtant sa main.

La pièce, froide, à hauts plafonds, se remit à tourner autour d'elle.

Jana grelottait.

Elle connaissait l'homme, et ce constat la déconcerta.

« Tu es si chamboulée, Jana. Qu'est-ce qui s'est passé ? »

Elle remua les mains puis les pieds et ne rencontra aucune résistance, n'entendit pas de cliquetis de métal. Mais elle se sentait faible, terriblement faible, et sa tête lui semblait vide.

« Où suis-je ? répéta-t-elle.

— Chez moi. »

L'homme souriait, les mains jointes sur les genoux. Elle le dévisagea.

« Gerd », dit-elle tout bas.

Gerd Brotter souriait.

« Pauvre Jana. J'ai dû t'administrer un calmant. »

Les images du sang, de la tête rasée et des orbites vides resurgirent en elle.

Son cœur s'emballait.

« L'oiseau, proféra-t-elle.

— Quel oiseau ? »

Elle voulait lever la tête, se redresser, mais sa faiblesse l'en empêchait.

« Jana, tu as rêvé. Tu as fait d'épouvantables cauchemars. »

Avec précaution, elle porta les mains à son visage. Elle tâta les zébrures sur ses joues et ses lèvres enflées. Le sang y battait. Non, elle n'avait pas rêvé.

Elle réessaya de s'asseoir.

Brotter lui toucha le bras.

« Reste allongée. Repose-toi », lui dit-il d'une voix à la fois douce et ferme.

Elle sentit la panique lui serrer la gorge.

« Je dois appeler Trojan », bredouilla-t-elle.

Si seulement ses membres retrouvaient leur vigueur.

« Trojan ? Ce policier ? Tu n'y penses pas ! » Brotter baissa la voix. « C'est ton patient, Jana, ne l'oublie pas. »

Elle gémit.

Alors qu'il se penchait au-dessus d'elle, elle sentit sur son visage son souffle qui la rebuta.

« Qu'est-ce que tu lui veux ? Qu'est-ce que tu attends de ce Trojan, hmm ? »

Les pensées se bousculaient en elle. Comment s'était-elle retrouvée ici ? Comment se pouvait-il que son collègue se tînt soudain à ses côtés ?

La peur se distillait dans son corps.

Et elle savait qu'il ne s'agissait pas d'un cauchemar mais bel et bien de la réalité.

« Qu'est-ce qu'il représente pour toi ? Qu'est-ce que tu éprouves pour lui ? »

Elle respirait avec peine.

« Attention, Jana, ne commets pas d'erreur. Nous devons conserver nos distances vis-à-vis de nos patients. »

Elle ne parvenait à sortir aucun son.

Va-t'en, pensa-t-elle, va-t'en.

Il se renversa sur sa chaise.

« Est-ce que je dois lui téléphoner ? Lui dire que tu te portes mieux ? »

Son regard errait dans cette pièce à hauts plafonds qu'elle ne reconnaissait pas.

Mais où se trouvait-elle ? Et d'où venait soudain Brotter ?

Elle tentait de rassembler ses forces pour se lever lorsqu'elle reconnut la seringue qu'il tenait à la main.

« Tu es encore trop agitée, Jana. Tu n'as pas les idées claires. »

En lui prenant le bras, il fit jaillir de la seringue un peu de liquide incolore.

« Ça va t'aider, Jana.

— Non, supplia-t-elle en secouant la tête.

— Allez, Jana, dit-il en resserrant sa poigne, sois raisonnable. »

Elle se débattit, mais il prit bientôt le dessus et lui planta la seringue dans le cou.

« Non, s'il te plaît, non », geignit-elle.

Si sa vision se troubla, elle ne perdit pas connaissance et l'entendit réitérer sa question.

« Qu'est-ce qui s'est passé ? Je veux simplement t'aider, Jana. Tu es venue me voir, tu étais complètement tourneboulée. »

Les images de Franka Wiese, de son crâne chauve et de ses yeux crevés lui revinrent encore.

Elle balbutia son nom.

« Franka Wiese ? demanda Brotter en penchant la tête. Qui est-ce ? »

Jana tenta de répondre, mais sa langue pâteuse l'en empêcha.

« L'une de mes patientes, bredouilla-t-elle, oppressée. Elle a été assassinée. Je l'ai vu. J'ai tout vu. »

Brotter, les coudes sur les genoux et le menton sur ses mains jointes, lui parlait si calmement qu'on l'eût dite sa patiente.

« Qu'est-ce que tu as vu, Jana ?

— Son meurtrier », chuchota-t-elle, le cœur battant.

Brotter resta de marbre.

« À quoi il ressemblait ?

— Il portait un masque d'oiseau avec, à la place du bec, un couteau. »

Des larmes coulaient sur son visage.

« Un masque ? dit Brotter, un sourire aux lèvres. Un bec ? Comme c'est grotesque !

— Il faut que j'appelle Trojan.

— Mais, Jana, tu fais une fixation sur ce policier.

— Laisse-moi partir, gémit-elle, s'il te plaît. »

Il ouvrit grand les bras en poussant un soupir.

« Pars, alors. Si tu refuses la moindre aide, je t'en prie : lève-toi. »

Jana trouva la force de glisser une jambe puis l'autre hors du lit tout en se tournant sur le côté. Elle ne réussissait pas à remuer son bras droit, engourdi.

Le sol lui parut osciller sous elle. Elle crut chuter du lit.

Puis elle découvrit sur ses vêtements les éclaboussures de sang. Horrifiée, elle tomba à la renverse.

« Allons, Jana, tu ne me reconnais pas ? »

Elle fouilla désespérément du regard le visage de Brotter, soudain rapprochée du sien.

« Depuis combien d'années nous travaillons porte à porte ? » demanda-t-il.

Au prix d'un effort colossal, elle bougea les lèvres pour parler enfin.

« Deux ans, murmura-t-elle.

— Deux ans et demi », rétorqua-t-il, catégorique.

Soudain sombre, il croisa les bras.

« Pourquoi cette froideur permanente vis-à-vis de moi, Jana ? »

L'espace d'un instant, elle crut de nouveau perdre connaissance.

Peut-être serait-ce un soulagement.

Si elle tombait.

Si elle glissait loin d'ici.

Mais en rouvrant les yeux, elle constata qu'il se tenait toujours là, assis près du lit.

Puis elle entendit le bruissement.

Brotter cachait quelque chose dans sa veste.

Qui frétillait sous l'étoffe.

Il se déboutonna tout en souriant et passa la main dans son revers.

Quand il la retira, elle y vit le petit oiseau.

Avec délectation, il serra le poing.

Jusqu'à l'écraser dans un bruit de succion.

Du sang coula sur sa main.

Son visage n'était plus que grimace, ses dents jetaient un éclat.

Sur sa paume rouverte, il arracha délicatement les plumes de l'oiseau.

Il les fit tourbillonner une à une sur le lit.

« Jana, dit-il tout bas, vois-tu à présent mon vrai visage ? »

30

Lorsque Trojan tourna de la Langenscheidtstrasse dans la Crellestrasse, le commando d'intervention spéciale se trouvait déjà sur les lieux.

Il se gara en travers du trottoir, descendit de voiture et courut dans l'immeuble jusqu'au troisième étage, au-dessus du cabinet. Agenouillé devant la porte, un policier muni d'un casque et d'un gilet pare-balles forçait la serrure à l'aide d'une perceuse au bourdonnement à peine audible.

Landsberg, Gerber et Kolpert, postés derrière les hommes armés de mitraillettes, accueillirent Trojan d'un signe de tête.

Le silence régnait dans la cage d'escalier.

Un silence de mort, pensa Trojan en retenant son souffle.

L'homme au casque dressa trois doigts.

Encore trois secondes.

Trojan effleura son revolver dans son étui.

L'homme plia un doigt.

Encore deux secondes.

Le cœur de Trojan tambourinait dans sa poitrine.

Lorsque le troisième doigt disparut, Trojan dégaina son pistolet. À l'assaut !

Une fois le battant enfoncé, les policiers d'élite s'élancèrent dans l'appartement.

Trojan entendait leurs pas ponctués de claquements de portes.

Il chargea son arme et leur emboîta le pas.

Landsberg le talonnait.

Les faisceaux des lampes torches fixées aux mitraillettes fulguraient çà et là.

Le chef d'intervention vint à la rencontre de Trojan, tout entier crispé, qui essaya de déchiffrer son expression à travers la visière.

Gagné par une terrible sensation de déjà-vu, il s'entendit lui demander s'ils étaient arrivés à temps.

« Négatif, marmonna l'homme en gilet pare-balles en rabattant sa visière.

— La personne cible ? » ajouta Trojan d'une voix étranglée.

L'autre répondit d'un hochement de tête.

« Et la femme ?

— Il n'y a personne ici. »

La tension parmi les hommes de l'unité se relâcha. Certains d'entre eux quittèrent l'appartement.

Trojan, livide, se tourna vers Landsberg qui murmura : « On va tout fouiller. »

Le deux-pièces, avec sa moquette épaisse et ses meubles sombres, donnait une impression d'aisance. Les rayonnages de la bibliothèque s'élevaient jusqu'au plafond. Trojan examina le bureau : une pile de papier vierge, un stylo-plume dans un étui, pas d'ordinateur.

Il feuilleta la ramette, ouvrit les tiroirs.

Puis il se rendit dans l'autre pièce, aux rideaux tirés. Un jeté recouvrait le lit étroit.

Il gagna la salle de bains et se pencha, perplexe, au-dessus de la baignoire.

Mais là non plus, rien de suspect.

Dans la cuisine, il inspecta les placards.

La douleur lui vrillait les tempes.

Pris de sueurs froides, il s'assit sur une chaise.

Gerber s'approcha de lui.

« Nils, on mettra la main sur ce type. »

Et Jana ? pensa-t-il.

Il lui fallait la retrouver.

Était-elle morte depuis longtemps ?

Sa tête bourdonnait.

Stefanie Dachs entra dans l'appartement ; l'équipe avait dû se scinder pour poursuivre l'examen de preuves éventuelles dans les bureaux de Redzkow.

« Alors ? demanda-t-elle.

— Trop tard », marmonna Trojan.

Landsberg vint à lui, comme pour le consoler.

« J'ai ordonné de vastes recherches, dit-il, le programme au complet. On dispose de son nom, sa photo, la plaque d'immatriculation de sa voiture, tout.

— Qu'en est-il de l'empreinte de bottes ?

— Elle provient de chaussures de randonnée.

— Et ?

— Il s'agit d'un modèle courant.

— Que dit la base de données ? L'empreinte a déjà été trouvée ailleurs ?

— Non, échec total. »

Trojan se passa la main sur le visage.

Landsberg tripotait un paquet de cigarettes.

Trojan perçut un léger vrombissement.

Se redressant, il balaya du regard la cuisine.

Concentre-toi, se dit-il. Tu dois relever un indice, n'importe lequel.

De retour dans le bureau, il fouilla dans les tiroirs et y découvrit des cartes postales de gravures qui, toutes, représentaient d'étranges formes d'oiseaux.

L'une d'elles donnait à voir un être mi-humain mi-oiseau, qui portait un imposant manteau orné de plumes. À l'arrière-plan se tenait une femme dont la chevelure évoquait une grande aile stylisée. Sur la gauche de l'image se trouvait une autre figure d'oiseau munie d'une lance. En bas à droite était accroupi un diablotin, mi-homme mi-femme, affublé de quatre seins et de longs cheveux.

« Max Ernst. *La Toilette de la mariée* », lut-il au verso de la carte laissé vierge.

Il ferma les yeux un instant.

Puis il revint dans la cuisine où le bourdonnement le saisit de nouveau.

Il ouvrit le réfrigérateur. Du lait, du beurre, du fromage, une saucisse, une bouteille de jus, l'ordinaire.

Il se retourna.

Dans un renfoncement était fixée une étagère à provisions, sous laquelle pendait un rideau.

Il s'en approcha et le tira.

Se trouvait là un congélateur, dont il actionna la poignée.

L'air lui manqua.

Trojan s'entendit alors crier.

Chancelant, il recula.

Landsberg lui attrapa le bras.

Gerber hurla lui aussi.

Kolpert s'étrangla, et Stefanie poussa une lamentation sonore.

Puis tous tournèrent autour de Trojan en lui parlant en même temps, mais leur cacophonie ne lui fit en comprendre aucun.

Il s'agrippa à une chaise.

Il lui fallut du temps avant de pouvoir de nouveau regarder le congélateur ouvert.

Et son contenu.

La tête d'une femme.

Sans cheveux.

Avec deux trous à la place des yeux.

Et une bouche grimaçante.

Est-ce elle, est-ce elle ? revenait comme un écho en lui.

Puis il entendit Landsberg téléphoner à Semmler.

Un peu plus loin grésillait un talkie-walkie.

Le dernier homme du commando quittait l'appartement.

31

« Viens, dit-il. Je veux te montrer quelque chose. »

Elle lui opposa un gémissement.

« Plus vite que ça. »

Il la saisit sous les aisselles et la tira du lit.

Ses jambes flageolaient, si bien qu'il la soutint.

Il ouvrit une porte et la mena dans une autre pièce, bien plus vaste que la première, là aussi à hauts plafonds, avec aux fenêtres de lourds rideaux.

Des projecteurs y éclairaient les murs.

La vue des photos placardées la fit suffoquer.

Il s'agissait d'une série de clichés de femmes blondes massacrées. D'une image à l'autre, de plus en plus de cheveux leur manquaient, et ce, jusqu'à la calvitie complète.

Et elle reconnut parmi elles Franka.

Jana étouffa un sanglot.

Il la mena à un fauteuil.

« Assieds-toi. »

Elle s'y affaissa.

Elle remarqua un mannequin de couture, coiffé du masque d'oiseau muni du couteau.

À l'autre extrémité de la pièce se trouvait un deuxième buste, enveloppé dans un manteau paré de cheveux blonds enduits de sang.

Jana cria de toutes ses forces.

Elle se souleva du fauteuil.

Se précipitant sur elle, il la força à se rasseoir, et elle sentit se prolonger les effets du calmant injecté.

« S'il te plaît, Gerd, laisse-moi partir. Je ne dirai rien. Mais laisse-moi partir, je t'en prie.

— Mais nous venons juste de commencer, Jana », répliqua-t-il, le sourire aux lèvres.

Il s'approcha du mannequin au manteau.

« Est-ce que mon vêtement te plaît ? Il est devenu beau, n'est-ce pas ? Mais il n'est pas encore tout à fait prêt. »

Il s'interrompit le temps de retirer l'habit.

« Tu comprends tout ça, pas vrai ? Le cheveu est à l'homme ce que la plume est à l'oiseau. »

Il la pénétra de son regard.

« Tu n'as jamais rien remarqué chez moi, Jana ? »

Elle ne pouvait répondre tant l'oppressait ce cauchemar dont elle souhaitait la fin. Mais elle savait qu'il ne s'agissait pas d'un rêve, qu'elle ne dormait pas.

Il tira soudain sur ses cheveux, qui se révélèrent postiches. Sa perruque dissimulait un crâne chauve. Il ôta ensuite cils et sourcils.

« Rien de tout cela n'est vrai », dit-il. Puis il partit d'un rire étrange. « Je n'ai même plus de poils de cul. J'ai tout perdu à l'âge de quatorze ans. »

Il vint plus près.

Elle se rappela son étonnement, un jour, à la vue

des mains de Gerd. Et il portait toujours des manches longues.

« Tu ne m'as jamais vraiment regardé, Jana. Tu sais à quel point c'est blessant ? »

Elle déglutit.

« Mais l'être humain peut changer, pas vrai ? »

Il caressa le manteau avant de s'y blottir.

Puis il l'enfila.

Mes cheveux, songea-t-elle.

« Je te plais, Jana ? » demanda-t-il en s'approchant.

Encore une fois, elle voulut crier.

Il ouvrit le sac de cuir et en sortit le scalp. Dès le premier contact, l'excitation le traversa. Il pressa la chevelure contre son visage et son cou. Il déboutonna son pantalon et la plaça sur son entrejambe.

Il en avait tellement envie, mais il se raisonna, pantelant. Pas déjà, pensa-t-il, je dois me retenir.

Il reprit le manteau et, rassis, se mit à y coudre les cheveux. La tâche s'avérait ardue, car chacun d'eux nécessitait un enfilage au crochet. Il n'en viendrait pas à bout avant le soir, mais tant pis, il pourrait toujours coller le reste de la chevelure.

Il leva les yeux vers Jana.

Elle se tenait immobile dans le fauteuil.

Il sourit.

Comme il aimait l'effleurement des cheveux.

Ils équivalaient à des plumes, et les plumes donnaient une parure.

Il se souvint de la nuit au foyer où il trouva sur la terrasse le bouvreuil. Malgré ses ailes cassées par sa collision avec la vitre, il vivait encore. Il l'emporta dans sa chambre, l'observa avec recueillement puis l'écrasa dans sa main.

Son sang chaud se répandit sur sa peau.

Il lui arracha les plumes dont il se couvrit, étendu nu sur son lit. Il lui sembla avoir de nouveau des poils, porter des atours.

C'était pour lui une excitation toujours renouvelée que de se couvrir de plumes ensanglantées.

L'« alopécie *universalis* » désignait la maladie de la chute des cheveux et des poils sur l'ensemble du corps.

Le médecin avait affirmé que les causes pouvaient en être mentales.

La psyché, son continent noir.

Lorsqu'une fille se moquait de sa calvitie totale ou que quelqu'un lui demandait d'un ton moqueur s'il avait au moins du poil aux couilles, il s'imaginait entouré d'oiseaux, jouissant du contact de leurs plumes sur son corps nu.

Et les écraser, les étriper lui donnaient immédiatement une érection.

Il se soulageait dans leur ventre béant.

Il pensait alors à sa mère.

Il allait lui rendre visite.

Elle avait désormais une autre famille, deux enfants en bas âge et une jolie maison mitoyenne.

Il ne faisait plus partie de sa vie.

Finalement elle ne voulut plus du tout le voir.

Dès lors, il ne lui resta plus que le souvenir de belles années révolues, du temps où, seule avec lui, elle s'approchait de son lit.

Elle se penchait au-dessus de lui et lui prodiguait des baisers pour lui souhaiter bonne nuit.

Ses cheveux lui effleuraient le visage et le cou.

Le ventre.

Ses beaux cheveux blonds.

Mais ensuite…

Le crochet se prit dans le manteau ; il dut le retirer d'un coup sec.

Il lança un juron.

Il pensa au type.

Au type qui se disait son père et qui ne cessait de battre et de violer sa mère sous ses yeux.

« Regarde, mon garçon, regarde bien comment je m'y prends avec elle. »

Ses cris alors.

Et acculé à observer son père la brutaliser, il rêvait de se retrouver seul avec elle, caché sous ses cheveux, le corps tout enveloppé de sa splendeur blonde.

Mais il fut placé en foyer, et elle rencontra ensuite cet autre homme. Libérée de la drogue et de l'alcool, elle se maria, et il ne lui appartint plus.

Il lui restait cependant les oiseaux, ses bouvreuils, qui nichaient dans le jardin du centre d'accueil. Il y plaçait des gluaux fabriqués par ses soins. Il se réjouissait de ramasser les petits corps doux et de les emporter dans sa chambre, jusqu'à ce que la directrice du foyer découvrît son manège et le menaçât de renvoi.

Mais à cette période-là, ces pratiques ne lui suffisaient plus depuis longtemps.

Il avait déjà franchi un pas.

Il pensait à Henrietta, la salope de cette soirée, à

la façon dont il avait écrasé l'oiseau sous ses yeux avant de lui en brandir les plumes.

Son excitation d'alors, ses premiers fantasmes : crever les yeux d'Henrietta. Les orbites vides devaient témoigner de la douleur mais ne rien voir de lui. Qu'elle le vît l'eût empêché de procéder : d'abord la larder de coups de couteau, puis se jeter sur elle, lui couper les cheveux, s'en parer, les sentir sur sa peau, partout.

Si seulement il avait vraiment osé avec cette prostituée. Hélas, tout s'était déroulé beaucoup trop vite. Cette petite pute à bas prix du quartier chaud n'avait jamais été portée disparue.

Il l'avait poignardée et décapitée dans un parc avant d'emporter sa tête.

Il n'avait eu de cesse ensuite de la fixer. Cette tête hideuse dans le congélateur.

Tout s'était déroulé beaucoup trop vite.

À l'évidence, la méthode requérait un affinement.

Emporter simplement la chevelure. Et laisser au préalable des oiseaux.

Le premier jour un indemne, le deuxième un déplumé, nu comme lui.

Il ouvrirait le ventre des oiseaux lpour que, avant même, les salopes gémissent de peur à la vue de la plaie béante.

Voyez, des entrailles sanglantes ! Un être nu, sans défense. Tel que je suis face à vous. À votre tour désormais. Le temps de l'oiseleur est venu.

Mais ce processus nécessitait du temps.

Il fallait attendre le bon moment et se dominer si longuement.

Mettre la perruque et se rendre à l'université.

Coller faux cils et sourcils et préparer les examens.

Prendre sur soi et écrire son mémoire de maîtrise.

Ne rien laisser paraître et mener ses premiers entretiens d'embauche.

Rester discret, incognito.

Décrocher le titre de docteur et s'installer à son compte.

Enfiler la perruque, appliquer cils et sourcils et gagner bien sagement le cabinet pour écouter les problèmes des autres.

Il éclata de rire.

Étrange, comme ils plaçaient leur confiance en lui, lui racontaient tout, jusqu'à leurs secrets les plus intimes.

Eux non plus ne le connaissaient pas. Du moins pas vraiment.

Il pouvait si bien faire semblant.

Jusqu'à ce que Matthias Leber franchît le seuil de son cabinet.

« Ma femme ne doit pas savoir que je viens ici », fut la première chose qu'il lui dit.

Progressivement, il lui ouvrit son cœur, livra ses fantasmes et dévoila qu'il se surprenait, en tant qu'agent immobilier, à requérir des plus belles femmes, les blondes parmi elles, une majoration sur les appartements.

Il lui avoua qu'il souhaitait par là exercer son pouvoir sur elles.

La perspective d'imposer ses conditions à ces femmes, de les soumettre à sa volonté lui plaisait tant.

Il lui révéla que, de plus en plus, il planifiait des rencontres seul à seul avec les candidates à la location.

Il ne leur faisait rien, ne les touchait pas.

Mais ses fantasmes s'intensifiaient et le tourmentaient.

Il en vint à lui parler de la prostituée à laquelle il avait donné rendez-vous dans un appartement vide pour y jouer la locataire et porter une perruque blonde.

Brotter, aiguillonné, avait dressé l'oreille.

Leber disait penser sans relâche aux femmes auxquelles il avait procuré un logement. Il s'imaginait chez elles, dans leur intimité de blondes célibataires.

Puisque la psychologie cognitivo-comportementale s'appuyait de manière concrète sur des symboles, Brotter lui glissa le plus naturellement du monde une proposition : « Monsieur Leber, une idée me vient justement pour mieux composer avec vos fantasmes.

— Oui ?

— Faites tout simplement des doubles de clés des appartements.

— Non, je ne peux pas. C'est réprimé pénalement.

— Mais c'est pour une bonne cause. Nous garderons les clés ici au cabinet. Vous aurez le choix de les toucher ou de les laisser. Chaque clé représente une femme, et chaque femme une tentation. Vous aurez le contrôle dessus. »

Brotter partit d'un ricanement en y repensant. Pour ce faire, il avait choisi un coffret spécial.

Leber se montra docile, plaça les clés dans le boîtier et lui dévoila les noms et adresses correspondants.

Il suffisait à Brotter de prendre une clé dans la cassette et d'interroger son patient : « Décrivez-la-moi.

— Blonde.

— Dites-m'en davantage.

— Avec des cheveux épais.

— Où habite-t-elle, monsieur Leber ?

— Au numéro 12 de la Wrangelstrasse.

— Comment s'appelle-t-elle ?

— Coralie Schendel.

— Et celle-ci ?

— Melanie Halldörfer. Elle a une petite fille adorable. »

Hmm, comme c'était mignon.

« La décision vous revient, monsieur Leber. Est-ce que vous voulez rapidement les remettre dans le coffret ?

— Oui, s'il vous plaît. »

Ce petit jeu allait de plus en plus loin.

Jusqu'à ce que le moment fût venu de lui soumettre une nouvelle proposition.

« Vous savez, monsieur Leber, je crois que vos progrès sont tels que vous pouvez vous-même vous délivrer. Libérez-vous de vos fantasmes, séparez-vous des clés. Rencontrons-nous sur un pont pour que vous les lanciez dans la Spree. Un acte symbolique, qu'en dites-vous ? »

Et Leber accepta. Il plaçait sa confiance dans son psychologue, qui, après tout, était là pour l'aider.

Brotter cousit en souriant un autre cheveu sur le manteau.

Son patient se présenta avec la ponctualité la plus parfaite au lieu fixé pour le rendez-vous nocturne, la passerelle piétonne menant à Stralau.

Selon les dires de Leber durant l'ultime séance, il viendrait directement de chez un client, si bien que Brotter partit du principe qu'il disposerait de son ordinateur portable et de son agenda. Fort probablement, il y avait fait mention de son thérapeute.

« Attendez, monsieur Leber, je vous tiens votre sac pour qu'il vous soit plus facile de lancer. »

Leber lui remit sa besace contenant son ordinateur, et Brotter les clés.

Leber prit son élan avec, en main, d'autres clés, mais il ne s'en rendit pas compte. Somme toute, il s'agissait simplement d'un acte symbolique.

Le symbole de sa libération.

La balustrade était basse.

Une petite poussée suffit à Brotter.

Leber s'abattit sur la poutrelle d'acier en dessous avant de se noyer dans la Spree. Brotter avait vu juste.

« Adieu, monsieur Leber. »

Sans se départir de son sourire, il enfila le cheveu blond suivant dans le manteau.

« Le cheveu de ta patiente », dit-il tout haut.

Il pensa à Franka Wiese qui laissait pendre sa veste dans la salle d'attente du cabinet. Elle parlait à Jana de ses angoisses, tandis qu'il fouillait ses poches et en ôtait sa clé d'appartement dont il prenait l'empreinte sur de la cire.

« Pauvre petite Franka craintive. »

Chez cette Gesine Bender, mettre un peu de cire dans l'ouverture du bec-de-cane fut aussi simple qu'efficace lorsqu'il se fit passer pour un coursier.

« Pauvre petite Michaela. »

Il leva les yeux vers le fauteuil.

« Tu m'entends, Jana ? »

Il se félicitait encore de son idée de fixer un minuscule micro sous son masque et de porter sous son habit un déformateur de voix à piles.

Comme il l'avait effrayée sans qu'elle le reconnût !

Et que ce lieutenant l'arrêtât lui paraissait assez invraisemblable : il réservait encore une surprise à ce Nils Trojan, ce bellâtre qui s'était pavané en direct devant les caméras.

Brotter éclata de rire.

Il jouissait toujours d'une longueur d'avance sur ce stupide lieutenant. Et l'imaginer sur les lieux du crime, blême face aux femmes massacrées et tondues, lui procurait une joie pure.

« Toi aussi, tu vas mourir, Trojan », murmura-t-il.

Jana cilla.

Il se réjouissait à la perspective de la soirée.

Il se réjouissait de ce qu'il réservait encore à Jana.

Et cette fois-ci il prendrait son temps.

Tout son temps.

32

Appuyé contre un arbre, Trojan vomit les restes de son croissant à demi digérés. Puis il s'essuya la bouche et s'efforça de reprendre haleine.

Il monta dans sa voiture.

La tête. De nouveau les images défilèrent en lui, et son estomac se rebella.

Celle du visage de Jana s'y intercalait, et il ignorait toujours s'il ne s'agissait pas de sa…

Il ne pouvait s'attarder sur cette pensée.

Il cherchait vainement des chewing-gums dans la boîte à gants lorsqu'il vit dans le rétroviseur l'ordinateur portable de Jana sur la banquette arrière.

Il s'en empara et le démarra.

Il cliqua sur ses documents. Dans le dossier des images, il sélectionna une photo d'elle qu'il fixa longuement. Elle se tenait devant un marronnier en fleur et souriait à l'appareil. La lumière du soleil, oblique, jetait un éclat sur ses cheveux.

Il ne devait pas perdre espoir.

Rassemble tes idées, se dit-il, cherche un indice.

À cet instant, la porte de la voiture s'ouvrit sur Landsberg qui s'assit sur le siège du passager.

« Je remonte tout de suite, murmura Trojan.

— C'est bon, Nils. »

Ils restèrent un moment silencieux.

Landsberg coula un regard à l'écran d'ordinateur.

« C'est elle ? »

Trojan approuva d'un hochement.

« Holbrecht s'est rendu à son appartement et a emporté une photo d'elle. L'avis de recherche de Brotter est également paru et a été transmis à tous les services. Les recherches battent leur plein dans tout le pays.

— Il y a quelques heures, il se trouvait encore ici.

— Quand exactement ?

— Quand j'ai voulu entrer par effraction dans le cabinet, vers une heure du matin.

— Pourtant elle n'était pas chez lui. Jusqu'à présent, nous n'avons trouvé aucune trace d'elle. Pas de cheveu ni de sang, rien.

— Il est sorti avec elle vers 22 heures de l'appartement de Franka Wiese.

— La témoin de la Mainzer Strasse a reconnu Brotter sur la photo de l'avis de recherche. Son portrait-robot n'a donc plus lieu d'être.

— De la Mainzer Strasse, il a dû l'emmener dans un lieu secret qu'il a ensuite quitté pour me croiser ici à une heure du matin.

— C'était habile de sa part, il a ainsi pu dissiper les soupçons. Il pensait bien que l'appel de Jana Michels t'était parvenu, et il ne voulait pas prendre de risque.

— Imagine-toi, j'ai discuté avec ce fumier. Il faisait l'hypocrite. Je l'ai même interrogé sur les patientes blondes de Jana. »

Landsberg se ficha une cigarette dans la bouche.

« S'il te plaît, pas ici, Hilmar.

— Quoi ?

— Fumer.

— D'accord, souffla-t-il.

— Que dit Semmler ?

— Selon ses premières estimations, la tête se trouve dans le congélateur depuis au moins un an. »

Trojan lâcha un soupir de soulagement.

« Ce n'est pas sa tête, Nils. C'est ce que tu croyais, peut-être ?

— Je ne sais pas. C'était un tel choc.

— On va la retrouver », murmura Landsberg.

Ils gardèrent le silence un moment.

« Je dois y retourner, dit Landsberg en prenant son briquet.

— J'arrive tout de suite », ajouta Trojan.

Landsberg sortit de la voiture et alluma sa cigarette. Il tapota le toit du véhicule puis tourna les talons et repassa le barrage devant l'immeuble numéro 34.

Trojan jeta un dernier regard à la photo puis ferma le dossier et ouvrit le service de messagerie de Jana. Il cliqua sur la boîte de réception.

En janvier, Brotter lui avait écrit un bref e-mail.

Jana,

Peux-tu m'apporter demain l'essai de Riemann ? Je dois le consulter au sujet d'un patient.

G.

Trojan fit défiler la correspondance de Jana ; par chance, elle ne semblait pas la supprimer.

Le message précédent de Brotter datait de novembre 2009.

Jana,

Merci de m'avoir fait part du congrès. Ma paranoïaque m'en sera reconnaissante.

G.

Trojan survola les courriers électroniques des mois précédents, qui remontaient jusqu'au printemps 2009.

En juin, Brotter lui avait écrit un plus long e-mail.

Jana,

Le retour des beaux jours fait caresser l'idée de se prélasser au soleil. Les gens dans la rue redécouvrent leur sourire. Tant mieux. Irons-nous bientôt manger une autre glace ? Je sais, je sais, tu es débordée, ambitieuse J. Je m'apprête à descendre à la piscine flottante pour me jeter à l'eau.

G.

En mai 2009, elle avait également reçu un court message de sa part.

Jana,

Je serais ravi de partager de nouveau un café avec toi. Merci.

G.

Il l'a draguée, pensa-t-il. Ce salaud a essayé de la séduire.

Trojan balaya encore une fois la boîte de réception au complet mais ne trouva rien de probant. Puis il ouvrit l'onglet des envois pour vérifier ce que Jana lui avait répondu, mais n'y figuraient que les messages des trois semaines précédentes, et aucun d'eux n'évoquait Brotter.

Trojan éteignit l'ordinateur.

Dans la rue, les habituels curieux s'agglutinaient devant le barrage.

Un technicien de scène de crime en combinaison blanche emportait un sac en plastique hors de l'immeuble.

Trojan s'abîma dans ses réflexions.

Il sentit soudain un picotement au creux de son estomac sans en comprendre la cause.

Il finit par sortir de sa voiture pour remonter dans l'appartement de Brotter.

Il voulait s'imprégner de son cadre de vie, se mettre à sa place, plonger dans son âme malade.

Les heures suivantes parurent à Trojan les pires de sa vie. Entre-temps, le service de médecine légale avait identifié la tête comme celle d'une femme d'environ vingt-cinq ans, morte, selon toute probabilité, deux ans plus tôt. Les recherches dans la base de recensement des cadavres féminins décapités découverts les années précédentes, bien que lancées rapidement, pouvaient durer un certain temps.

À 17 heures, Landsberg convoqua l'équipe en

réunion pour croiser les éléments recueillis. À mesure que les heures s'égrenaient, l'apathie gagnait Trojan. Il s'évertuait à rester maître de lui et à rapprocher des détails apparemment sans lien, mais il ignorait tout bonnement où chercher Jana. Les barrages routiers dressés à travers la ville et à ses limites ne donnaient aucun résultat.

L'équipe maintenait un contact permanent avec tous les services de police du pays.

« Nils ? »

Trojan tressaillit.

« Excuse-moi.

— Donne-nous ton avis.

— Si elle est encore vivante, Brotter la séquestre dans Berlin. Il ne prendrait pas le risque d'un nouveau déplacement. Cette nuit, il disposait de peu de temps. Je prends donc un rayon d'environ vingt kilomètres à partir de la Mainzer Strasse, d'où il a disparu avec elle vers 22 heures. Il a eu trois heures pour la cacher et me rencontrer ensuite à la Crellestrasse.

— D'accord, donc vingt kilomètres. On a déjà tout ça. Les barrages routiers et les patrouilles de police ont été renforcés dans le secteur. Quoi encore ? »

Trojan se gratta la tête.

« Vingt-quatre heures, dit-il d'une voix éteinte. Il ne la laissera pas vivre au-delà. Le début de soirée constitue son moment de prédilection, entre 20 heures et 20 h 30. Je suppose qu'il veut la martyriser d'une manière particulière, plus longtemps que les autres. Sinon il ne l'aurait pas déplacée. »

Sa déclaration jeta un froid dans l'assistance.

Il ne restait pas plus de trois heures, si Trojan voyait juste.

« Pourquoi elle spécialement ? demanda Stefanie.

— Elle est sa collègue, répondit Trojan, tout bas. Les autres femmes lui ressemblent. Mais on dirait qu'il fait une fixation sur elle. »

Holbrecht demanda alors la parole.

Il rendit compte en détail des mouvements d'argent sur le compte de Brotter. Puisque certains virements lui paraissaient étranges, il s'était procuré auprès de sa banque tous les noms correspondant aux numéros de compte. Il se mit à donner lecture de la liste lorsque Trojan, agacé, le coupa.

« Pardon, Dennis, mais ça ne nous mène nulle part. Jamais Brotter n'utiliserait son compte pour payer les loyers d'un deuxième appartement dans lequel retenir Jana Michels, il n'est pas si bête. »

Holbrecht rougit.

« Trojan a raison, marmonna Landsberg. Continuons. Qui a encore un élément important à présenter ? »

Trojan se leva et gagna la porte.

« Où tu vas, Nils ?

— On parle, on parle, dit-il entre ses dents, mais ça n'apporte rien. »

Il entendit Landsberg l'interpeller, mais il remontait déjà le couloir. Il dévala l'escalier, sortit du commissariat et monta dans sa voiture.

À la place de Brotter, songea-t-il, que ferais-je ? Vers quoi me tournerais-je ?

Revenons un peu en arrière.

Brotter suivait un patient qui loua un appartement

à Coralie Schendel, Melanie Halldörfer et Michaela Reiter.

Et celui-ci mourut dans des circonstances obscures.

Trojan remonta la Skalitzer Strasse, tourna dans la Schlesische Strasse qui débouchait sur la Puschkin Allee puis la Elsenstrasse.

Il aboutit au pont sur la Spree. Il laissa sa voiture et descendit l'escalier menant au quai, au Treptower Park et à la sculpture des trois géants. Il se souvint du tour en barque avec Emily et de l'attaque de la mouette. L'espace d'un instant, l'air lui manqua. Il remonta le col de sa veste. Un vent froid soufflait sous les ponts routiers et ferroviaires qu'il dépassa avant de parvenir à un virage. À cet endroit, la Spree s'élargissait, révélant à l'horizon la grande roue du parc d'attractions désaffecté. De la cimenterie s'élevaient les volutes d'une épaisse fumée. Sur la rive opposée s'alignaient les habitations cossues de Stralau, dans l'une desquelles résidait Redzkow.

Trojan accéda à la passerelle piétonnière. Près de lui passa un train de banlieue dans un vacarme.

Il resta là, à observer la Spree en contrebas.

Il prit garde à ne pas trop se pencher, car la balustrade était très basse.

Il appela de son portable le commissariat.

Stefanie décrocha.

« Nils, où tu es passé ? Landsberg est en rogne contre toi.

— Ça m'est égal, grommela-t-il. Tu as le dossier de Matthias Leber sous la main ?

— Pourquoi ?

— Ne pose pas de question, s'il te plaît, pas maintenant.

— Un instant. »

Il l'entendit pianoter sur son clavier.

« Ça y est, je suis dedans.

— À quel endroit exactement il est mort ?

— Attends. » Elle répondit après un temps : « Son corps a été retiré de l'eau à l'embarcadère des bateaux-mouches de Treptower Park, mais avant, il était tombé sur une poutrelle d'acier sous la passerelle piétonne menant à Stralau. Des traces de son sang et de sa cervelle y ont été retrouvées. »

Trojan repéra les trois poutres qui, en contrebas, bordaient le quai.

Il avança de quelques pas jusqu'à se retrouver juste en surplomb.

Je me tiens à présent à l'endroit où Matthias Leber est mort, se dit-il, et Brotter l'accompagnait, j'en suis persuadé.

« Nils, tu es encore là ?

— Oui. »

Observer les remous lui donnait le vertige. Brotter a dû le pousser, pensa-t-il, à cet endroit même.

« Si tu n'as pas d'autres questions, dit Stefanie, je vais clore la discussion. Je dois vérifier pas mal d'indications fournies entre-temps par la population. Et si on ne se dépêche pas, on va boire la tasse.

— D'accord », dit Trojan, et il raccrocha.

Ce fut alors qu'une pensée lui traversa l'esprit comme un éclair.

Que venait-elle juste de dire ?

Boire la tasse ?

« Je m'apprête à descendre à la piscine flottante pour me jeter à l'eau » : Trojan avait d'abord tenu ce passage d'un e-mail de Brotter pour une formulation malheureuse.

Mais en le prenant au pied de la lettre ?

Un bassin de baignade, le Badeschiff, était amarré tout près, sur la Spree.

Il resta figé de longues secondes.

Puis il partit en courant.

Il savait qu'il se raccrochait encore à la moindre branche, mais peut-être que suivre son instinct lui donnerait raison.

Il rebroussa chemin sur la passerelle et descendit sur la rive puis remonta la Spree, passa devant le Treptower Park et la sculpture des géants, jusqu'à atteindre, hors d'haleine, après cinq minutes de course, le terrain autour du Badeschiff.

Il se tint là, absorbé.

À supposer qu'il fût sur la bonne voie : d'où Brotter avait-il écrit cet e-mail à Jana ?

Qu'y avait-il à proximité ?

Le bâtiment de l'Arena, le Glashaus attenant et…

Comment s'appelait la construction avec vue sur la piscine flottante ?

Il repartit à la course.

Il longea en hâte les anciens entrepôts jusqu'au confluent de la Spree et du Flutgraben, là où ce bras secondaire du Landwehrkanal se jetait.

Se trouvait là un vieil édifice industriel dont la façade donnait directement sur l'eau.

Il abritait du temps de l'Allemagne de l'Est une

unité de réparation de moteurs de camions et désormais des ateliers d'artistes.

Trojan en secoua la porte, en vain, car elle était fermée à clé.

33

Trojan escalada la clôture courant du Flutgraben au pied du bâtiment et se retint au mur. Puis, prenant une impulsion, il contourna l'angle de l'édifice à la force de ses bras. Ses pieds cherchaient un appui, tandis que ses doigts s'agrippaient à un trou de la maçonnerie.

L'espace d'un instant, il sentit sous lui le vide, et la peur le transperça. Ses pieds rencontrèrent enfin une brique saillante. Il jeta un œil vers le haut. Le rebord de la fenêtre du premier étage se trouvait à environ un mètre de lui. Il posa son pied droit sur une aspérité et tendit la main vers l'avancée. Alors qu'il l'atteignait, son pied dérapa, et il se retint d'une seule main au mur. La douleur courait dans ses doigts, et ses muscles tremblaient. Il cala son pied gauche contre la paroi et dans le même temps saisit de la main gauche le rebord de la fenêtre.

Il hissa son buste en poussant des deux pieds.

De nouveau ceux-ci glissèrent jusqu'à trouver un appui sur une brique en relief. Trojan se souleva davantage encore et plaça une jambe puis l'autre sur l'encadrement de la fenêtre.

Il se tenait enfin face à l'ouverture et pressa son visage contre la vitre.

À l'intérieur, devant une toile blanche marquée d'un petit point rouge se tenait accroupi un homme en combinaison.

Il sembla ne pas l'entendre lorsque Trojan cogna au carreau.

Il se redressa tout à coup, se rapprocha du tableau puis recula.

Trojan tapa cette fois-ci plus fort.

L'autre réagit enfin. Il le fixa, immobile.

Trojan lui signifia d'un geste d'ouvrir la fenêtre.

Stupéfait, l'autre s'y refusa.

Trojan se mit alors à frapper la vitre du coude droit en se tenant de sa main libre à l'arête du mur.

Avant que le carreau ne se brisât, l'homme en combinaison entrebâilla la fenêtre.

Trojan, en la poussant, sauta à l'intérieur.

« Qu'est... Qu'est-ce que ça veut dire ? »

Il lui tendit sa plaque.

« Le nom de Gerd Brotter vous dit quelque chose ? »

L'autre se borna à secouer la tête.

« Est-ce que vient de passer par ici un type maigre, blond cendré, d'un mètre quatre-vingts environ, éventuellement accompagné d'une femme blonde au visage entaillé ? »

Une nouvelle fois il ne reçut pour toute réponse qu'un secouement de tête.

Trojan frotta ses doigts endoloris. « Combien d'artistes travaillent ici ? »

L'autre ouvrit enfin la bouche. « Ça change constamment. Et puis les ateliers sont souvent sous-loués. Le dimanche il n'y a de toute façon pas grand monde.

— Est-ce qu'il y a un concierge ?

— Il est absent le week-end. »

Trojan jeta un regard circulaire dans la pièce puis sortit dans le couloir par la grande porte de l'atelier. Il trouva la suivante fermée.

Il revint sur ses pas. « Vous avez une clé de la cage d'escalier ?

— Oui.

— Donnez-la-moi. »

L'homme resta sans réaction.

« Plus vite que ça, c'est une question de vie ou de mort !

— Mais j'ai encore besoin de la clé.

— Filez-la-moi ! » siffla Trojan entre ses dents.

À contrecœur, l'autre tira de sa combinaison un trousseau qu'il lui lança.

« Celle à l'anneau rouge correspond aux portes des couloirs et des cages d'escalier, mais pas aux autres ateliers, bien sûr. »

Trojan se précipita dehors.

« Le trousseau s'appelle reviens », lui cria le peintre tandis qu'il s'éloignait.

La porte que Trojan poussa donnait sur une charmille, en contrebas de laquelle coulaient le Flutgraben et, plus loin, la Spree. Il la traversa jusqu'à une autre porte qui débouchait sur une cage d'escalier.

Il lui fallait passer en revue chaque étage.

Le battant suivant révéla une pièce en longueur, bordée d'autres portes, sur lesquelles des écriteaux parfois garnis de symboles mentionnaient les noms des artistes. Trojan en tourna les poignées, tenta d'insérer la clé dans l'une d'elles, en vain. Il revint sur ses pas dans la cage d'escalier pour gagner le niveau supérieur. Il traversa là aussi une grande salle.

Toutes les portes en étaient closes.

Le plus parfait silence régnait.

Il réfléchit un instant puis poursuivit son chemin.

À l'étage suivant, la baie vitrée du hall offrait une vue à l'arrière sur les toits en dents de scie des anciens hangars. Trojan tenta de se représenter le plan du bâtiment. À moins d'une erreur, la porte du fond devait donner sur la cage d'escalier d'une autre partie de l'édifice.

Un bruit le fit se figer à trois mètres de la porte.

Il se retourna, l'oreille tendue.

Lentement, il revint sur ses pas.

Au silence revenu succéda ce même son qui évoquait un corps mou contre du bois.

Dans un recoin, il découvrit une petite porte, elle aussi fermée, sur laquelle il essaya la clé mais sans succès.

Puisqu'elle était non pas de métal comme celles des ateliers mais de bois, qui plus est pourri, Trojan entreprit de l'enfoncer à coups de pied.

Bientôt les lattes craquèrent. Il passa la main par une fente et chercha à tâtons le verrou à l'intérieur.

À peine entré, il recula brusquement.

Face au tourbillon de plumes.

Dans un tumulte de cris, des bouvreuils voletaient, erratiques, à travers la pièce, en battant frénétiquement des ailes.

Il y en avait tant, toute une nuée.

Trojan se protégea la tête de ses bras.

Garde ton sang-froid, se dit-il en prenant une profonde inspiration, te voilà près du but.

Il appuya avec précaution sur la poignée de la porte métallique du fond, mais elle lui résista. Il pressa l'oreille contre le battant.

Il n'entendit rien au-delà.

Il examina la serrure.

Puis il s'écarta, dégaina son arme et tira.

Dans un claquement, la balle ricocha à travers la pièce.

Les oiseaux voletèrent plus fébrilement encore et heurtèrent vitres et murs, certains tombèrent au sol.

Il tira une deuxième puis une troisième fois.

La serrure céda.

Il chargea son arme de ses dernières munitions.

Il accéda en poussant la porte à une minuscule antichambre. Du plafond pendaient d'innombrables chiffons qui lui effleurèrent le visage. Il dut se frayer un passage avec les mains.

Il atteignit une pièce à hauts plafonds plongée dans la pénombre, car d'épais rideaux obstruaient les fenêtres. Contre le mur se trouvait un lit étroit à une place, presque un grabat. Sur le drap il découvrit des traces de sang.

En braquant son arme, il ouvrit d'un coup la porte suivante.

Ce qu'il vit derrière lui coupa le souffle.

Sur des échasses géantes se tenait une femme, les jambes écartées.

C'était Jana.

Trojan la parcourut du regard jusqu'à ses cheveux.

Noués en petites nattes.

Un grand crochet industriel pendait du plafond au bout d'un châssis sur roulettes glissant sur un rail. Et une chaîne rattachait les tresses de Jana à ce crochet.

Sous elle, entre ses jambes exactement, était posé un masque d'oiseau, fixé par une boucle de fer vissée à même le sol, et dont un long couteau figurait le bec.

Jana oscillait, sans force, sur les échasses.

Si elle les laissait choir, elle serait pendue par les cheveux. Et dès que ses tresses se rompraient, elle tomberait sur le couteau en suspens.

Trojan n'osa pas chuchoter son nom.

Mais elle l'avait déjà remarqué.

Avec circonspection elle tournait les yeux dans sa direction.

Elle se mit alors à tanguer davantage sur les échasses.

Il s'arracha à ce spectacle pour examiner la pièce.

Il reconnut les photos aux murs.

Il s'agissait d'une série de clichés des victimes. Elle témoignait de la perte de leurs cheveux, de la progression de leur supplice.

Dans un coin se trouvaient deux mannequins de couture nus.

Trojan braqua son arme en un mouvement circulaire à travers la pièce.

Il se glissa à l'intérieur, le doigt sur la détente.

Il s'efforçait de respirer sans bruit.

Sur un rayonnage courant du sol au plafond s'accumulait du matériel de peinture : des rouleaux de papier et des empilements de toiles, des caisses et des cartons.

Des rideaux couvraient le mur en vis-à-vis.

Il n'y avait pas âme qui vive, hormis Jana vers laquelle il releva les yeux.

Au milieu de cette pièce d'au moins cinq mètres sous plafond, elle vacillait tout là-haut, tremblante au-dessus de la lame, juchée sur ses échasses.

Ses traits se distordaient.

Trojan articula une question muette : « Où est-il ? »

Elle ne réagit pas.

Elle le fixait d'un regard apeuré ; des larmes ruisselaient sur ses joues.

« Il est parti ? » ajouta-t-il, toujours sans bruit.

Mais à cette distance, Jana ne pouvait lire sur ses lèvres. Les poils de Trojan se hérissèrent sur sa nuque : son instinct augurait d'une anomalie.

Il lui fallait des outils pour ôter les vis du masque au couteau.

Il regarda autour de lui.

Jana éclata alors en sanglots silencieux.

Il devait d'abord la libérer du crochet.

Dans un coin, il découvrit un escabeau qu'il posa près des échasses.

Il regarda une nouvelle fois à la ronde puis le monta.

Comme pressenti, l'escabeau arrivait trop bas.

Mais le rail soutenait un deuxième châssis et son crochet. En prenant de l'élan depuis le sommet de l'escabeau, peut-être pourrait-il glisser avec ce support jusqu'à Jana.

Il ne lui restait qu'à tenter le tout pour le tout.

Trojan replaça son arme dans son étui.

Puis il sauta.

Il saisit au vol le crochet et roula le long de la glissière, pendu au châssis, jusqu'à atteindre Jana.

Enfin !

Elle tressaillit, craintive ; de nouveau les échasses chancelèrent.

« C'est bon, murmura-t-il, c'est bon, je suis là. »

Mais à cet instant, il se rendit compte de sa terrible erreur.

De derrière le bric-à-brac des étagères apparut une silhouette vêtue d'un long manteau, à la tête couverte d'une capuche. L'habit, grotesque, se composait de cheveux blonds, en partie enduits de sang coagulé. Çà et là se détachaient les derniers emplacements dénudés.

« Regardez-moi ça, le lieutenant », dit Brotter.

Il s'avança, ricanant.

Trojan cligna des yeux, interloqué par le regard de Brotter. Il remarqua alors qu'il n'avait ni cils ni sourcils.

Il voulut s'élancer du crochet sur l'escabeau, mais à ce moment-là Brotter s'avança pour le renverser du pied.

Dans un claquement, il tomba à terre.

« Lieutenant Trojan, quel honneur ! Chapeau bas,

vous m'avez trouvé. Et quelle impression ça fait de se balancer au plafond sans défense ? »

Trojan se retint d'une seule main au crochet et dégaina de l'autre son arme.

« Oh, le flic en vient au fait. Dommage, je pensais que l'on aurait pu bavarder encore un peu.

— À terre, les mains sur la tête », cria Trojan.

Brotter éclata de rire.

« Vous m'amusez, lieutenant. Quel joli spectacle que de vous voir tous les deux là-haut ! »

Brotter se plaqua soudain contre le mur.

Mais tire, se dit Trojan, tire donc.

Son doigt tremblait sur la détente.

« Faites bien attention, Trojan. Regardez là, cet interrupteur. »

Brotter pointa un bouton sur la cloison.

« J'ai fait une dérivation. Il se peut tout à fait que le crochet soit électrifié. »

Tirer, pensa Trojan, maintenant !

« Vous y goûterez bien un peu ? »

Trojan visa Brotter au front. Il pressa la détente, mais ce qui le traversa alors lui causa une douleur à retardement, précédée par l'odeur de sa peau brûlée.

Il lâcha prise et tomba.

Il roula sur l'épaule ; un voile noir passa devant ses yeux.

Puis il vit le sourire railleur de Brotter et l'impact de la balle dans le mur.

Brotter actionna un deuxième interrupteur.

Trojan entendit un crépitement puis le cri de Jana.

« Arrêtez », hurla-t-il, en sentant le cheveu roussi.

Il se rendit compte de la perte de son arme dans sa chute.

« Très bien », dit Brotter en rappuyant sur l'interrupteur.

Trojan n'osa pas se tourner vers Jana.

« Jolies, ces échasses, n'est-ce pas ? dit Brotter. Je les aimais, enfant. Les filles en faisaient toujours mieux que les garçons. De grandes filles blondes avec de longues jambes. »

Il entendit Jana geindre.

La poitrine serrée, il chercha du regard son revolver sur le sol, mais à peine l'avait-il repéré à deux mètres environ que Brotter s'en empara.

Trojan bondit et se jeta sur lui.

Aussitôt une violente douleur lui vrilla le bras droit. Il ne parvenait plus vraiment à le mouvoir ; il avait dû se le fracturer en s'effondrant.

Il assena un uppercut du gauche à Brotter qui se redressa sans lâcher le pistolet.

« Patatras », fit-il dans un éclat de rire.

La capuche rejetée en arrière révélait sa calvitie complète.

Trojan se courba et, faisant fi de la souffrance dans son bras, saisit Brotter aux jambes. Il empoigna les cheveux qui recouvraient le manteau et sentit sous ses doigts le sang séché.

Brotter tomba ; immédiatement Trojan fut sur lui, mit un genou sur son bras et tenta de lui arracher l'arme. Il lui administra du gauche plusieurs coups au visage, mais Brotter se cramponnait au revolver. Puis Trojan l'atteignit à l'œil du poing.

Brotter poussa un gémissement.

Trojan lui pressa le coude sur la gorge. Brotter émit un râle, lâcha l'arme. Trojan s'en empara pour la lui pointer sur le front.

Il éprouva alors une vive douleur à l'entrejambe. Brotter, par ce coup de genou, parvint à se libérer de son entrave.

Un vacarme puis les cris de Jana sortirent Trojan de son hébétement.

Il se retourna.

Brotter avait retiré les échasses.

Jana pendait par les cheveux au crochet du plafond.

Défigurée de douleur, elle hurlait.

Dans un suprême effort, Trojan visa Brotter, qui se contentait de ricaner.

Il perçut alors un bruit au-dessus de lui.

Du plafond tombait directement sur lui le contrepoids d'un palan, jusque-là retenu par une corde que Brotter venait de détacher avec un air de jubilation.

Il bascula au dernier moment sur le côté.

Dans un fracas, le poids heurta le sol.

En rouvrant les yeux, Trojan constata la disparition de Brotter.

Il regarda nerveusement en tous sens.

Les cris de Jana s'amenuisèrent jusqu'au gémissement.

Trojan renonça à recourir à l'escabeau, trop bas, et au deuxième crochet, à cause de sa blessure. Désespéré, il chercha dans la pièce un expédient.

Ce fut alors que Jana poussa un cri plus sonore.

Il s'approcha d'elle.

Il n'avait pas le choix. L'arme dans la main gauche, il visa la chaîne du crochet.

« N'aie pas peur.

— Non, supplia-t-elle.

— Fais-moi confiance. »

Il domina le tremblement qui le parcourait, tira enfin mais manqua sa cible. Le plâtre se détacha des murs.

Sans plus attendre, Trojan visa de nouveau la chaîne.

Cette fois-ci, elle éclata dans un cliquetis.

Jana tomba dans le vide.

Trojan voulut la recueillir au vol de son bras valide, en vain.

La violence du choc les fit rouler au sol. La douleur dans le bras droit de Trojan était telle qu'il vit trente-six chandelles.

Étendu près du masque d'oiseau, Trojan en considéra la lame et serra Jana contre lui.

« Nils, oh, mon Dieu, Nils », bredouilla-t-elle.

Il passa la main sur son cuir chevelu.

« C'est bon, tout va bien.

— Je voulais t'indiquer où il se cachait, mais il m'a menacée d'une décharge électrique.

— C'est fini, chuchota-t-il, ça y est. »

Une crise de larmes la secouait.

Il tenta de l'apaiser, tout en restant à l'affût.

Où se trouvait Brotter ?

« Attends ici, murmura-t-il, je reviens tout de suite.

— Ne me laisse pas », implora-t-elle.

De son bras gauche indemne, il tira de sa poche

son portable. Seule l'icône de la batterie clignotait sur l'écran.

Son téléphone, déchargé, ne s'alluma pas.

« Je reviens auprès de toi au plus vite. »

Il lui couvrit les épaules de sa veste.

Elle ne le quittait pas du regard, bouleversée.

Il se rendit dans la pièce contiguë et, n'y remarquant rien, quitta l'atelier. Les oiseaux voletaient toujours en tous sens, comme fous.

Au moment où, s'apprêtant à descendre, il franchissait le seuil de la porte laissée grande ouverte, il fut attiré par un détail sur le palier menant aux combles.

Intrigué par ce qui y gisait, il monta lentement les marches.

Quelques oiseaux le suivirent. L'un d'eux le heurta à la tête, il le repoussa d'un geste. Leurs cris aigus résonnaient dans la cage d'escalier.

Trojan distingua enfin ce qui se trouvait là à même le sol : des cheveux blonds du manteau de Brotter.

Trop évident, pensa-t-il, c'est peut-être un piège.

Il poussa avec précaution la porte du grenier simplement entrebâillée et se glissa à l'intérieur.

La douleur le transperça sur-le-champ.

Il voulut se tourner vers la lucarne qui venait de s'ouvrir, mais le collet passé autour de son cou l'en empêcha. Il ne put que lever les yeux vers Brotter qui, penché par la tabatière, ricanait.

« Lâchez votre arme », dit-il doucement en tirant plus fermement le nœud coulant.

Trojan essaya de braquer le Sig-Sauer de sa main gauche.

Mais Brotter serra davantage encore.

La vue de Trojan se brouilla.

« Lâchez-la », siffla Brotter.

Il répliqua en accroissant sa pression à une nouvelle tentative de Trojan, qui sentit l'imminence du malaise.

« Lâchez. »

Il s'exécuta en ouvrant la main et poussa son revolver du pied.

Brotter relâcha un peu son étreinte.

« À la bonne heure, lieutenant. »

Trojan reprit son souffle.

En un éclair, la douleur revint.

« Je vous ai annoncé il y a un bout de temps déjà que vous alliez mourir, hein, Trojan ? »

Le fil métallique pénétra davantage dans sa peau.

« Vous n'auriez pas oublié ma mise en garde, par hasard ? »

Trojan, les yeux exorbités, s'escrimait à glisser ses mains entre le collet et son cou.

Mais — trop tard — ses jambes se dérobaient. Le noir se faisait autour de lui.

Un premier coup de feu lui parvint, comme de très loin. Un deuxième entraîna une chute sur le toit.

Un troisième claqua, et Trojan put de nouveau respirer.

Il fit volte-face.

Jana se tenait là, l'arme à la main.

Elle tremblait.

Brotter avait disparu de la croisée.

Trojan prit le pistolet des mains de Jana, le replaça dans son étui, s'agrippa au rebord de la lucarne et tenta de se hisser à la seule force de son bras gauche. Il replia les jambes et, au prix d'un effort intense, se souleva un peu. Ses pieds trouvèrent soudain à s'appuyer sur les épaules de Jana, qui courbait le dos directement sous lui. Elle assura sa prise de ses mains et se redressa.

Il grimpa ainsi dehors. Il s'obligea à ne pas regarder en contrebas du toit qui s'étendait face à lui mais repéra alentour, au loin, ceux des édifices voisins, la Spree et le sentier longeant la rive.

Brotter se hâtait à dix mètres de lui sur la passerelle grillagée au-dessus du carton bitumé troué par endroits. Son manteau flottait au vent.

Trojan dégaina et tira.

Brotter obliqua vers le bord du toit.

Trojan le poursuivit.

En se rapprochant de la cheminée de briques, large de plusieurs mètres, il aperçut derrière la tête de Brotter.

Il hésita à faire feu. Il avait déjà émis trois coups en bas, et Jana autant. Un tir avait manqué sa cible sur le toit. Le chargeur comportait huit balles, et il doutait de toucher Brotter en utilisant sa main gauche.

Celui-ci l'apostropha.

« Lieutenant », comprit-il.

Et de nouveau : « Lieutenant », comme en écho.

Trojan avança d'un pas et tira enfin.

Sa dernière balle passa en sifflant près de la cheminée.

Il ne la vit plus.

Et il progressa encore de deux pas.

Il s'adossa au mur de la cheminée puis bondit en avant.

Brotter plongea sur lui, et ils roulèrent sur le toit à cet endroit escarpé, jusqu'au bord.

Trojan, immobilisé sous Brotter, chercha à tâtons la corniche.

« Admirez la vue, lieutenant. »

Brotter lui tourna la tête de côté en le prenant par le menton.

La vue de l'abîme le glaça d'effroi.

Il avisa la sculpture des géants au loin et les nageurs autour du bassin du Badeschiff, de la taille de jouets miniatures. Il se sentit happé par le vide ; le vertige le fit cligner des yeux.

« Vous avez peur, Trojan ? » demanda tout bas Brotter.

Trojan suffoquait.

« Je vous comprends, lieutenant. Je suis thérapeute après tout. »

Son cœur battait la chamade.

Il pensa au conseil de Jana.

Laisser libre cours à sa peur.

L'accepter.

De toutes ses forces, il se cabra et roula sur le flanc, vers l'abîme, prêt à tomber.

De la main gauche, il prit Brotter à la gorge et de la droite se tint fermement à la corniche.

La douleur dans son bras cassé lui coupa le souffle.

Il lâcha son cou et tendit la main pour frapper.

Il rencontra la tempe de Brotter.

Il lui assena un autre coup.

Il le sentit alors lâcher prise.

Son manteau parut rougeoyer dans le crépuscule.

Brotter l'attrapa au collet pour le précipiter avec lui dans le vide.

Trojan repoussa sa main et lui donna un coup de pied.

Brotter sembla planer un instant dans les airs.

Puis il tomba dans un cri strident.

Trojan, luttant contre le vertige, le suivit du regard.

Il volait vers la Spree dans son manteau, comme un grand oiseau.

Trojan bascula sur le dos.

Le ciel au-dessus de lui tanguait.

ÉPILOGUE

34

Il aspirait à se retirer à l'écart, dans un coin pour lui seul, loin des voix qui le harcelaient et de la fébrilité qui le cernait. Il essaya de s'étirer, en vain. Il sentit soudain un contact sur son visage et voulut le repousser mais ne put remuer la main. Que se passait-il donc ? Son bras semblait pris dans un étau.

Il manquait d'air.

Il ouvrit les yeux.

Une silhouette était penchée au-dessus de lui. Une mèche de cheveux lui chatouillait la joue.

Il eut un brusque mouvement de recul.

« Monsieur Trojan, vous ne vouliez pas rentrer chez vous depuis un bout de temps déjà ? »

Il dévisagea l'infirmière. Une odeur de désinfectant flottait.

Un coup d'œil circulaire lui révéla qu'il se trouvait dans le couloir des urgences.

« Quelle heure est-il ? demanda-t-il.

— Sept heures et demie.

— Du soir ?

— Du matin », répondit-elle avec un sourire bienveillant.

Un patient poussait un déambulateur à travers le corridor.

« Quel jour nous sommes ?

— Le lundi 24 mai. Il fait un temps magnifique dehors », dit-elle, sans se départir de son sourire.

Des images l'assaillirent soudain, et le visage hideux et grotesque de Brotter lui apparut. Il se vit se dégager de son emprise et le faire basculer dans le vide.

« Ça ne va pas ? »

Il fronça les sourcils.

« Vous avez mal quelque part ? »

Son regard tomba sur son bras droit, plâtré. À un moment donné, il avait dû s'endormir, totalement épuisé, sur cette chaise. Mais certainement pas plus de deux ou trois heures. Il se rappelait vaguement émettre le souhait de rentrer chez lui après le soin de sa fracture.

« Tout va bien », murmura-t-il.

Il salua l'infirmière d'un signe de tête puis se leva et prit la direction de la sortie.

Elle disait vrai : derrière la porte vitrée, le soleil brillait. Se retrouver dehors et passer du bon temps, songea-t-il. Se promener en plein air et tout oublier.

Il se tourna vers la guérite vitrée et se pencha vers le micro.

« Jana Michels. Quel service, s'il vous plaît ? »

L'agent pianota sur le clavier de son ordinateur.

« Médecine interne, septième étage. Prenez à gauche. »

Trojan remercia et se dirigea vers l'ascenseur.

En arrivant au septième, il dut lutter contre un accès de nausée. À quand remontait son dernier repas ? Il ne parvenait pas à s'en souvenir.

Il demanda le numéro de chambre à une infirmière qui le lui donna.

« Comment elle va ?

— Elle a refusé de prendre un calmant. Pour le reste, son état est satisfaisant », répondit-elle d'un air grave.

Il hocha la tête en signe d'approbation.

Il prit une grande inspiration avant de tourner la poignée et d'entrer dans la chambre.

Elle était allongée près de la fenêtre, les yeux clos. Il reconnut sa chevelure brûlée par endroits, terne et filasse. Un bandage de gaze lui couvrait le visage.

Il prit sans bruit une chaise et s'assit près du lit.

Au bout d'un moment, elle ouvrit les yeux.

Elle sourit timidement.

« Comment va ton bras ? » demanda-t-elle doucement.

Il tapa de la main gauche sur son plâtre. « Il se remettra.

— Tu as pu dormir ?

— J'ai piqué du nez en bas aux urgences. Et toi ? »

Elle soupira faiblement.

Ils gardèrent le silence un long moment.

Puis elle dit à voix basse : « C'est bel et bien du passé, n'est-ce pas ? »

Il acquiesça.

Elle se crispa jusqu'à ce que son visage se tordît en une grimace de douleur.

« Est-ce qu'on l'a… ?

— Chut, fit-il, l'index sur les lèvres. Tu es en sécurité, Jana.

— Ce manteau… Les cheveux…, balbutia-t-elle, l'œil vitreux.

— N'y pense plus désormais.

— Et c'était…

— Tout est bien qui finit bien », chuchota-t-il.

Elle tourna la tête vers la fenêtre.

Il suivit son regard. La lumière du matin tombait en faisceaux à travers les lames du store. Au loin l'on distinguait la Hauptbahnhof et la Spree. La Spree. L'abîme vertigineux s'ouvrit de nouveau devant lui. Il ferma les yeux.

Elle se retourna vers lui et sortit sa main de sous la couverture. Il la prit et la serra.

« C'est fini, murmura-t-il.

— Oui, c'est fini. »

Puis les larmes perlèrent au coin de ses paupières, et elle se mit à pleurer silencieusement.

Il lui caressa la main, froide au toucher.

Il se rappela qu'il avait ardemment désiré tenir cette main et que des circonstances plus heureuses auraient mieux valu.

« Quand es-tu partie en vacances pour la dernière fois, Jana ?

— Je ne sais pas.

— Où aimerais-tu aller en voyage ? »

Elle réprima ses larmes, les essuya d'un coin de sa chemise de nuit et le regarda sans mot dire.

« Ça fait bien longtemps que je ne suis pas parti en voyage, dit-il. Je n'ai pas envie d'y aller tout seul.

— Lors d'une séance, tu m'as raconté ton voyage avec Emily. Tu m'as décrit très exactement le lieu où vous vous trouviez.

— Oui, c'était beau.

— Tu me l'as dépeint en détail. Et tu m'as fait le portrait de ta fille. Je vous vois tous les deux devant moi, très distinctement. »

Elle tenta un sourire.

« Tu m'as beaucoup aidé, Jana.

— Tu es encore mon patient, Nils.

— Non, je ne le suis plus. »

À peine esquissé, son sourire se mua en grimace, et d'une voix étouffée elle reprit : « Il a… Il est… »

Elle s'interrompit.

« On l'a eu, dit-il. On l'a eu, ce type. Il ne fera plus jamais de mal à qui que ce soit.

— Il est mort ? »

Trojan répondit par un hochement de tête presque imperceptible.

Un long moment s'écoula avant qu'elle ne se remît à parler.

« Il se trouvait dans la pièce voisine pendant tes séances. Il était toujours là. »

Trojan ferma les yeux. Se le représenter le dégoûtait. Brotter souriant hypocritement dans son cabinet. Aux patients qui s'en remettaient à lui.

Lorsqu'il rouvrit les yeux, elle le fixait. Il effleura sa joue avec précaution.

« Dors à présent, dit-il. Essaie de dormir un peu. Je repasserai cet après-midi, d'accord ? »

Elle se borna à le regarder.

Il demeura assis encore un moment à ses côtés puis la salua et quitta la chambre.

À la sortie de la Charité, il alluma son portable.

Il appuya sur la touche de raccourci du numéro de Landsberg, qui décrocha bientôt.

« On en est où ?

— Pas de changement.

— Et les plongeurs ?

— Ils ont trouvé le manteau.

— Juste le manteau ?

— Ils s'activent sans relâche. Et la rive est soigneusement ratissée. » Il ajouta dans un soupir : « La totale. »

De sa main valide, Trojan se gratta la tête.

« On le retrouvera, Nils. On retrouvera son corps. »

Il demeura sans rien dire.

« Tu vas mieux ? » demanda Landsberg.

Trojan observait les moineaux qui picoraient sur l'esplanade. Ils voletaient, allaient et venaient, toujours plus nombreux, jusqu'à former une véritable nuée.

Il détourna le regard.

« Tu es encore là ?

— Oui. Je vais aussi bien que possible.

— Écoute, personne ne peut survivre à une telle chute. À cet endroit, la Spree n'est pas très profonde et…

— Je sais.

— Autre chose : j'ai glissé au procureur deux mots à ton sujet. Il est prêt à suspendre dès que possible l'information judiciaire sur l'histoire du verre durant l'audition de Moll.

— OK.

— Beau travail, Nils.

— Merci.

— En ce qui concerne Brotter, je te tiendrai au courant.

— D'accord. »

Ils raccrochèrent.

Trojan héla un taxi.

Environ vingt minutes plus tard, il s'arrêta devant l'immeuble de la Forsterstrasse. Il paya et descendit de voiture. Il retira les prospectus publicitaires de sa boîte aux lettres, monta au quatrième étage et ouvrit sa porte.

Il aurait bien pris une bonne douche chaude pour laver son corps des vingt-quatre dernières heures. Mais comme il se sentait encore trop gauche avec le bras dans le plâtre, il se passa le visage sous le robinet et se brossa les dents.

Puis il se prépara du café.

Il choisit dans le réfrigérateur un yaourt, qu'il mangea perdu dans ses pensées.

À travers la porte ouverte, il remarqua dans le couloir le clignotement de son répondeur.

Trojan se leva et l'enclencha.

« Vous avez un nouveau message », dit la voix automatique.

Un silence s'ensuivit.

Seul le grésillement de l'enregistrement le troublait.

Enfin l'on raccrocha.

Trojan fixa du regard l'affichage lumineux.

Sa main tremblait.

Reste calme, se dit-il. Les plongeurs trouveront son cadavre.

Il se jeta sur son lit et s'évertua à respirer tranquillement. Son cœur battait à tout rompre. Le rictus de Brotter lui revint. Il luttait avec lui sur le toit puis le voyait tomber, comme au ralenti, encore et encore.

« Ils trouveront son cadavre », dit-il tout haut.

Il inspirait et expirait, de plus en plus profondément.

Il ferma les yeux.

Au bout d'un moment, ses muscles se détendirent.

C'est du passé, pensa-t-il.

Cet après-midi même, il téléphonerait à Emily à son retour du lycée. Ils devaient rattraper le tour en barque, peut-être pas forcément sur la Spree cette fois-ci mais au Schlachtensee ou, mieux, plus loin à la périphérie. Ramer plairait certainement à Emily ; d'une main ce n'était pas chose aisée pour lui.

Et il songea à rendre visite à Lene dans son centre d'accueil. Il espérait qu'il s'agissait d'un bon foyer et qu'elle y nouerait bientôt des liens avec les autres enfants.

Le visage de Jana lui apparut soudain. Elle se tenait à son chevet, penchée vers lui, et lui caressait le front.

« Dors à présent, Nils, chuchotait-elle, tout s'est arrangé. »

Dans son rêve, ils s'enlaçaient étroitement.

DU MÊME AUTEUR

Aux Éditions Denoël

L'OISELEUR, 2014. Folio Policier nº 786.

Composition: Nord Compo
Impression Novoprint
le 28 décembre 2015
Dépôt légal : décembre 2015

ISBN 978-2-07-046409-8/ Imprimé en Espagne.

279073